www.ingramcontent.com/pod-product-compliance
Lightning Source LLC
LaVergne TN
LVHW010751051026
849532LV00007B/2334
9789369080472

کہانی ورثہ

(حصہ اول / افسانے)

مرتبہ:

سید حیدر آبادی

© Taemeer Publications LLC
Kahani Varasa : Part-1 *(Short Stories)*
by: Syed Hyderabadi
Edition: November '2025
Publisher :
Taemeer Publications LLC (Michigan, USA / Hyderabad, India)

ISBN 978-93-6908-047-2
9 789369 080472

کتاب	:	**کہانی ورثہ** (حصہ اول / افسانے)
مرتب	:	**سید حیدرآبادی**
صنف	:	فکشن
ناشر	:	تعمیر پبلی کیشنز (حیدرآباد، انڈیا)
سالِ اشاعت	:	۲۰۲۵ء
صفحات	:	۱۷۶
سرورق ڈیزائن	:	تعمیر ویب ڈیزائن

فہرست

۱

گورکن

مسعود مفتی

"یا مولا! کسی کو بے موت ہی مار ڈال۔"

اللہ بخش نے منہ آسمان کی طرف اٹھا کر کہا۔ اور لمبی سیدھی سڑک کو مایوسی سے دیکھنے لگا۔ جس پر کوئی آدمی نظر نہ آتا۔ دور بس سٹاپ پر دو چار آدمی کھڑے تھے۔ کھمبے کے نیچے پان سگریٹ والا اکڑوں بیٹھا تھا۔ لیکن اس سے پچھلے موڑ سے کوئی سائیکل سوار نہ آتا تھا۔ جو اس کے دل کی امید بندھاتا۔ عام طور پر جب بھی کوئی سائیکل سوار تیزی سے موڑ کاٹتا اللہ بخش کی آنکھیں اسی پر جم جاتیں۔ ٹاہلی کے پچھلے چار درختوں تک اس کے پڈال زور سے چلتے اور اگر پانچویں کیکر پر آکر قدم رک جاتے اور سائیکل شہد کی دھار کی طرح نرمی سے پھسلنے لگتی تو اللہ بخش کی آنکھوں کی پتلیاں پھیل جاتیں اور حقے کی نے پر اس کے ہونٹ کھلے رہ جاتے۔ پھر دو سو گز آگے آکر جب سائیکل سڑک سے پھسل کر پگڈنڈی پر اترتا تو اللہ بخش بے اختیار پکار اٹھتا۔

"مولا تیرا شکر ہے۔"

اور چند لمحوں میں آنے والا سائیکل کو قبرستان کی کچی دیوار سے ٹکا کر اسے کسی کی موت کی خبر سناتا۔ وہ مسکراہٹ دباتے ہوئے قبر کا سائز پوچھتا تو آنے والا یا تو اسے فٹ کا

حساب بتاتا یا جیب سے مروڑے ہوئے کاغذ پر لپٹا ہوا دھاگا نکال کر اللہ بخش کے حوالے کرتا۔ اس کا دل دھاگا کھولتے کھولتے اچھلتا رہتا۔ کہ نامعلوم کس سائز کی قبر تیار کرنا پڑے۔ اور اس کے کتنے پیسے ملیں۔ دھاگے کا ایک سرا ہاتھ میں پکڑ کر وہ بازو سیدھا کھڑا کرتا اور لٹکے ہوئے دھاگے کے نچلے سرے کو دیکھتا ہوا بڑے کاروباری انداز میں پوچھتا۔

"اور کب لاؤ گے جی میت؟"

آنے والا میت کا لفظ سن کر کانپ سا جاتا لیکن اللہ بخش خیال کیے بغیر جواب لے کر کدال سنبھالنے لگتا۔

یہ عجیب اتفاق تھا کہ پچھلے ایک ہفتہ سے کوئی مردہ نہیں آیا تھا۔ اور اللہ بخش کی آمدنی کا بھرپور وسیلہ بند تھا۔ پھر بارش بھی ہوتی رہی تھی۔ کوئی اللہ والا فاتحہ کو بھی نہیں آتا تھا۔ دو ایک آئے بھی لیکن اسے کچھ دیے بغیر چلے گئے۔ وہ سوچتا تھا، پچیس ہزار کی آبادی اور ایک بھی موت نہیں ہوئی۔ کہیں ایسا تو نہیں کہ کمیٹی نے کوئی اور قبرستان بنوا دیا ہو۔ اس نے سکریٹری کو خوش تو بڑا رکھا ہوا تھا۔ اسی وجہ سے دوسرے قبرستان کی سکیم ہر دفعہ کمیٹی سے نامنظور ہو جاتی تھی۔ لیکن جہنم میں جائیں سب ڈاکٹر جو ستر اسی سال کے کھوسٹ لوگوں کو بھی بار بار موت سے بچا لیتے ہیں اور اپنی آمدنی کے لالچ میں دوسروں کی روزی مارتے ہیں۔ اس نے گردن ہلا کر نفرت سے زمین پر تھوکا۔ پوٹلی اٹھائی۔ اس میں سے تمباکو کی پتی نکال کر ہاتھوں میں مسلی۔ چھوٹی سی چلم زمین پر مار کر راکھ جھاڑی۔ اس میں پتی جمائی۔ اوپر حقہ کی نے سے پانی کے دو قطرے ٹپکائے اور منہ نلکی سے لگا کر ماچس چلم پر لگائی۔ تیلی کا شعلہ ایسے چلم پر چپکا جیسے بچہ کتے سے ڈر کر ماں کی چھاتی میں چھپتا ہے۔

اللہ بخش نے "کھول" کر کے بہت سا دھواں منہ سے اگل دیا۔ اور پکار اٹھا۔

"توبہ میری۔ اتنا مندا کبھی نہ دیکھا تھا۔ پتہ نہیں ملک الموت بھی کہیں مر گیا ہے۔"

اللہ بخش بیزار تھا کیوں کہ پچھلے دس دن سے اس نے گھر میں کوئی پیسے نہ دیے تھے۔ ایک دو دفعہ وہ گھر گیا لیکن خالی ہاتھ۔ اس کے دس سالہ بچے شرفو نے پتنگ کے لیے پیسے مانگے تو وہ نہ دے سکا۔ حالانکہ پتنگ کے لیے اس نے کبھی انکار نہ کیا تھا۔ ساری عمر اس نے خود خوب پتنگ بازی کی تھی۔ ہر وقت قبرستان میں رہنے والا قبروں سے تو بات نہ کر سکتا تھا۔ اس کا باپ اسے وہیں چھوڑ کر خود ادھر ادھر چلا جاتا۔ اور اگر اسے پتہ چلتا کہ بعد میں اللہ بخش غیر حاضر رہا ہے۔ تو وہ اسے شہتوت کی سینٹی سے مارتا۔

"ابے ماں کے خصم! جنازے کا بھی کوئی اعتبار ہے۔ تو کیا سمجھتا ہے کہ موت کے بھی دفتری ٹیم (TIME) ہیں۔"

اس لیے اللہ بخش قبرستان میں ہی اچک اچک کر پتنگ اڑاتا رہتا۔ اب تو پچاس برس کی عمر میں وہ یہ شغل چھوڑ چکا تھا۔ لیکن اپنے لڑکے شرفو کو پتنگ اڑاتے دیکھ کر اس کا دل بھی اچھلنے لگتا۔ اس لیے وہ اسے کبھی نہ روکتا۔ بلکہ پیچ لڑانے کے ڈھنگ بتایا کرتا۔

لیکن اللہ بخش کو سب سے زیادہ دکھ یہی تھا کہ اسے تنگ دستی کی وجہ سے بچے کو پیسوں سے انکار کرنا پڑا۔ اس لیے وہ دو تین روز سے گھر بھی نہ گیا تھا۔ اور قبرستان کی کوٹھڑی میں ہی رہتا تھا۔ البتہ بیوی اور دس سالہ لڑکے شرفو کو شہر میں رکھا تھا۔ جہاں بندو چاچا ان کی دیکھ بھال کیا کرتا تھا۔ دوسرے چوتھے روز اللہ بخش گھڑی بھر کو چلا جاتا۔ بیوی کو دھوتی کی ڈب سے روپے کھول کر دیتا۔ شرفو کے پتنگ کو دو چار تنکے مارتا۔ چاچے بندو کی دکان پر چلم کے چار کش لیتا۔ بازار میں اڑوس پڑوس کی بات کرتا اور پھر واپس قبرستان آجاتا جہاں کیکر اور دھریک کے درختوں کے جھنڈ میں اس کی کوٹھڑی تھی۔ اور حقہ تھا۔ کسی کے مرنے کی خبر آتی تو وہ قبر کھودنے، جنازے کا انتظار کرنے، وضو کے لیے کوزے اکٹھے کرنے اور قبر پر انڈیلنے کے لیے پانی کے گھڑے بھرنے میں مصروف رہتا۔ کوئی

لوگ عزیزوں کی قبر پر فاتحہ خوانی کے لیے آتے تو وہ بھی وہاں جا پہنچتا۔ اور اس پریت سے قبر پر سے خشک پتے ہٹاتا۔ اور مٹی کے ڈھیلے ارد گرد جماتا جیسے قبرستان میں وہ سب سے زیادہ اسی قبر کا خیال رکھتا ہے۔ فاتحہ والے اسے کچھ دے دیتے تو قبر کی سب دلچسپی بھول کر انھیں وہیں چھوڑتے ہوئے کوٹھڑی میں آکر حقہ پینے لگتا۔

اللہ بخش نے اسی کوٹھڑی میں پچاس سال پہلے جنم لیا تھا۔ جب یہاں تھوڑی سی قبریں تھیں۔ انہی قبروں کی ڈھیریوں کے سہارے اس نے چلنا سیکھا تھا۔ ماں سے روٹھ کر یا باپ سے ڈر کر وہ پکی قبروں کے بڑے کتبوں کے پیچھے چھپ جایا کرتا تھا۔ قبرستان کے روایتی ڈر کا اسے کبھی احساس بھی نہ ہوا تھا۔ خواہ تاروں بھری ٹھنڈی رات ہو یا بجلیاں برساتے طوفانی اندھیرے لئے جب اس نے شعور سنبھالا۔ تو ہر طرف قبریں دیکھیں جن میں کبھی کبھار جنازے آیا کرتے تھے۔ دس پندرہ خاموش سے آدمی اور چار پانچ شور کرتی عورتیں۔ بڑ کے پیڑ کے نیچے جنازہ رکھا جاتا۔ لائن بنائی جاتی۔ جس میں سے مولوی صاحب ضرور ایک کو آگے پیچھے کرتے۔ پھر مولوی صاحب تھوڑی دیر بعد لمبی آواز میں چلاتے تو پیچھے کھڑے لوگ اپنی آوارہ نظریں سمیٹ کر سامنے والوں کی ایڑیاں دیکھنے لگتے۔ اس کا باپ اچھی بھلی تیار شدہ قبروں سے خواہ مخواہ مٹی ادھر ادھر کرتا رہتا۔ اور وہ باپ کے اشارے کا منتظر درخت کی اوٹ میں چھپا رہتا۔ جیسے ہی مردہ لحد میں اتارا جاتا۔ اللہ بخش لپک کر چارپائی سے نئے لٹھے کی سفید چادر اٹھا کر سیدھا ماں کو دے آتا۔ جو پہلے ہی انتظار میں ہوتی۔ مہینے ڈیڑھ بعد اس کا باپ ساری چادریں لے کر حاجی کریم اللہ کپڑے والے کی دکان پر جاتا اور روپے ڈب میں ڈال کر دہکتے ہوئے چہرے سے واپس آتا۔

خدا بخش کو احساس ہی نہ تھا کہ موت کیا ہوتی ہے؟ یہ اس کے لیے کاروبار تھا

دوسرے کی موت میں اس کی زندگی تھی۔ اور ان کی زندگی سے اس کے اپنے مرنے کا ڈر تھا اس لیے وہ ہمیشہ چاہتا تھا کہ دوسرے ایسے ہی مرتے رہیں۔ جیسے کہ تیس سال پہلے ہیضے میں مرتے تھے۔ کیا دن تھے وہ بھی!!!! ایک کے بعد دوسرا۔ دوسرے کے لیے اسے علیحدہ مزدور لگانے پڑے۔ ان دنوں تو وہ خاصا افسر بن گیا تھا۔ دس مزدور اس نے رکھ لیے تھے۔ اور خود ہاتھ میں ڈنڈا لیے ان کی نگرانی کرتا رہتا۔ انھیں کدالیں بھی اپنے پاس سے خرید کر دیں۔ اب تک وہی اس کے کام آرہی تھیں۔ اتنی آمدنی ہوئی تھی ان دنوں کہ اس نے ٹھاٹھ سے اپنی شادی رچائی۔ ورنہ تو اتنے نک چڑھے گورکن کی بیٹی کا رشتہ اسے کون دیتا تھا۔ اور جب بیوی پہلی مرتبہ آئی تو سب قبروں پر دیے روشن کیے تھے۔ کیا بہار تھی وہ بھی۔ اور اب تو نئی نئی دواؤں کی وجہ سے کوئی وبا آتی ہی نہ تھی۔ اسی لیے وہ گزشتہ برس سے بائیں آنکھ کے موتیے کا آپریشن بھی نہ کر سکا تھا۔

ویسے اپنے کاروبار میں اللہ بخش کافی ہوشیار تھا۔ قبرستان کے باہر بورڈ لگا تھا کہ چھوٹی میت کی قبر کی کھدائی پانچ روپے اور بڑی قبر کی کھدائی دس روپے ہے۔ لیکن بورڈ کے حروف اس نے بڑی چابکدستی سے بیچ بیچ میں سے مٹا دیے تھے۔ اور عام طور پر پندرہ روپے فیس لیا کرتا تھا۔ اگر کوئی اعتراض کرتا تو کہتا:

"بادشاہو! ادھر بورڈ لگا ہے خود دیکھ لو۔"

دیکھنے والا اگر چلا بھی جاتا تو کچھ نظر نہ آتا۔ زنگ آلود سطح کو انگلیوں سے صاف کرنے پر اگر کسی حرف کا بچا کھچا کونا نظر آجاتا اور وہ کوشش سے پڑھ بھی لیتا تو اللہ بخش کہتا۔

"جوناب! دیکھتے نہیں عرصہ سے بارش نہیں ہوئی۔ پتھر کی طرح زمین سخت ہے۔ دو آدمی ساتھ لگائیں گے تب ہی قبر تیار ہوگی۔ ان کو بھی تو مزدوری دینا ہے۔"

اور اگر کبھی بارش ہوئی ہوتی تو کہتا، "جوناب، آپ کو کیا پتہ کتنا مشکل کام ہے، مٹی اتنی نرم ہے کہ بار بار کنارے اندر گر جاتے ہیں۔ دو آدمی ساتھ لگانا پڑیں گے۔"

لاش قبر میں اتارنے کے بعد جب سب لوگ ایک مٹھی مٹی کی پھینک دیتے تو وہ بڑی تندہی سے کدال چلا کر ڈھیری بناتا۔ دونوں ہاتھوں سے سطح ہموار کرتا۔ دو ٹین پانی کے چھڑکتا، اور مردے کے وارث سے دس پندرہ قدم دور چلا جاتا۔

"جوناب اگر حکم ہو تو ڈھیری جمانے کے لیے دو چار دن ماشکی سے پانی ڈلوا دوں۔" وہ فاصلہ کا فائدہ اٹھاتے ہوئے پکار کر کہتا۔

دو ایک بزرگ فورا "ہاں" پکار اٹھتے اور وارث کی جیب کا بوجھ اور ہلکا ہو جاتا۔

"اور جوناب اگر حکم ہو تو پہلی تین جمعراتوں کو پنج تن پاک کا دیا بھی جلاؤں؟"

متوفی کے خاندان سے تعلقات کا دعوی کرنے والے چند لوگ ہاں ہاں پکار اٹھتے۔ اور وارث کی پیشانی سکڑ جاتی۔

اللہ بخش پہلے دس پندرہ دن ہر نئی قبر کا خاص خیال رکھتا کیونکہ رشتہ دار آتے رہتے تھے۔ بعد ازاں ہر جمعرات کو اور پھر تہواروں کو قبر درست کیا کرتا۔ زندوں کا مردوں سے واسطہ ہی اتنا ہوتا تھا۔ اس کے بعد اللہ بخش بیل یا گدھے کو قبر کے اوپر سے گزار دیتا، جس سے کنارے ٹوٹ جاتے، چوٹی دب جاتی اور ایک آدھ گڈھا پڑ جاتا۔ اگلی دفعہ آنے والا رشتہ دار خفا ہوتا۔ اور خفگی کے بعد آئندہ احتیاط کے آرڈر کی قیمت بھی ادا کر جاتا۔ نئے ن مرنے والوں کے گھروں سے جمعرات اور تہواروں کا کھانا علیحدہ تھا۔

اسکے مانگنے کے بھی قواعد تھے۔ مرنے والے بچوں کی ماں سے مانگو۔ جوانوں کے باپ سے مانگو۔ ساس سے کبھی نہ مانگو۔ بوڑھوں کے سب سے بڑے بیٹے سے مانگو۔ رونے والوں کی باری ہوتی ہے۔ ایک شخص شدت سے روتا ہے اور باقی اسے چپ کراتے ہیں۔

اس کے چپ ہونے پر دوسرا اسکی جگہ لے لیتا ہے۔ جو شخص بار بار روئے، اس سے کچھ نہ مانگو، کیونکہ وہ سب سے زیادہ ہوشیار ہے اور کچھ نہ دیگا۔ ایسے وقت میں مانگو جب دینے والا دو چار آدمیوں میں کھڑا ہو۔ چالیسویں پر جتنا لے سکتے ہو لو کیونکہ بعد ازاں بہت کم لوگ قبر کی خبر لیتے ہیں۔

وہ اپنی تفریح کا سامان بھی موت سے کیا کرتا تھا۔ فلاں آدمی روتا کیسے تھا۔ جیسے آٹے کی چکی ٹھو ٹھو کر رہی ہو۔ آج پھر مولوی شیر علی جنازے کے ساتھ آیا تھا۔ عجب طریقے سے دعا پڑھتا ہے یہ بھی۔ جیسے رائے طوطا بول رہا ہو۔ یہ بوڑھا بھی خوب آدمی تھا۔ رونا تو آتا نہ تھا۔ خواہ مخواہ دوسروں کو متاثر کرنے کے لیے منہ بسوڑ رہا تھا۔ جیسے پیٹ میں درد ہو۔ کتنی مضحکہ خیز شکل بن جاتی تھی اس کی۔ اور وہ کوٹھڑی میں پڑا حقہ پر منھ جمائے پہروں ہنسا کرتا۔ اگر کسی ساس یا سسر کی دو بہوئیں اپنے خاندانوں سمیت آجاتیں تو اسے بڑا لطف آتا۔ دونوں بہوئیں ایک دوسرے سے بڑھ چڑھ کر رونے کی کوشش کرتیں اور اتنا شور کرتیں کہ وہ حقہ پر ہونٹ جما کر مسکراہٹ چھپانے لگتا۔ اس دن اسے آمدنی بھی ہو جاتی۔ جب موٹی عورتیں قبروں سے لپٹ کر روتیں تو وہ پیچھے کھڑا انکی ہلتی ہوئی پشت کی تھراہٹ پر دل ہی دل میں ہنستا جاتا، جیسے آگ پر پڑی ہوئی کیتلی کا ڈھکن اچھلتا رہتا ہے۔

جوانی کے دنوں میں اللہ بخش ہمیشہ اس موقع کی تاڑ میں رہتا۔ جب برادری کی بہت سی عورتیں اکٹھی فاتحہ خوانی کے لیے آتیں۔ ان کے سوگ کا انداز خاندانی سیاست کے تناسب سے متعین ہوتا تھا۔ بعض تو ایسی اداکاری کرتیں کہ پیٹتے پیٹتے بے حال ہو جاتیں، برقعہ غائب۔ دوپٹہ پہلے بازوؤں میں الجھتا، پھر اڑ کر سامنے والے کیکر پر جا گرتا۔ گریباں کھل جاتے اور اللہ بخش۔۔۔۔۔۔۔۔ دیکھتا ہی جاتا۔ بعض اوقات ان میں

سے ایک آدھ غش کھا کر گر پڑتی اور باقیوں کی چیخیں اسے مدد کو بلاتیں۔ وہ دوڑ کر چارپائی اٹھا لاتا۔ اور بعض دفعہ اسے خود ہی اسے اٹھا کر چارپائی پر ڈالنا پڑتا۔ تب وہ کوٹھڑی میں حقہ پیتے ہوئے گھنٹوں اس موقعہ کا ذہنی طور پر مزا لیتا رہتا۔ ایک عورت سے تو اس کا معاشقہ بھی چل نکلا تھا۔ وہ دو ایک دفعہ قبر پر آکر بے ہوش ہوئی۔ اور اللہ بخش نے اسے سنبھالا۔ اور بعد ازاں کافی عرصہ اسے بغیر بے ہوش ہوئے سنبھالتا رہا۔

اللہ بخش کے لیے ب موت نہ تو حادثہ تھی اور نہ المیہ۔ غمزدہ چہرے۔ ابلتے ہوئے آنسو۔ دبی ہوئی سسکیاں۔ فاتحہ کے لیے اٹھے ہوئے پر خلوص ہاتھ اور پھٹی پھٹی آنکھیں اس کے دل میں کوئی تاثر پیدا نہ کرتی تھیں۔ جب مردے کو لحد میں اتارنے سے پہلے کفن کھول کر چہرہ دکھایا جاتا تو ایک کہرام مچ جاتا۔ لیکن اللہ بخش اس وقت بھی قبر میں سے پاؤ پاؤ مٹی نکالتا رہتا۔ اور لوگوں کو کنارے سے پرے ہٹاتا رہتا۔ بوڑھے والدین اپنی جواں مرگ اولادوں کی قبروں پر آئیں۔ یا معصوم بچے اپنی ماں کی تربت سے لپٹ کر "امی امی" پکاریں، یا کسی لطیف رشتے والی ہستی دنیا کی نظروں سے چھپ کر کسی ڈھیری پر چپ چاپ آنسو بہاتی رہے، وہ ان سب کی دلی حالت سے بے پرواہ پیسے بٹورنے کی فکر میں رہتا۔ قبر کھودنے میں بھی وہ کبھی ملول نہ ہوا تھا۔ بلکہ کدال چلاتے ہوئے ماہیا کے بول الاپتا رہتا۔ اور اگر کبھی زیادہ پیسوں کے ملنے کا یقین ہوتا تو ہر دو چار ہاتھ چلانے کے بعد کدال سر پر اٹھا کر قبر میں ہی ناچنے لگتا۔ اور جب لحد تیار ہو جاتی تو اندر نرم نرم مٹی پر بیٹھ کر حقہ پیتا رہتا۔ ایک دن بندو چچا اسے پوچھتے پوچھتے قبر کے کنارے تک آ گیا۔

"او بخشا۔ تو جندگی میں ہی قبر میں گھس پڑا۔ باہر بیٹھ کر حقہ نہیں پی سکتا کیا؟"

اللہ بخش نے نتھنے ت پھلا کر دھواں باہر پھینکا اور کھانس کر بولا، "ہماری تو جندگی ہی قبروں میں ہے چاچا۔ گڑھا کھودتے رہیں تو اپنے پیٹ کا گڑھا بھرتا ہے۔"

"تجھے ڈر بھی نہیں آتا اس میں بیٹھے بیٹھے؟"

"ڈر کاہے کا پگلے۔ تانگے کا کوچبان بھی تو رات گھر آکر گھوڑے سے دو لاڈ کر لیتا ہے۔ ہم کیوں نہ دم بھر کو لاڈ کریں اس سے۔"

اسی طرح الہک بخش کی ساری عمر قبروں سے لاڈ کرتے گزری تھی۔ لیکن پچھلے ہفتہ بھر سے قبر کھودنا ملی ہی نہ تھی۔ وہ پیار کس سے کرتا۔ سارا سارا دن اونگھتے گزر جاتا۔ چلم پی پی کر اس کی چھاتی پکنے لگی تھی۔ سڑک کی طرف دیکھتے دیکھتے آنکھیں پتھرا گئی تھیں۔

"یا مولا کسی کو بے موت ہی مار ڈال۔" قبل دوپہر کا تیز سورج اس کی پیشانی پر چمک رہا تھا۔

سہ پہر کے قریب اللہ بخش حقہ سینے سے چموڑے دھیرے دھیرے کش لے رہا تھا۔ اس کی نظریں سڑک کی طرف لگی تھیں۔ اور انگلیوں میں گھاس کے تنکے مروڑ رہا تھا۔ معاً ایک سائیکل سوار تیزی سے موڑ مڑا۔ اللہ بخش کے ہونٹ کش لگانے سے پہلے کھلے رہ گئے۔ سائیکل آگے آرہی تھی۔ اور وہ ٹکٹکی باندھے دیکھ رہا تھا۔ پانچویں کیکر کے پاس آکر سوار نے پیڈل روک لیے۔ اللہ بخش کا سانس رک گیا۔۔۔۔ سائیکل پھسلتی آئی اور۔۔۔۔۔۔ اور۔۔۔۔۔۔ سڑک سے ہٹ کر پٹڑی پر اتر آئی۔

"شکر ہے مولا تیرا۔" اللہ بخش اچھل پڑا "سن لی تونے مجھ غریب کی۔"

سائیکل سوار قریب آیا لیکن اترا نہیں۔ وہ پندرہ سولہ برس کا لڑکا تھا۔ دروازے کے پاس آکر اس نے تیزی سے پیڈل الٹے گھمائے اور موڑ مڑتے ہوئے ہاتھ ہلا کر بولا۔

"جلدی سے چار فٹ کی قبر تیار کر دو۔"

اور یہ جا وہ جا۔

اللہ بخش کے ہاتھ سے حقہ لڑھک گیا۔ تھوڑا اٹھتے ہوئے وہ پکارا۔

"ارے سن تو۔"

لیکن لڑکے نے مڑ کر ہاتھ ہلایا اور پکارا:

"جلدی کرو۔"

پھر تیزی سے آٹا گوندھنے کی طرح پیڈل مارتا نکل گیا۔

لمحہ بھر کو اللہ بخش کو غصہ آیا۔ مگر پھر ایک دم اس پر خوشی غالب آگئی۔ ساری رگوں میں ایک دم پھرتی جاگ پڑی۔ اور وہ کدال اٹھا کر قبرستان کے سرے کی طرف لپکا۔ زمین پر کدال جما کر دونوں سروں پر نشان لگایا۔

"یہ تین فٹ ہوئے!" وہ بولا۔ پھر کدال کا اگلا پھل ٹکا کر دوسرا نشان لگایا۔

"یہ پورے چار اور۔۔۔۔۔۔۔ یہ ہوئی ایک بالشت۔" نشان لگا کر اس نے ہاتھوں میں تھوکا اور جب کدال اٹھانے لگا تو ملول سا ہو گیا۔

"مولا جی سات روز بعد بھیجا بھی تو ایک دانہ ہی۔"

دانہ سے مراد بچہ کی لاش تھی۔ اور یہ چیز مایوس کن تھی کیوں کہ اللہ بخش کا زندگی بھر دستور رہا تھا کہ بچے کی میت کی قبر کی کھدائی کے علاوہ اور کوئی بخشیش نہ لیا کرتا تھا۔

"جس گھر کا بوٹا ہی ٹوٹ گیا جی۔ اس کو اور کیا توڑیں۔"

وہ اپنے واقف لوگوں سے کہا کرتا۔ اس لیے آج وہ زیادہ سے زیادہ پندرہ روپے لے سکتا تھا۔ جو بہت کم تھے۔ اپنی بیوی کو خرچے کے علاوہ شرفو کو پتنگ کے لیے تو کچھ دینا تھا۔

اللہ بخش کے ہاتھ جھپا جھپ چلتے گئے۔ کدال سر پر اٹھا کر دونوں بازو پورے زور سے زمین پر مارتا اور رکا ہوا سانس باآواز بلند چھوڑتا۔ ایک گھنٹہ میں اس نے قبر تیار کرلی۔ پہلے کدال پر جما جما کر مٹی باہر پھینکی اور پھر ہاتھوں سے سمیٹ سمیٹ کر باہر ڈالنے لگا۔ اب کام کی تیز رفتاری گزر جانے کے بعد اس کو تھوڑا تھوڑا غصہ آنے لگا کہ صرف بچہ

کو مرا جب کہ اسے پیسوں کی ضرورت تھی۔ تھوڑی دیر تک وہ دل ہی دل میں جھنجھلاتا رہا کہ اللہ کے کارخانے میں کیا بوڑھوں کی کمی تھی۔ جو عزرائیل کو بچہ ہی ملا۔ اور پھر اس نے فیصلہ کیا کہ بلا سے دانہ ہی ہو۔ لیکن آج تو میں کبھی بخشیش نہ چھوڑوں گا۔ جب مولا ہم پر رحم نہیں کرتا۔ تو ہم دوسروں پر کیوں کریں یہ فیصہہ کر کے اس نے دھم سے کدال کو زمین میں دھنسا دیا۔ اور بڑے اعتماد سے حقہ میں چلم بھرنے لگا۔

اتنے میں بندو چاچا آتا دکھائی دیا۔

"ادھر ہی آجاؤ چاچا۔ چلم بھی تیار ہے۔" اس نے ہاتھ ہلا کر پکارا۔ چاچا چلتا چلتا وہیں پہنچ گیا۔ اللہ بخش کش لگا رہا تھا۔ اس لیے بولا نہیں۔ بندو نے قبر کا جائزہ لیا اور بولا:

"قبر بن گئی ہے؟"

اللہ بخش نے اس غیر ضروری سوال کا جواب دینا مناسب نہ سمجھا۔ اور حقہ کی نلکی بندو کی طرف موڑتا ہوا کھوں کھوں کرنے لگا۔ "آؤ بخشا ذرا شہر چلیں۔"

"واہ شہر کیسے چلیں ابھی تو جنازہ آنے والا ہے۔"

"ہاں وہ جنازہ ہی تو لانا ہے۔"

"کیا مطلب؟"

"اب کیا کہوں بخشا۔ اللہ کی رضا ہے۔ شرفو پتنگ اڑاتے اڑاتے کوٹھے سے گر کر مر گیا ہے۔ میں نے لڑکے سے کہا تھا کہ اللہ بخش کو نہ بتانا میں خود ہی آکر بتاؤں گا۔"

اللہ بخش ایک دم سن سا ہو گیا۔ اسے پہلی دفعہ پتہ چلا موت کیا ہوتی ہے۔ وہ ایک دم چیخ مار کر اٹھا اور کدال اٹھا کر دھا دھم مٹی قبر میں گرانے لگا۔

***

۲

برا خاوند

میر باقر علی

اکثر عورتیں شکایت کرتی ہیں کہ خاوند برا ہے، یہ وہ سچ کہتی ہیں، لیکن میں ان کو اس طرف متوجہ کرتی ہوں کہ پہلے وہ یہ تو دیکھیں کہ وہ بھی، بُرائی کے مادۂ حسد، غصہ، خود غرضی، خود بینی سے پاک ہیں یا نہیں۔ انسان کو شک اور شبہ مکدر نہیں کرتا جو جیسا ہوتا ہے، وہ دوسروں کو بھی ویسا ہی دیکھتا ہے، ہاں اگر تم دوسروں سے مہربانی چاہتی ہو، تو پہلے خود مہربان بنو اور انکو اگر اپنے سے سچا چاہتی ہو تو سچی پہلے خود بنو، جیسا دو گی ویسا لو گی تمہاری دنیا تمہارے خیالات کا آئینہ ہے، جیسی تمہاری صورت ہو گی ویسی ہی تمہارے سامنے آئے گی۔ اگر ہاتھ کو آگ میں ڈال دو گی، تو کیا ہو گا، جل ہی جائے گا، دنیا میں بڑی بد بختی غصہ اور حسد ہے، ان کو جتنا بڑھاتی رہو گی، یہ آگ تیز ہوتی جائے گی، جو تمہاری ذات کو جلا کر خاک کر دے گی۔ اس کے خلاف محبت شرافت نیک نیتی یہ سب فرحت بخش ہیں، جس وقت انسان سمجھ گیا ان مسائل کو اس وقت اس میں مضبوطی پیدا ہو جاتی ہے۔ جو شخص ہر حالت میں صابر رہتا ہے اور تمام حالتوں کو ضروری لوازم زندگی جانتا ہے وہ تمام تکلیفوں کو قابو میں لے آتا ہے تو یہ تکلیفیں اس وقت نیست و نابود ہو جاتی ہیں۔ جس طرح سے مصیبت اندر پیدا ہوتی ہے، آرام بھی اسی طرح اندر پیدا ہوتا ہے۔

میں یہ سب تمہارے ہی واسطے لکھ رہی ہوں اور تم ہی سے یہ گفتگو کر رہی ہوں، غور سے سنو اور دل میں جگہ دو اگر تم ان باتوں کو اختیار کرنے کا مصمم ارادہ کرلو گی تو تمہاری زندگی میں غضب کی تبدیلیاں نظر آئیں گی، اور تم اس سے فائدہ اٹھاؤ گی۔ اکثر عورتیں ماں باپ کو الزام دیتی ہیں کہ وہ بدبختی کا باعث ہوتے ہیں، نہیں بلکہ تم ہی اپنی تکالیف کا سبب ہو کیونکہ تم ہر وقت اپنی زندگی کو بدل سکتی ہو۔

اگر تم کسی بیدرد اور ظالم آقا کی نوکر ہو اور وہ تم سے بری طرح سے پیش آتا ہے تم اس کو اپنا سبق سمجھو اور اس کے ساتھ تم شرافت سے پیش آؤ اور صبر اور تحمل سے کام لو اور جو نقصان تمہیں پہنچا ہے اس سے یہ کام لو کہ اپنے میں دینی اور روحانی طاقت حاصل کرو اور اس سے اپنے آقا کو نہایت نرمی سے سبق دو کہ وہ خود شرمندہ ہوگا اور تم میں روحانی قوت حاصل ہوگی۔ اپنے قصور ڈھونڈنے میں اپنے اوپر رحم نہ کرو، شاید غلامانہ علامتیں مل جائیں، جب تم اپنے نفس کی غلام نہ ہوگی تو کسی کی مجال نہیں جو تم کو غلام بنائے۔ جب تم نفس امّارہ کو جیت لو گی تو تمام مصیبتوں پر غالب آجاؤ گی، پھر تم خود دیکھ لو گی کہ جو تم کو ستا رہا ہے، وہ خود شرمندہ ہو کر تمہاری غلامی اختیار کرے گا، تم اس مغالطہ کو دور کرو۔ دوسرا تم پر ظلم نہیں کر سکتا تم خود اپنے اوپر ظلم کر رہی ہو، دوسرے پر الزام نہ لگاؤ، اپنے اوپر الزام لگاؤ، نیکی سے باز نہ آؤ، اگر تم نیکی کے خلاف کرو گی تو صبر کی قوت تم میں سے جاتی رہے گی، جو کچھ تم کو میسر ہو اس میں مستعدی سے کام لو، ورنہ ہمیشہ کے لیے تم مصیبت میں مبتلا رہو گی، اگر تم آقا کی موافقت کرو گی، تو تمہاری قوت دوگنی اور کام کی ہو جائے گی، یہ تمہارا رات دن کا مشاہدہ ہے کہ ایک لکڑی چولہے میں لگاؤ تو شعلہ نہیں دیتی جب دو لکڑیاں مل جائیں گی تو شعلہ پیدا ہوگا۔

تم اپنے خاوند کے ساتھ ہنسی خوشی زندگی بسر کرو اور جو میسر ہو اس پر قناعت کرو۔

اگر تمہارے پاس محل نہیں ہے تو تم اپنی جھونپڑی کو فردوس بنا سکتی ہو، اگر قالین نہیں ہے تو ہنسی خوشی اور مہر و محبت کی باتوں کا فرش ایسا بچھا سکتی ہو کہ اوپر لیٹنے سے ہر کروٹ اور ہر پہلو آرام ہی آرام ہے، اور یہ وہ فرش ہے کہ نہ جس کو بارش خراب کر سکتی ہے اور نہ دھوپ۔ تم زندگی کے تھوڑے وقت سے مفید کام لو، اگر ایسا نہ کرو گی تو زیادہ وقت تم کو میسر نہ آئے گا اور تم کاہل اور بے پرواہ بن جاؤ گی۔ تمہاری سلطنت تمہارے اندر موجود ہے، جب طبیعت کو ادھر متوجہ کرو گی تو تمہاری مصیبتیں آسان ہو جائیں گی، جس قدر تم اپنے نفس کی قوتوں پر غالب رہو گی اسی قدر دنیا کے معاملات کو سمجھ سکو گی، جہالت ہی باعث تکلیف ہوتی ہے، جہالت سے تم ہر چیز کو قوت دیکر اپنے اوپر طاری کر لیتی ہو، تم دیکھو جس وقت تم کو غصہ آتا ہے تو تم اس کو رفع تو نہیں کرتیں، بلکہ یہ کوشش کرتی ہو کہ میں بڑھ کر بات کروں، تو تم ہی انصاف کرو کہ دوسرا بھی تم ہی جیسا ہے، وہ بھی ایسا ہی چاہے گا، تو کیا ہو گا کہ جھگڑا بڑھ جائے گا اور جھگڑے میں سوائے نقصان کے کوئی فائدہ نہیں، کیونکہ غصہ کی ابتدا جنوں اور انتہا پشیمانی، پھر یہ بتاؤ کہ اس خرابی کا باعث کون ہوا، تم یا دوسرا اور پھر تم خاوند کو بُرا کہو، غصہ کا زہر بدن میں سرائیت کرتا ہے، جو شخص نیک بن جاتا ہے، وہ دنیا کو زیر کر لیتا ہے، جب انسان ناداری اور کمزوری کو مغلوب کر لیتا ہے تو اندر سے خود بخود ایک غیر مغلوب اور عالمگیر طاقت پیدا ہو جاتی ہے۔

نیک دنیا کو زیر کر لیتا ہے اور دولت مند اکثر خوشی سے محروم رہتا ہے، اکثر میری بہنیں شکایت کرتی ہیں کہ نوکر ہمارے پاس نہیں ٹھہرتا، بُوا کچھ ہمارے نمک ہی کی یہ تاثیر ہے۔

سنو بھاگ جانے کا عیب ان میں نہیں ہے، بلکہ تم اگر دیکھو تو معلوم ہو گا کہ وہ عیب تم ہی میں ہے اس عیب کو اپنے ہی میں ڈھونڈو اور دریافت کرو کہ وہ کیا شے ہے جو

دوسروں کے دلوں کو بگاڑ دیتی ہے۔ تم تو نوکروں کے ساتھ مہربانی سے پیش آؤ، ان کے آرام کا خیال رکھو، ان کی بساط سے زیادہ کام نہ لو، جو خدمت اس پر جائز ہے وہ خدمت لو بلکہ اس کے ساتھ وہ کرو کہ جیسا تم کو تمہارا سچا خیال بتائے، پھر وہ تم سے اچھی طرح سے پیش آئے گا۔ بس یہی رمز ہے، اگر اس رمز کو سمجھ گئیں تو بیڑے پار ہیں۔

اکثر کا قول ہے کہ ہمارا کوئی دوست نہیں، یہ کہہ کر وہ اوروں پر الزام تھوپتے ہیں، بلکہ وہ عیب خود ان کی ذات میں ہے۔ تم دشمنوں سے محبت کرو تو دوست خود تمہارے پاس آجائیں گے، جو شخص خود غرضی اختیار کرتا ہے وہ اپنے دشمن آپ پیدا کرتا ہے اور جو اس کے خلاف ہے وہ دوستوں سے گھرا رہتا ہے۔ لڑائی، طاعون، قحط، یہ تمہارے بیجا خیال سے پیدا ہوتے ہیں۔ نفرت، غصہ، خود بینی، غرور، طمع، نفس پرستی، ضد یہ سب افلاس کی جڑیں ہیں اور اس کے خلاف محبت، شرافت، رحم، فیاضی یہ سب دولت کی سوتیں ہیں۔ ہر شخص کا اندازہ اس کی محبت سے کرو، جو شخص جذبوں کو قابو میں کرلیتا ہے وہ سب کے ساتھ محبت سے پیش آتا ہے، جیسے سمندر کی تہہ سنسان ہے جہاں کسی طوفان کا اثر نہیں ہوتا، اسی طرح دل ہے، اگر اس کے اندر تم غور کرو تو تم کو معلوم ہوگا کہ دل کی تہہ امن سے بھری ہوئی ہے۔ بُری باتوں کا اثر بعد تک رہتا ہے جب آدمی قدرت کو سمجھ لیتا ہے تو اپنے کو مٹی کا پتلا نہیں جانتا، بلکہ اس کو یہ معلوم ہو جاتا ہے کہ میں کون ہوں اور کس واسطے پیدا کیا گیا ہوں، اور جسم کو جانتا ہے کہ یہ میرا مکان ہے اور میں اس کا مالک ہوں۔ تم خاوند کی ذات سے اپنے کو الگ نہ سمجھو۔ دیکھو ٹہنی درخت سے الگ ہو کر گو ساری صفات اس میں درخت کی سی، صورت، پتے، کوپل موجود ہیں لیکن تھوڑی دیر میں وہ مرجھا کر فنا ہو جائے گی۔ اسی طرح سے جب تم اپنے آپ کو الگ رکھو گی تو کیا ہوگا، جیسا ٹہنی کا حشر ہوا۔ آگ جب تک چولہے میں ہے انگارہ باہر راکھ فقیر گھر کے اندر شاہ باہر

گدا۔ جو شخص غصے اور جذبوں سے کام لیتا ہے وہ اپنی طاقت کم کر دیتا ہے۔ خواہش مثل سمندر کے لا انتہا شے ہے۔ تم جتنا اس کے پورا کرنے کی خواہش کرو گی وہ اور بھی زیادہ ہوتی جائے گی کیونکہ پانی جتنا سمندر میں آئے گا اس کا شور سوا ہوتا جائے گا۔ خواہش دوزخ کا ملک ہے کہ تمام مصیبتیں وہیں آکر جمع ہوتی ہیں اور ترک خواہش جنت ہے اور یہ دونوں تمہارے اختیار میں ہیں۔ جب تم یہ سمجھنے لگو گی کہ خواہش کی حقیقت کیا ہے تو تمام جذبوں پر غالب آجاؤ گی۔ یہ سمجھ کر تم اپنے ارادہ پر قائم رہو، دو دِلا شخص کامیاب نہیں ہوتا۔ تم اب تک جن وحشیانہ خواہشوں کا شکار بنی رہیں اب تم ان پر اقتدار پیدا کرو اور بدگوئی، کھل کھلا کر بلا کسی سبب کے ہنسنا لغو اور بے معنی باتیں کہ ان میں سوائے نقصان کے کوئی فائدہ نہیں ہے، ترک کرو، جوش یا جذبہ سے کام لینا گویا قوت کا کم کرنا ہے۔ جس قدر تم اپنے نفس کی قوتوں پر غالب رہو گی، اسی قدر تم دنیا کے معاملات کو سمجھ سکو گی۔ تمہارا خیال تمہاری ایک تصویر ہے جو دوسروں کے آئینہ دل پر پڑ کر اور وہاں سے منعکس ہو کر تم پر برا یا بھلا اثر پیدا کرے گی۔ دشمنی اور فساد اور کینہ یہ سب بدی کے گویا قاصد ہیں، جو برے خیالات کو تمہارے دلوں میں اکساتے ہیں، جب تم ان قاصدوں کو دوسروں کی طرف بھیجتی ہو تو دوسرا ان کو زبردست کر کے اور خلعت پہنا کر تمہاری طرف روانہ کرتے ہیں اور جو نیک ہیں وہ اس کے خلاف، اچھا وہ ہے جو بری قوتوں پر قادر ہو، اور برا وہ ہے جو ان قوتوں کے بس میں ہو۔ اس کے حاصل کرنے کی صورت اس سے بہتر نہیں کہ انسان اپنے کو قابو میں رکھے۔ اگر تم اندرونی قوتوں کے بس میں رہو گی تو بیرونی مدد کی محتاج رہو گی۔ دنیا میں کوئی شے ایسی نہیں جو روح سے پیدا نہ ہوتی ہو۔ ان سب مصیبتوں کی جڑ گناہ ہیں اور یہ کیوں ہیں کہ تم کو مختلف اشیاء کا علم نہیں، جب تک کسی شے کا علم نہیں ہوتا اس وقت تک آدمی بے قرار رہتا ہے۔ ایک بچہ شمع پکڑنے کی ضد کیا

کرتا تھا اور اس کی ماں اس کو روکتی رہتی تھی۔ ایک روز ماں اس کی کسی کام کو گئی ہوئی تھی اور بچہ کا قابو چل گیا، اور اس نے دوڑ کر شمع کو پکڑ لیا، نتیجہ معلوم ہو گیا، پھر اس نے ضد نہ کی۔ جب تک اس کو شمع کے جلانے کا علم نہ ہو تا بے قرار رہتا، جب علم ہو گیا بے قراری جاتی رہی۔ تم حسد، طمع، غصہ کی تو مطیع رہو اور کامل صحت کی امید کرو تو کیا ہو گا کہ ہمیشہ بیماری کے پیچ میں مبتلا رہو گی۔ غصہ میں صحیح فیصلہ کی قوت نہیں ہوتی۔ اگر تم اپنے نفس کو نیک خیال میں لگاؤ گی خود نیک ہو جاؤ گی، جب فضول خیالات تمہارے ذہن سے نکل جائیں گے تو راحت ہی راحت ہے۔ ہم ایک جسم کے اعضاء ہیں، اگر جسم میں کسی اعضاء کو تکلیف ہو گی تو کیا ہو گا کہ تمام جسم بے چین ہو گا۔ جاہل اپنا مقصد نکالنے میں تمام دنیا کو اگر نقصان پہنچے تو دریغ نہیں کرتا، محبت تمہاری ضرورت کے وقت تمہاری پشت پناہ ہو جائے گی۔ اگر تم دل سے کام کو کرنا چاہتے ہو تو اپنی سمجھ سے فائدہ اٹھاؤ اور جو تمہارے خیال میں آیا ہے شروع کرو، جرأت یا حوصلہ جادو کا اثر رکھتا ہے اور اس کے ساتھ ذہانت اور طاقت سب کچھ آجاتی ہے۔ شروع کرنے کی دیر ہے، انشاء اللہ اختتام کو پہنچ جاوے گا۔

***

۳

کنواں

بلراج کومل

جب میونسپل کارپوریشن کی طرف سے شہر کے بیشتر حصوں میں پانی کے نل مہیا کر دیئے گئے تو شہر کے اکثر کنویں بے مصرف ہو گئے اور کافی عرصہ تک بے مصرف رہے۔ آخر ایک ذہین شہری نے ان کا ایک انوکھا مصرف ڈھونڈ نکالا۔ اس نے ایک جست میں کنواں پھلانگنے کا انوکھا تجربہ کیا۔ یہ تجربہ کامیاب رہا۔ نتیجتاً اس ذہین شہری نے کنواں پھلانگنے کا مشغلہ باقاعدہ طور پر اختیار کر لیا۔ جب وہ ایک کنواں پھلانگ چکتا تو اس کی خواہش ہوتی کہ وہ ایک اور کنواں پھلانگے۔ ہر بار وہ پہلے سے زیادہ مشکل صورت حال کا انتخاب کرتا اور تماشائیوں کی تالیوں اور واہ واہ کے درمیان کنواں پھلانگنے میں کامیاب ہو جاتا۔ اس کی مقامی رفتہ رفتہ شہرت کا درجہ اختیار کر گئی اور اب اس کا نام بیرونی ممالک کے اخبارات میں بھی کہیں کہیں نظر آنے لگا۔

کسی بھی فرد کا کوئی دعویٰ ایسا نہیں ہے جس کو چیلنج کرنے کے لیے دوسرا فرد موجود نہ ہو۔ چنانچہ گولنکر کے سلسلہ میں بھی یہی ہوا۔ ایک روز اسے ڈاک سے ایک خط ملا۔ یہ خط ایک اجنبی کی طرف سے تھا جس نے گولنکر کو کنواں پھلانگنے کے مقابلہ کے لیے چیلنج بھیجا تھا۔ گولنکر نے خط پڑھا اور خط پڑھتے ہی اس کے مردانہ وقار نے تقاضا کیا کہ وہ چیلنج

منظور کر لے۔ چنانچہ گولنکر نے فوراً چیلنج کرنے والے کو تحریری اطلاع دی کہ وہ کسی وقت بھی باہمی کتابت کے ذریعہ طے شدہ شرائط کے مطابق مقابلہ کے لیے تیار ہے۔ اگلے چند ہفتوں کے اندر شرائط طے ہوئیں اور مقابلے کی تاریخ مقرر کر دی گئی۔ مقامی اور قومی اخبارات میں مقابلہ کی تفصیلات کا اعلان کر دیا گیا۔

اگرچہ گولنکر کہنہ مشق کھلاڑی تھا اور بہت سے کنویں پھلانگ چکا تھا۔ جوں جوں مقابلے کی تاریخ قریب آتی گئی اس کے دل میں خدشات پیدا ہونے لگے۔ ان خدشات پر قابو پانے کے لیے گولنکر نے فیصلہ کیا کہ چونکہ سوال اپنی شہرت اور وقار کو برقرار رکھنے کا ہے اسلیے مقابلہ سے قبل کنواں پھلانگنے کی کچھ مشق ضروری ہو گی۔ جو مقابلے کا فیصلہ، نتیجہ کن انداز سے اس کے حق میں کرنے میں مفید ثابت ہو گی۔

یہ فیصلہ کرنے کے بعد گولنکر نے شہر کے تمام کنوؤں کا جن میں سے اکثر وہ پھلانگ چکا تھا بغور جائزہ لیا۔ ہر ایک کنوئیں کا قطر ناپا۔ پھلانگنے کے زاویوں کا مطالعہ کیا۔ ظاہر ہے گولنکر جیسی شہرت کے مالک کے لیے شہر کے کنوؤں پر مشق کرنا مناسب نہیں تھا۔ اس لیے اس نے اس کام کے لیے شہر سے باہر ایک ویران کنویں کا انتخاب کیا۔ کنواں چاروں طرف سے درختوں سے گھرا ہوا تھا۔ باہر سے گزرنے والا آدمی اس بات کا اندازہ نہیں کر سکتا تھا کہ درختوں کے جھنڈ کے اندر کنواں ہے اس کنویں کی ایک خوبی یہ تھا کہ اس کی منڈیر، اس کا قطر اور اس کے چاروں طرف کی خالی زمین کا حدود اربعہ اس کنویں کے مماثل تھا جو آخری مقابلہ کے لیے منتخب کیا گیا تھا۔

کنویں کا انتخاب کرنے کے بعد مناسب تیاری کی ضرورت تھی۔ گولنکر نے تمام تیاری دو چار روز میں مکمل کر لی اور ایک صبح کنویں کی طرف روانہ ہو گیا۔

مارچ کی یہ صبح بڑی خوبصورت تھی۔ ہوا میں موسم بہار کا اثر تھا لوگوں کے چہروں

پر مسرت تھی بچے آنگنوں میں کھیل رہے تھے۔ زندگی کا کاروبار معمول سے زیادہ حسن اور خوش اسلوبی سے چلتا ہوا نظر آرہا تھا۔ گولنکر رنگ و بو کی اس محفل سے لطف اندوز ہوتا ہوا شہر کے دھیرے دھیرے تیز ہوتے ہوئے ہاؤ ہو میں سے گزر کر درختوں کے اس جھنڈ کی طرف جارہا تھا جہاں اسے کنواں پھلانگنے کی مشق کرنی تھی۔ اس کا دل اس کا دماغ اس کا پورا وجود زندگی کے نشے سے سرشار تھا۔ اس کے قدم اعتماد سے اٹھ رہے تھے اور اس کے چہرے پر کامرانی کا وہ نور تھا جیسے وہ مقابلے میں شامل ہونے سے پہلے ہی مقابلہ جیت چکا ہو۔

شہر کی ایک نواحی بستی میں وہ ایک پارک کے قریب سے گزرا۔ سبزے پر کچھ لڑکے کرکٹ کھیل رہے تھے۔

ٹھیک اسی وقت کھیلنے والے لڑکے نے ایک شاندار چھکا لگایا۔ گولنکر کا دل مسرت سے چھلک اٹھا۔ نواحی بستی سے نکل کر وہ اس سڑک پر آگیا جہاں خوبصورت بنگلوں کی ایک قطار دور تک چلی گئی تھی۔ ایک مکان کے باہر ایک گول مٹول، سرخ و سپید بچہ ٹافی کھا رہا تھا۔ گولنکر نے اس کے ملائم صحت مند گالوں کو تھپتھپایا اور آگے بڑھ گیا۔

اب وہ درختوں کے جھنڈ کے جھنڈ کے بالکل قریب تھا۔ وہ رک گیا اور اس نے اپنے چاروں طرف نگاہ دوڑائی۔ فطرت کا سارا حسن کھیتوں کی ہریالی اور سونے میں سمٹ آیا تھا۔ گولنکر کچھ دیر اس حسن سے سرشار ہوتا رہا اور پھر جھنڈ کے اندر داخل ہو گیا۔ کنویں کے قریب پہنچ کر اس نے جو منظر دیکھا اسے دیکھنے کا امکان اس کے وہم و گمان میں بھی نہیں تھا۔

کنویں کی منڈیر پر سوکھا مارا چیتھڑوں میں لپٹا ہوا ایک نوجوان بیٹھا ہوا تھا اور بڑے انہماک سے کنویں کے اندر جھانک رہا تھا۔ اجنبی گولنکر کی آمد سے بالکل بے خبر تھا اس

لیے جب گولنکر اس کے قریب پہنچا تو وہ چونک پڑا۔ گولنکر نے اپنے رد عمل کا اظہار ایک سوال کی صورت میں کیا،

"تم کون ہو؟"

اجنبی اب بھی کنویں کی منڈیر پر بیٹھا ہوا تھا اور گولنکر پر ایک تحقیر آمیز نظر کر کے کنویں کے اندر جھانکنے کے عمل میں دوبارہ مصروف ہو گیا تھا۔

گولنکر کے سوال کا اس پر کوئی اثر نہیں ہوا۔

گولنکر نے اپنا سوال دہرایا۔

"میں پوچھتا ہوں، تم کون ہو؟ کیا کرتے ہو اور یہاں کس لیے آئے ہو؟"

اجنبی نے اپنی آنکھیں کنویں کے پیندے سے ہٹائیں اور گولنکر کے چہرے پر گاڑ دیں۔ گولنکر کو یکایک محسوس ہوا کہ اجنبی اس کی روح کے اندر جھانک رہا ہے اور اس کے ہر راز سے واقف ہوتا جا رہا ہے۔ گولنکر کے چہرے پر غصے کے آثار نمودار ہوئے لیکن اس سے پیشتر کہ گولنکر اپنے حصے کا اظہار کر پاتا۔ اجنبی کے ہونٹ آہستہ آہستہ ہلے،

"دو انسانوں کے درمیان ہمدردی اس وقت پیدا ہو سکتی ہے جب ان کے مقاصد ایک جیسے ہوں۔"

"تو تم ہمدردی کی تلاش میں ہو۔"

"شاید میں نے غلط لفظ استعمال کیا۔ مجھے رشتہ یا تعلق یا اسی قسم کا کوئی عام لفظ استعمال کرنا چاہتے تھے۔ بہر حال میں کسی سوال کا جواب نہیں چاہتا ہوں۔"

گولنکر چکر میں آگیا۔ عجیب آدمی سے واسطہ پڑا تھا۔ وہ اجنبی کو کچھ دیر بے بسی کے عالم میں دیکھتا رہا اور پھر بولا،

"دیکھو میں یہاں ایک خاص مقصد سے آیا ہوں۔ تم یہاں سے چلے جاؤ۔"

"میں واپس جانے کے لیے نہیں آیا ہوں۔ تم چاہو تو یہاں سے جا سکتے ہو۔"

"آخر تم کیا چاہتے ہو۔" گولنکر نے پوچھا۔

"میں چاہنے یا نہ چاہنے کے عمل سے بہت دور نکل چکا ہوں۔"

گولنکر کے ذہن میں ایک اور سوال کوندے کی طرح لپکا۔

"کیا تم خودکشی کرنا چاہتے ہو؟"

"زندگی اور موت میں کوئی فرق محسوس نہیں ہوتا۔" اجنبی نے جواب دیا۔

گولنکر کے چہرے پر مسرت اور اعتماد کی روشنی نمودار ہوئی وہ اجنبی کی پراسرار شخصیت کے ایک گوشے کو بے نقاب کرنے میں کامیاب ہو گیا تھا۔

"کیا تم جانتے ہو کہ میں کس مقصد سے یہاں آیا ہوں؟"

"مجھے اب دوسروں کے مسائل سے کوئی دلچسپی نہیں ہے۔ حقیقت یہ ہے کہ مجھے کسی مسئلے سے کوئی دلچسپی نہیں ہے۔"

گولنکر کی حیرت میں ہر لمحہ اضافہ ہوتا جا رہا تھا۔

"یقیناً تمہارا گھر ہو گا۔ تمہاری بیوی ہو گی، بچے ہوں گے۔"

"تھے! اب نہیں ہیں۔" اجنبی نے ایک بار پھر کنویں میں جھانکتے ہوئے کہا۔

"کہاں گئے۔"

"مر گئے۔"

"کس طرح مر گئے؟"

"جس طرح انسان مرتے ہیں۔ بھوک سے، بیماری سے، قتل سے۔"

"یہ تو عام بات ہوئی خاص طور پر تمہاری بیوی اور تمہارے بچے کیسے مرے؟"

اجنبی شاید گولنکر کے ضرورت سے زیادہ سوالوں کے جواب دے چکا تھا اس لیے

برہم ہو کر بولا،

"میں تمہارے کسی سوال کا جواب دینا نہیں چاہتا۔ تم مجھے مجبور کیوں کر رہے ہو؟"

"کچھ سوالوں کا جواب تم نے اپنی خوشی سے دیا ہے۔ ویسے بھی مجھے تمہارے ساتھ دلچسپی پیدا ہو گئی ہے تمہارے ساتھ دوستی کرنا چاہتا ہوں۔"

دوستی کے نام پر اجنبی کی آنکھوں میں خون اتر آیا۔ وہ اٹھ کر کھڑا ہو گیا اور پورے زور سے چیخا، "چلے جاؤ یہاں سے۔ تم کون ہوتے ہو میرے ساتھ دوستی کرنے والے۔"

گولنکر مسکرایا۔

"میں تمہارا دشمن نہیں ہوں۔"

"تو پھر تم کون ہو؟" اجنبی سوال پوچھ کر اپنے سوال پر خود حیران ہو گیا۔

"ابھی کچھ دیر پہلے ٹھیک یہی سوال میں نے تم سے پوچھا تھا جس کا جواب دینے سے تم نے انکار کر دیا تھا لیکن میں انکار نہیں کروں گا۔ میرا نام گولنکر ہے۔ میرے نام سے اس شہر کے تمام لوگ واقف ہیں۔ میں مشہور کنواں پھلاگنے والا ہوں۔"

"مجھے تمہارے ساتھ کوئی دلچسپی نہیں ہے۔"

"تمہیں میرے ساتھ دلچسپی ہے اس لیے تم نے مجھ سے پوچھا ہے کہ میں کون ہوں؟"

اجنبی کی آنکھوں میں غصے کی بجلی ایک پل کے لیے لہرائی۔ اس کے بعد اس نے آہستہ آہستہ کہا، "مجھے کنواں پھلانگنے والوں سے کوئی دلچسپی نہیں ہے۔"

"نہ سہی۔ لیکن میں کنواں پھلانگنے کے علاوہ بھی بہت کچھ کرتا ہوں۔"

"میں جانتا ہوں تم جو کچھ کرتے ہو جھوٹ، چوری، ڈاکہ زنی، قتل، زنا بالجبر۔۔۔"

اجنبی کے یہ الفاظ سن کے گولنکر سناٹے میں آگیا۔

"شاید تم اپنے کارناموں کی تفصیل پیش کر رہے ہو۔"

"جی ہاں۔ اپنے تمہارے تمام انسانوں کے۔"

"لیکن تمہارے بیوی بچے کیا ہوئے؟"

اجنبی کی آنکھوں سے ظاہر تھا کہ وہ اس سوال کے جواب سے بھی گزرنا چاہتا ہے۔

جھوٹ، چوری، ڈاکہ زنی، قتل۔۔۔

"لیکن انسان کی زندگی صرف اس کی ذات تک محدود نہیں ہے۔" گولنکر نے اسے درمیان میں ٹوک دیا۔

"میں تمام فلسفوں سے بخوبی واقف ہوں۔ یہ مت سمجھو کہ تم کنویں پھلانگتے پھلانگتے زندگی کے رازدار بن گئے ہو۔"

"خودکشی سے صرف تمہارا مسئلہ حل ہوتا ہے۔"

گولنکر کو اجنبی کی باتوں سے جو دلچسپی پیدا ہوگی تھی مزید گہری ہوگئی۔

"لیکن اس زندگی کے اہم مسائل بھی تو ہیں جو میری اور تمہاری ذات کے مسائل سے زیادہ اہم ہیں۔"

"جی ہاں میں ان سے بھی واقف ہوں ان پر بھی جھوٹ، چوری، ڈاکہ زنی، قتل، زنا بالجبر حاوی ہیں۔ فرد سے اجتماع تک پہنچتے پہنچتے تفصیلات میں فرق پیدا ہو جاتا ہے۔"

"فرض کرو تم خودکشی کرنے میں کامیاب ہو جاتے ہو جس کا امکان بہت کم ہے کیونکہ میں تمہیں ایسا ہرگز کرنے نہیں دوں گا۔ تو کیا تمہارے ذاتی مسائل اور دنیا کے مسائل حل ہو جائیں گے۔"

"مجھے اس سوال سے کوئی دلچسپی نہیں ہے۔ مسائل حل ہوں یا نہ ہوں۔ میں اپنا آخری فیصلہ کر چکا ہوں اور پھر میں تو یہ بھی جانتا ہوں کہ دنیا کا کوئی اجتماعی مسئلہ فیصلہ کن

طریقے سے ہمیشہ کے لیے کبھی حل نہیں ہوتا۔ صرف عارضی طور پر حل ہوتا ہے میں صرف اپنا مسئلہ حل کرنا چاہتا ہوں۔"

"تم نادان ہو۔"

"کون جانتا ہے کون نادان ہے۔"

دونوں آدمی اپنے سوالات اور جوابات میں الجھ گئے تھے تھوڑی دیر کے لیے دونوں خاموش ہو گئے۔ گفتگو کا دوبارہ آغاز اجنبی نے کیا،

"تم یہاں سے چلے جاؤ میں اپنے آخری فیصلے پر فوراً عمل کرنا چاہتا ہوں۔"

"اس کا مطلب ہے کہ تم اس سے پہلے اپنے کسی فیصلے پر عمل نہیں کر سکے۔"

اجنبی کے چہرے پر جھلاہٹ پیدا ہوئی۔ "میں اپنے ہر فیصلے پر عمل کرتا رہا ہوں۔"

"تو پھر اس فیصلے پر عمل کرنے کے لیے ہچکچاہٹ کیوں۔ تم اپنا مسئلہ ملتوی کیوں کرنا چاہتے ہو۔"

اجنبی کے چہرے پر مزید غصے کے آثار پیدا ہوئے، "میں نے کہا نہ کہ میں اپنے آخری فیصلے پر فوراً عمل کرنا چاہتا ہوں۔ میں صرف یہ چاہتا ہوں کہ تم یہاں سے چلے جاؤ۔"

"اگر یہ فیصلہ تمہارا آخری فیصلہ ہے اور تم اس پر عمل بھی فوراً کرنا چاہتے ہو تو میری موجودگی سے تمہیں کیا زحمت ہے۔"

"میں اپنی موت کے عمل میں تنہا شامل ہونا چاہتا ہوں۔ تم میری موت کے گواہ نہیں بن سکتے۔ میں یہ حق تمہیں کبھی نہیں دے سکتا۔"

"میں اسے ایک بار پھر کہتا ہوں کہ زندگی خوبصورت ہے۔ زندہ رہنے کی کوشش کرو۔"

"مجھے تمہارے امید افزا الفاظ بے معنی نظر آتے ہیں۔ بفرض محال اگر زندگی خوبصورت بھی ہے تو تمہیں اس سے لطف اندوز ہونے کی پوری آزادی ہے تم میرے معاملے میں ٹانگ کیوں اڑا رہے ہو۔"

"اس کا مطلب ہے تم اپنے آخری فیصلہ پر عمل کرنا چاہتے ہو۔ تم خوشی سے خودکشی کرو۔ میں یہاں سے چلتا ہوں۔"

یہ کہہ کر گولنکر وہاں سے چل پڑا۔ اجنبی کنویں پر چڑھ گیا اور کنویں کے اندر کودنے کے لیے تیار ہو گیا۔

گولنکر دو چار قدم چلنے کے بعد رک گیا اور واپس اسی جگہ آ گیا جہاں وہ چند لمحے پہلے کھڑا تھا۔ "میرا ایک آخری سوال باقی ہے۔"

"پوچھو"

اجنبی نے فاتحانہ انداز میں کہا، "تم نے خودکشی کے لیے یہ کنواں کیوں منتخب کیا؟"

"تم نے پھلانگنے کے لیے یہ کنواں کیوں منتخب کیا؟"

"میرے لیے یہ کنواں مناسب تھا۔"

"ٹھیک یہ بات میں کہتا ہوں۔ یہ کنواں میرے لیے مناسب تھا۔"

اس جواب سے گولنکر کے دل کی دھڑکن تیز ہو گئی۔ لمحہ بھر سوچنے کے بعد اس نے اجنبی سے پوچھا، "کیا تم اپنی خودکشی چند منٹوں کے لیے ملتوی کر سکتے ہو؟"

"آخر تم کیا چاہتے ہو؟"

"میں یہاں کنواں پھلانگنے کی مشق کرنے کے لیے آیا تھا کہ مجھے دو روز بعد کنواں پھلانگنے کے لیے مقابلہ میں حصہ لینا ہے۔"

"تو میں کیا کروں۔ تم سمجھتے ہو۔ اس مسخرے پن سے تم مجھے متاثر کر لوگے۔"

"تمہیں کچھ نہیں کرنا ہے۔ میں چاہتا ہوں جس کام کے لیے یہاں آیا ہوں اسے پورا کر کے جاؤں جہاں تک تمہیں متاثر کرنے کا تعلق ہے۔ تم جہنم میں جاؤ۔ میں تم پر لعنت بھیجتا ہوں۔"

"شوق سے پورا کرو۔ لیکن جلدی، کیونکہ میں اپنا فیصلہ زیادہ دیر کے لیے ملتوی نہیں کر سکتا۔ میں اپنے صبر کی انتہا تک پہنچ چکا ہوں۔"

یہ کہہ کر اجنبی کنویں کی منڈیر سے ہٹ کر ایک طرف کھڑا ہو گیا۔ گولنکر نے کنویں کی منڈیر سے مخصوص فاصلہ ناپ کر زمین پر کچھ نشان لگائے۔ ایک نشان پر کھڑے ہو کر اس نے اپنی قوتوں کو ایک مرکز پر جمع کیا۔ اپنے جسم کو ٹٹولا اور اس کے بعد دوڑتا ہوا کنویں کی جانب بڑھا راستے میں ایک دوسرے نشان سے اس نے بھرپور جست لگائی۔ اجنبی کے دل کی دھڑکن اس دوران میں تیز ہو گئی۔ جست لگاتے ہی گولنکر کا جسم ہوا میں ایک قوس سی بناتا ہوا کنویں کے اوپر سے گزرنے لگا اور عین اس لمحہ جب اجنبی کی توقع تھی کہ گولنکر کے دوسری طرف ہو گا ایک پرزور دھماکہ ہوا گولنکر کا جسم کنویں کی منڈیر کی اندورنی سطح کے ساتھ زور سے ٹکرایا اور پھر کنویں کی پوری گہرائی کا فاصلہ طے کرتا ہوا دھم سے پانی میں جا گرا۔

اجنبی کی آنکھیں پھیل کر روزن بن گئیں۔ اس کا پورا وجود فطری رد عمل کی زد میں آ گیا اور وہ ڈوبنے والے کی تقدیر سے غافل اپنے ارادوں اور فیصلوں سے غافل، درختوں کے جھنڈ کو چیرتا، سرسبز و شاداب کو اپنے پاؤں تلے روندتا شہر کی جانب بھاگ نکلا۔

***

۴

چکر

جتندر بلو

مستی چھائی ہوئی تھی اور خوشی کا عالم یہ تھا کہ نیند کے ساتھ میرا رشتہ بالکل ٹوٹ چکا تھا۔ بار بار بند آنکھیں کھل کر اصرار کرتیں کہ بستر سے اٹھ کر میں اس ای میل (E-mail) کو پھر سے پڑھوں جو شام کو دہلی سے آیا تھا اور جسے میں کئی بار پہلے بھی پڑھ چکا تھا۔ لیکن دل تھا کہ کسی طور چین لینے کے لیے تیار نہ تھا۔ بالاخر بستر سے چھلانگ لگا کر میں نے ای میل کا مضمون پھر سے پڑھا۔ عبارت مجھے قریب قریب یاد ہو چکی تھی۔ ایک کے بعد دوسرا جملہ خود بخود ذہن میں ابھرتا چلا آیا اور میرے موٹے موٹے ہونٹ لگاتار مسکراتے رہے۔

اٹھارہ نومبر، دو ہزار دو۔

ڈیئر بمل،

میں لندن آرہی ہوں، دسمبر کی اکیس تاریخ کو وہاں پہنچ جاؤں گی۔ ویزے کے واسطے پاسپورٹ داخل کروا دیا ہے۔ لیکن اس بار عقلمندی یہ بھی ہے کہ ملٹی پل ویزے (Multiple Visa) کی رقم بھر دی ہے۔ تمہیں تو معلوم ہے کہ میرے پاؤں میں

پیدائشی چکر ہے۔ وہ ایک مقام پر ٹک کر نہیں بیٹھتے۔ انڈیا سے چار پانچ ماہ باہر ہی رہنا پسند کرتے ہیں۔ فون پر اطلاع کر دوں گی کہ کس ائیر لائنز اور کس فلائٹ سے آرہی ہوں۔ لیکن اس بار ائیر پورٹ پر تم وقت سے پہنچ جانا۔ پچھلی مرتبہ کی طرح انتظار مت کروانا۔ یہ کرسمس اور نیا سال میں لندن میں منانے کا ارادہ رکھتی ہوں۔ نئے سال کی شام میں ٹرافلگار اسکوائر کا وہ نظارہ میں بھلائے نہیں بھولتی جب بگ بین (Big Ben) کا گھڑیال رات بارہ بجنے پر گھنٹے بجانا شروع کرتا ہے تو ہزاروں کی تعداد میں وہاں کھڑے لوگ اپنی شناخت، قوم، رنگ، نسل اور مذہب کو فراموش کر کے ایک دوسرے سے لپٹ جاتے ہیں، چومتے ہیں اور صدق دل سے نئے سال کی مبارکباد دیتے ہیں۔ اس سمے مجھے ہر رنگ اور ہر مذہب کے لوگ ایک سے لگتے ہیں۔ پھر عوام کا رقص، شور شرابہ، جلتی بجھتی پھلجھڑیاں، آتش بازیاں، رنگ برنگی روشنیاں الگ سے اپنا جلوہ پیش کرتی ہیں اور آسمان پر چراغاں ہو جاتا ہے۔ ان لمحات کو میں ہمیشہ ہمیشہ کے لیے اپنے اندر سمو لینا چاہتی ہوں کہ وہ میری کتاب کا ایک اہم حصہ ہو گا۔

مضمون لمبا ہو گیا ہے۔ ائیر پورٹ پر وقت سے پہلے پہنچ جانا۔ پلیز انتظار مت کروانا۔

کئی سالوں کے وقفے کے بعد میں اپنے وطن عزیز گیا تھا۔ بھارت کے معاشرتی طبقوں اور عوام میں بہت سی تبدیلیاں آچکی تھیں۔ نچلی سطح کے غریب غرباء مزید غریب ہو چکے تھے۔ جب کہ متوسط اور اونچے درجے کے طبقوں میں خوشحالی آئے روز بڑھ رہی تھی۔ میرے رشتے دار اور دوست احباب بھی اپنے رویوں کے ساتھ بدلے بدلے سے تھے۔ وہ مجھ سے زیادہ مغرب زدہ ہو چکے تھے۔ صرف لباس کے اعتبار سے ہی نہیں بلکہ انکے دیکھنے، سوچنے اور محسوس کرنے کا ڈھنگ بھی بدلا بدلا سا تھا۔ لیکن بعض دوست ایسے بھی تھے جو اپنی دیرینہ اخلاقی، تہذیبی اور سماجی روایات سے جڑے ہوئے تھے۔ ان

میں میرا ایک دوست انور بلگرامی بھی تھا۔ اس نے میرے اعزاز میں ایک ادبی نشست کا اہتمام کرنا چاہا تھا۔ لیکن میں نے شرکت کرنے سے معذرت چاہی تھی کہ میں اپنی کوئی مطبوعہ یا غیر مطبوعہ کہانی ساتھ لے کر نہیں آیا۔ لیکن میرا جگری دوست کہاں ماننے والا تھا۔ اس نے اپنے ایک بک شیلف میں سے ڈھونڈ ڈھانڈ کے ایک کتاب نکالی جو دھول سے اٹی پڑی تھی۔ پھر اسے جھاڑ پونچھ کر میرے سپرد کر دیا۔ وہ میرا پہلا افسانوی مجموعہ "پہچان کی نوک" پر تھا۔ اب میرے لیے انکار کرنے کی کوئی گنجائش نہ رہی تھی۔ لہٰذا مرتا کیا نہ کرتا کے مصداق، میں مقررہ دن کے مقررہ مقام پر کتاب بغل میں دبائے وہاں پہنچ گیا۔ لیکن تقریب میں جانے سے پہلے میں نے اپنے ہوٹل کے کمرے میں دو تین جام اس غرض سے چڑھائے کہ خود اعتمادی پا کر کہانی پڑھتے وقت گھبراہٹ سے دور رہوں۔

سامعین میں میرے آشناؤں اور دوستوں کے درمیان تارا بھی موجود تھی۔ اسے دیکھنے اور اس سے ملنے کا یہ پہلا موقع تھا۔ ڈھیلا ڈھالا سا گھٹنوں کو چھوتا ہوا بسنتی کرتا۔ ویسی ہی کھلی کھلی سی جینز اور پیروں میں عام سی چپل۔ بال بکھرے ہوئے، سگریٹ کے کش پہ کش لیے جا رہی تھی۔ وہ بلگرامی کے قریبی دوستوں میں سے تھی۔ پتہ چلا کہ وہ فرانسیسی زبان کے ساتھ وہاں کے ادب اور کلچر سے بھی واقف ہے۔ ہندی زبان میں بھی رواں ہے اور اردو سے تو اسے دیوانگی کی حد تک عشق ہے۔ بلگرامی کے تعارف کرانے پر میں نے صدر محفل سے اجازت چاہی اور اپنی کہانی "مسیحا" پڑھنا شروع کی۔ اس کا مرکزی کردار ایک سنکی مصور تھا۔ وہ ملک ملک، شہر شہر اس غرض سے بھٹکتا پھرتا تھا کہ اسے ایک ایسے آدمی کی تلاش تھی جس کی صورت میں اسے دنیا کے ہر شخص کی شکل دکھائی دے۔ وہ اس کا پورٹریٹ بنانا چاہتا تھا۔ جس میں وہ واضح کرنا چاہتا تھا کہ آدمی بنیادی طور پر خود غرض ہے، کمینہ ہے، لالچی ہے، مطلبی ہے، سازشی ہے اور مادہ پرست

بھی ہے۔ صرف یہی نہیں بلکہ انانیت کا مارا اور اقتدار کا بھوکا بھی ہے اور موقع ملنے پر ذاتی مفادات کی خاطر فاشسٹ بننے سے بھی گریز نہیں کرتا۔ ظاہر ہے کہ یہ ایک دیوانے کا جان لیوا خواب تھا جس کا پورا ہونا ناممکن سا تھا۔ لیکن مصور پکی دھن کا مالک تھا اور اپنی جستجو میں سرگرم عمل بھی، سامعین ہمہ تن گوش تھے۔ تارا بھی ہر جملہ غور سے سن رہی تھی۔ جب کہانی کے اس موڑ پر پہنچا، جہاں مصور کا ایک ادیب دوست اسے سر راہ اچانک مل جاتا ہے۔ وہ مصور کو انتہائی لاغر ٹوٹا پھوٹا پاکر اور اس کے پریشان بال اور بڑھی ہوئی داڑھی دیکھ کر افسردہ ہو جاتا ہے۔ لیکن بیک وقت اسے مصور سے ہمدردی بھی ہو جاتی ہے۔ مٹھیاں بھینچ کر اپنی خفگی کا اظہار کرتا ہے:

"کب تک بھٹکے رہو گے؟"

"جب تک سنبھلوں گا نہیں"۔

"کب سنبھلو گے؟"

"جب بھٹکنا چھوڑ دوں گا"۔

"تو پھر تم بھٹکنا چھوڑ کیوں نہیں دیتے۔۔۔ ایک جگہ ٹک کر کام کیوں نہیں کرتے؟"

"تم واقعی تھرڈ ریٹ افسانہ نگار ہو۔ اتنا بھی نہیں سمجھتے کہ حرکت زندگی ہے اور جمود موت"۔

میں نے اگلی سطر پڑھنے کو ابھی لبوں کو جنبش دی ہی تھی کہ سامعین میں سے ایک نسوانی آواز تالی کے شور میں ابھری، "واہ۔۔۔ واہ"۔ میں نے گردن اٹھا کر دیکھا تو وہ تارا تھی۔ تالی بجاتے ہوئے کہے جارہی تھی، "واہ۔۔۔ واہ۔ ہر ڈائیلاگ کہانی کی پرتیں کھولتا چلا جارہا ہے۔ دونوں کردار خود کو واضح کررہے ہیں۔ ایک کو تلاش رہے ہیں دوسرا اسے روکنا چاہتا ہے"۔

کہانی کے اختتام پر مصور تلاش بسیار کے بعد اپنے مقصد میں کامیاب ہو ہی جاتا ہے۔ لیکن اس کی خاطر اسے اتنی بڑی قیمت چکانی پڑتی ہے کہ وہ اپنی جان سے ہاتھ دھو بیٹھتا ہے۔ لیکن اسے ذرا بھی افسوس نہیں ہوتا۔ کیونکہ وہ اپنے انجام سے پہلے ہی واقف تھا۔ کہانی ختم ہوئی تو اسے مجموعی طور پر سب نے پسند کیا۔ بعض معروف ادبی شخصیات نے اپنی دانست کے مطابق اپنے تاثرات بھی بیان کیے۔ چائے کے دوران تارا نے مجھ سے جاننا چاہا کہ اگر اس کہانی کا ہندی ترجمہ ہو چکا ہے تو اس کی ایک کاپی اسے عنایت کی جائے۔ اس لیے کہ وہ اردو اسکرپٹ پڑھ نہیں پاتی۔ لیکن زبان ضرور سمجھ لیتی ہے۔ وہ اس کہانی کو فرانسیسی زبان میں منتقل کرنا چاہتی تھی۔

"تمہارا بے حد شکریہ۔ کاپی تمہیں ہر حالت میں ملے گی، یہ کہانی بھارت کی ہر زبان میں موجود ہے۔ ترجمے کا کام ساہتیہ اکادمی کی نگرانی میں ہوا تھا"۔

میرا دہلی میں جب تک قیام رہا، تارا سے کچھ سرسری اور کچھ تفصیلی ملاقاتیں جاری رہیں۔ ایک دوپہر کو ہم کناٹ پیلس کے نرولا ریسٹورنٹ میں بیٹھے تھے۔ موسم گرم تھا۔ سورج تپ رہا تھا۔ ہوا بھی تھمی ہوئی تھی۔ میں یخ بیر سے دل بہلا رہا تھا جبکہ وہ گہری کالی کافی پی رہی تھی اور ساتھ میں پنیر پکوڑوں کی لذت اٹھا رہی تھی۔ پچھلی ملاقات کے دوران جب میں نے اسے "مسیحا" کا ہندی ترجمہ پیش کیا تھا تو اس نے میرا شکریہ ادا کرتے ہوئے کہا تھا کہ وہ اسے نہایت سنجیدگی سے پڑھے گی۔ کیوں کہ کوئی بھی رچنا ہو، اسے سننے میں اور خود پڑھنے میں زمین آسمان کا فرق ہوتا ہے۔ میرا ذاتی خیال بھی یہی تھا کہ کہانی مجمع میں نہ سنانے کی چیز ہے اور نہ سننے کی۔ بلکہ اسے ذاتی طور پر پڑھ کر ہی اس کا ہر پہلو بخوبی سمجھا جا سکتا ہے۔ وہ پلیٹ سے ایک پکوڑا اٹھا کر بولی۔

"کوئی بھی لیکھک اس سچ سے آنکھ نہیں چرا سکتا کہ اس کی رچنا میں اس کی سوچ کے

اپنے رنگ بکھرے ہوتے ہیں۔ تمہاری کہانی کا مصور اول نمبر کا قنوطی تھا۔ منفی سوچ رکھتا تھا۔ کیا تم بھی جیون کو اسی نظر سے دیکھتے ہو؟"

"نہیں تارا نہیں"۔ میں نے اسے سمجھاتے ہوئے کہا:

"آدمی خیر و شر کا پتلا ہے۔ مصور کی زندگی میں حالات کچھ ایسے رونما ہوئے تھے کہ وہ یکسر قنوطی بن گیا تھا۔ اس کے رویوں میں انسانی فطرت کے تمام منفی رنگ در آئے تھے"۔

وہ با معنی مسکراہٹ کے ساتھ میری آنکھوں سے ہوتی ہوئی میرے اندرون کا جائزہ لینے لگی۔ میں نے اپنا زاویہ نگاہ پیش کرنا ضروری جانا:

"دیکھا جائے تو یہ سنسار بڑا سندر ہے۔ جیون انمول شے ہے۔ یگوں کے بعد منش جنم پاتا ہے۔ اسے اپنے علاوہ انسانیت کی بھی قدر کرنی چاہیے"۔

"بلکہ اسے بدلتی ہوئی اقدار اور حالات کے ساتھ خود کو بھی بدلنا چاہیے"۔

"ہاں، یہ ضروری ہے۔ ورنہ زندگی ایک ہی مقام پر ٹھہر جائے گی"۔

"بالکل"۔

میں نے ہر ملاقات میں اسے ملنسار، بلند ذوق اور دنیاوی معاملات میں باخبر پایا تھا۔ ہمارے درمیان دوستی کا پل مضبوط ہوتا جا رہا تھا۔ تارا نے اپنے بارے میں بتایا کہ وہ اس دیش کے نامور ہارٹ سرجن ڈاکٹر بسواس کی بیوی ہے۔ اس نے یورپ میں اعلیٰ تعلیم پا کر کئی طبی ڈگریاں حاصل کی ہیں۔ وہ راجدھانی میں ایک عظیم الشان ہسپتال، جس کی لاگت اربوں کھربوں روپے کی ہوگی وہ اسے "تارا ہاسپٹل" کے نام سے قائم کرنا چاہتا ہے۔ وہ دن رات اپنے پروجیکٹ میں مصروف اس کی تکمیل کے خواب دیکھا کرتا ہے۔ لیکن جب کبھی وہ بیرون ملک کانفرنسوں اور سیمیناروں میں شرکت کرتا ہے تو اسے بھی ساتھ لے

کر جاتا ہے۔ مغربی دنیا اس کے نزدیک بلا کی کشش رکھتی ہے۔ اس لیے کہ وہ اپنے بچپن سے جوان ہونے تک اپنے والدین کے ساتھ کئی ملک دیکھ چکی ہے اور یہیں سے اسے سیر و سیاحت کا بھرپور شوق پیدا ہوا تھا۔ اس کے پاؤں میں چکر اس کی یوم پیدائش جنم کنڈلی اور اس کے ستارے کے تحت اتنا جڑا ہے کہ ہر تیسرے چوتھے مہینے اس کے ہاں کوئی نیا ملک، کوئی نیا شہر دیکھنے کی خواہش جاگ اٹھتی ہے اور وہ بے بس ہو کر رہ جاتی ہے۔

"اچھا۔ اگر ایسا ہے تو باہر کی دنیا کا تمہیں خاصا تجربہ ہو گا، کبھی لندن آنا ہو تو ضرور ملنا"۔

"میں لندن دیکھ چکی ہوں۔ وہ شہر مجھے اچھا لگتا ہے اگر وہاں کبھی آئی تو ملاقات رہے گی"۔

میں نے اپنا کارڈ نکال کر اس کی طرف بڑھا دیا۔

حال ہی میں میری طلاق ہوئی تھی۔ پانچ سال، سات ماہ اور دس روز شادی شدہ زندگی کے ختم ہونے پر میں خوش نہ تھا۔ لیکن اس حد تک مطمئن ضرور تھا کہ جو خواہش گزشتہ کئی ماہ سے مجھے تڑپا رہی تھی، اسے عملی شکل دینے کا موقع مل گیا ہے۔ لیکن چند روز بھی نہ بیتے تھے کہ اکیلا پن مجھ پر سوار ہونے لگا۔ خاص طور پر شام کے وقت کام سے فارغ ہو کر جب میں گھر میں قدم رکھتا تو کمروں میں پھیلا ہوا سناٹا، کچن میں گہری خاموشی اور ویران دیواریں پریشان کرنے لگتیں۔ لیکن یہ احساس مجھے ضرور حوصلہ دیتا کہ زندگی کا اصلی سفر تو اب شروع ہوا ہے، جسے تن تنہا یا نئی شریک حیات کے ساتھ طے کرنا ہو گا۔ کوئی زمانہ تھا کہ میں جولیا کی محبت میں سر سے پیر تک گرفتار تھا۔ کوئی لمحہ ایسا نہ گزرتا جب میں اس کی دلکش شخصیت کے متعلق نہ سوچتا۔ یہی حال کم و بیش جولیا کا بھی تھا۔ پھر لطف کی بات یہ ہے کہ وہ عشق ہم دونوں کی زندگی کا پہلا عشق تھا اور ہم اتنے خوش تھے کہ خود

کو ALPS پہاڑ کی برفانی چوٹیوں پر کھڑا پا رہے تھے۔ معاشی اعتبار سے ہم دونوں بر سر روز گار تھے اور نامور کمپنیوں میں پیشہ ورانہ ملازمت کرتے تھے۔ وہ ایک انشورنس کمپنی سے منسلک تھی جب کہ میں ایک روزنامہ اخبار سے، وہ مجھ سے زیادہ پڑھی لکھی خاتون تھی اور اونچے عہدے پر فائز تھی۔ لیکن اس نے مجھے ازدواجی زندگی کے دوران کبھی یہ احساس نہیں دلایا کہ میں اس سے کم تعلیم یافتہ ہوں اور اس کا کہا یا فیصلہ گھریلو معاملات میں زیادہ وزن رکھتا ہے۔ وہ انفرادی آزادی اور انسانی حقوق کی قائل تھی۔ جمہوری قدروں کی طرفدار اور پاسدار تھی۔ لیکن مجھے ایک خوبصورت سا گل گوتھنا بچہ چاہیے تھا۔ ایک ویک اینڈ کی پہلی شام میں میں نے جولیا کے گوش گزار کیا کہ پانچ برس تو ہم لوگوں نے ہنستے کھیلتے، قہقہے لگاتے اور مزے لوٹنے میں گزار دیئے ہیں۔ اب ہمیں فوراً اپنی فیملی کو بڑھالینا چاہیے۔ میں خود کو اور تم کو اس بچے میں دیکھنے کے لیے مر جارہا ہوں۔

وہ میرا اندرون جان کر از حد سنجیدہ ہوگئی۔ بولی:

"بھی، دل تو میرا بھی یہی چاہتا ہے۔ مگر چند مجبوریاں ہیں۔ ہم دونوں کام کاج والے ہیں۔ بچہ کون سنبھالے گا؟ اس کی پرورش کون کرے گا؟ بے بی سٹنگ اور نرسری میں اس کی دیکھ بھال کے لیے اونچے دام ادا کرنے پڑتے ہیں، خیر ہم دونوں کی آمدنی تو اچھی ہے اور ہم برداشت بھی کر سکتے ہیں۔

"تو پھر پرابلم کیا ہے؟"

"مجھے ڈپٹی ڈائریکٹر کی جاب پروموشن کچھ دنوں میں ملنے والی ہے۔ فیصلہ ہو چکا ہے، دوسری بات جتنے بھی کمپنی ڈائریکٹر ہیں وہ سب بوڑھے ہو چکے ہیں۔ کوئی بھی جلد لڑھک سکتا ہے۔ پھر میں خود بخود ڈائریکٹر بن جاؤں گی"۔

گلاس ہمارے آگے رکھے ہوئے تھے۔ مجھے اس کا سہارا لینا پڑا کہ مجھے اپنا دل اگلنا

تھا۔

"تمہاری سوچ اپنی جگہ اور انتظار اپنی جگہ، مگر میں ایک بات کھلے لفظوں میں کہہ دوں کہ میں اولاد کے بغیر نہیں مرنا چاہتا، میں اس میں اپنا خون، اپنا وجود اور اپنی ذات دیکھنا چاہتا ہوں"۔

اس نے بھی ہاتھ بڑھا کر گلاس اٹھالیا:

"کیا یہ تمہارا آخری فیصلہ ہے؟"

"تم کہہ سکتی ہو کہ ہاں"۔

"تو پھر تم کو بھی میرا فیصلہ جاننا ہوگا"۔

"میں سن رہا ہوں"۔

"میں ڈائریکٹر بننے پر ہی ماں بننا پسند کروں گی"۔

"ممکن ہے تب تک ہماری عمر اور بھی ڈھل جائے۔ پانچ، سات، دس برس؟ ممکن ہے اور زیادہ؟"

وہ سر کھجانے لگی۔ پھر انتہائی پیار سے مجھے دیکھ کر کہا:

"میں تمہارے جذبات کی قدر کرتی ہوں۔ میں تمہاری سوچ پر کوئی پہرہ بٹھانا نہیں چاہتی"۔

یہ کہہ کر وہ کچن کی طرف بڑھ گئی۔

اس رات میں نے جولیا کو ٹوٹ کر پیار کیا تھا اور اسے منانے کی ہر ممکن کوشش کی تھی۔ وہ سدا کی طرح مسکراتی رہی اور اپنے مخصوص انداز میں پیار کا جواب پیار سے دیتے ہوئے میرے کان میں سرگوشی کی:

"تم اولاد کے لیے اتنے DESPRATE کیوں ہو؟"

جانے کیوں پرکھوں کا کہا اور منو کی لکھی ہوئی کتاب "دھرم شاستر" کا حصہ یاد آگیا اور میں بلا سوچے سمجھے بول اٹھا:

"ہماری مقدس کتابوں میں لکھا ہے کہ اگر مرد کنوارا مر جائے یا شادی کے بعد اس کے اولاد نہ ہو تو وہ اگلا جنم آدمی کی جون میں نہیں، کسی جانور کی شکل میں لیتا ہے"۔

یہ سننا تھا کہ جولیا نے اتنے زور سے قہقہہ بلند کیا کہ کمرے کی چھت اڑتی ہوئی محسوس ہوئی۔ بمشکل ہنسی پر قابو پا کر بولی۔

"مجھے یقین نہیں آتا کہ یہ تمہاری سوچ ہے۔ تم پچھلے بیس بائیس برس سے (West) میں رہ رہے ہو۔ پڑھے لکھے ہو، کھلا ذہن رکھتے ہو مگر اب بھی پرانے زمانوں کے دقیانوسی یقین تمہاری سائیکی میں رینگ رہے ہیں"۔

"تم کچھ بھی کہہ لو لیکن سچ یہ ہے کہ میں اولاد کا منہ دیکھے بغیر مرنا نہیں چاہتا۔ میں اس میں اپنی شکل، اپنی ذات دیکھنا چاہتا ہوں۔ وہ آگے چل کر میرے نام کو دنیا میں زندہ رکھے گا"۔

میرا واضح موقف جان کر وہ اس قدر سنجیدہ ہو گئی تھی کہ وہ کوئی دوسری ہی عورت دکھ رہی تھی۔ وہ گہری سوچ میں ڈوبی جانے کیا سوچ رہی تھی؟ میں وثوق سے کہہ نہیں سکتا۔ پھر یکبارگی اس کا چہرہ بامعنی مسکراہٹ سے منور ہو گیا۔ گویا اس نے چند ہی لمحوں میں آنے والی زندگی کا تعین کر لیا ہو۔ بڑھ کر وہ مجھ سے لپٹ گئی اور اپنے لب میرے کان کے قریب لا کر آہستہ سے کہا:

"آج تم نے منطق کا دامن چھوڑ دیا۔۔۔ حیرت ہے؟ لیکن میں تمہاری خواہش کی قدر کرتی ہوں"۔ وہ مجھے گومگو کی حالت میں چھوڑ کر لاؤنج کی طرف بڑھ گئی۔

کوئی دن ایسا نہ گزرتا جب میں جولیا سے کبھی اشاروں میں کبھی ڈھکے چھپے جملوں

میں اور کبھی براہ راست دریافت نہ کرتا کہ اس نے فیملی کو بڑھانے کی خاطر کیا فیصلہ کیا ہے؟ لیکن وہ ہاں ہوں کر کے خاموش ہو جاتی۔ کبھی مسکرا دیتی اور کبھی موقع پا کر موضوع بدل دیتی۔ میری خواہش ہر گزرتے دن کے ساتھ شدت اختیار کرتی چلی جا رہی تھی اور میری آنکھیں اولاد کا منہ دیکھنے کو ترس رہی تھیں۔ ایک شام کام سے فارغ ہو کر میں گھر پہنچا۔ لاؤنج میں داخل ہو کر میں نے جولیا کو آواز دی۔ وہ مجھ سے پہلے گھر چلی آیا کرتی تھی۔ مسلسل آوازیں دینے پر بھی جب کوئی جواب نہ ملا تو اسے کمروں میں تلاش کیا۔ کھانے کی میز کے وسط میں میرے نام کا ایک لفافہ رکھا تھا۔

"بمی، کافی سوچ بچار کے بعد میں اس نتیجے پر پہنچی ہوں کہ تمہاری خواہش اور میرا فیصلہ آپس میں روز روز ٹکرائیں، تکرار ہو اور ہماری زندگیاں تلخ ہو کر اس گھر کو جہنم بنا دیں، بہتر یہی ہو گا کہ ہم الگ ہو جائیں۔ میں تم کو چھوڑ کر جا رہی ہوں۔ جلد ہی میرا سالی سٹر تم سے فنانس، بینک اکاؤنٹ، فلیٹ، مورگیج اور دیگر امور کے متعلق رابطہ کرے گا۔

میں آج بھی تم کو پسند کرتی ہوں۔ تم نیک سیرت شخص ہو۔ مخلص اور ایماندار۔ دوسروں کے کام آنے والے۔ مگر اب تم اپنی خواہش کے غلام بن چکے ہو، جبکہ میری منزل بالکل الگ ہے۔ گڈ بائے"۔

ہر شخص کے حالات ایک سے نہیں رہتے کہ وہ تغیر پذیر ہیں۔ آدمی سماجی، معاشی اور داخلی طور پر بدلتا رہتا ہے۔ تارا کے جیون میں بھی کوئی انقلاب آئے اور اپنی گہری چھاپ چھوڑ کر آئندہ کی تبدیلیوں کے لیے جگہ بنا گئے۔ اس نے کئی بار اپنے بدلتے ہوئے حالات مجھے فون پر بیان کئے۔ کبھی ای میل کا سہارا لیا اور کبھی تفصیلی خط تحریر کیا۔ میری کہانی "مسیحا" کا ترجمہ فرانسیسی اخبار "لافگارو" کے ادبی حصے میں شائع ہوا تھا، اس کا تراشا پا کر مجھے بے پناہ خوشی ہوئی۔ کہانی کے حوالے سے اگلے شمارے میں چند تعریفی خطوط بھی

شائع ہوئے تھے۔ تارا نے فون پر جب آگاہ کیا تو میں نے بے ساختہ اس سے کہا تھا کہ وہ مجھے انٹر نیشنل رائٹر بنانے پر کیوں تلی بیٹھی ہے؟ دیر تک ہماری ہنسی ایک دوسرے کے کانوں میں مٹھاس چھوڑتی رہی۔ سات سمندر پار رہ کر بھی ہم قریبی اور پر خلوص دوست ثابت ہورہے تھے اور ہمارے درمیان عجیب سا تال میل پیدا ہو رہا تھا جیسے ہم ہزاروں میل کی دوری کے باوجود بھی محسوس کر رہے تھے۔ پچھلی مرتبہ جب وہ لندن آئی تھی تو میں ہی اسے ہیتھرو ائرپورٹ سے ہلٹن انٹر نیشنل میں لایا تھا (گو ٹریفک میں پھنس جانے کے کارن میں وہاں دیر سے پہنچا تھا) کمرے میں سامان رکھتے ہوئے تارا نے بتایا تھا کہ شام میں اس کا شوہر ویانا سے کانفرنس کے بعد سیدھا لندن پہنچ رہا ہے۔ ہمارے درمیان قریب قریب تین گھنٹے اپنے تھے۔ ہم نے دنیا بھر کی باتیں کیں۔ سماجی، سیاسی، ادبی اور نجی۔ میری طلاق کے تعلق سے اس نے صدق دل سے ہمدردی جتائی تھی۔ بلکہ افسوس بھی ظاہر کیا تھا کہ جولیا مجھے اکیلا چھوڑ کر چلی گئی ہے۔ اس کے فیصلے پر تارا نے حیرت کا اظہار بھی کیا تھا کہ اس نے سماجی حیثیت کی خاطر اپنی کامیاب شادی قربان کر ڈالی۔ بات چیت کے دوران اس نے اپنے ناول کا بھی ذکر کیا تھا۔ وہ دن رات اس پر سنجیدگی سے کام کر رہی تھی۔ موضوع اس نے یہ بتایا تھا کہ ڈبلیو ایچ او (O-H-W) کے کئی اونچے عہدوں پر فائز آفیسر ز انٹر نیشنل کمپنیوں سے سستی دوائیں بنوا کر افریقہ کے پس ماندہ علاقوں میں سپلائی کرتے ہیں اور یوں وہ کرپٹ آفیسر ز اپنا بینک بیلنس بڑھا رہے ہیں۔ وہ دوائیں زیادہ اثر نہیں رکھتیں۔ یہی وجہ ہے کہ ان قحط زدہ علاقوں میں اموات تیزی سے بڑھ رہی ہیں اور جانے کب تک یہ سلسلہ جاری رہے گا؟

تارا واقعی سنیچر کے روز پاؤں میں چکر لیے پیدا ہوئی تھی۔ سنیچر دیوتا جو دیومالا میں شنی کے لقب سے جانا جاتا ہے، سوریہ اور چھایا کا بیٹا ہے۔ اکثر سیاہ فام گھوڑے پر سوار

دکھائی دیتا ہے اور مشکلات سے دوچار ہوتا ہے۔ لیکن مسلسل سفر اس کا مقدر ٹھہرا ہے۔ وہ تارا کے تن من پر یوں طاری رہتا کہ وہ زیادہ تر سفر میں ہی رہا کرتی۔ بعض دفعہ وہ اوب بھی جاتی مگر مختلف مقامات کی زیارت کرنا اس کا اولین مشغلہ تھا اور ہر تفریح کے بعد اسے روحانی مسرت بھی ملا کرتی۔ وہ اپنے والدین کی اکلوتی بیٹی اور تنہا اولاد تھی۔ اس کے والد ماجد ہند سرکار کے بزرگ سفیر تھے۔ جس کارن اس نے بچپن سے بالغ ہونے تک دنیا کی کئی راجدھانیاں دیکھ لی تھیں۔ ہر دوسرے تیسرے برس والد کے تبادلے پر ملک کے ساتھ راجدھانی بھی بدل جایا کرتی۔ ماسکو، لندن، تہران، پیرس اور اسلام آباد، وہ ان شہروں کے طول و عرض سے خوب خوب واقف تھی۔ اس کا بچپن پیرس میں گزرا تھا اور وہیں اس نے ابتدائی تعلیم بھی پائی تھی۔ وہاں کی معاشرت، ثقافت اور طرز زندگی نے اس پر اتنا اثر کیا تھا کہ وہ فرانسیسی زبان بھی روانی سے بولنے لگی تھی۔

تارا کی شادی ڈاکٹر بسواس سے دہلی میں، وہاں برسوں سے آباد بنگالی برادری کی موجودگی میں بڑی دھوم دھام سے ہوئی تھی۔ شہر کی برگزیدہ شخصیات، سرکاری عہدے دار، دانشور، ڈاکٹرز، تجارتی لوگ اور فارن سروس کے نمائندوں نے شرکت کی تھی۔ لیکن بیاہ سے پہلے جن دنوں تارا کی کورٹ شپ ڈاکٹر بسواس سے چل رہی تھی اس نے ملاقاتوں کے دوران ڈاکٹر بسواس سے پہلے تو ہلکے ہلکے اشاروں میں، پھر علامتی انداز میں اور انجام کار کھلے لفظوں میں گوش گزار کیا تا کہ وہ ایک ہی مقام پر زیادہ دیر ٹک کر نہیں رہ پاتی۔ اسکا من اوب جاتا ہے۔ نہ ہی وہ کسی ایک شخص کے ساتھ زیادہ وقت گزار سکتی ہے۔ اور نہ ہی اس کے ساتھ دور دور تک قدم بڑھا سکتی ہے۔ کارن یہ ہے کہ وہ اس شخص کی دہرائی ہوئی باتیں، عادتیں، مشغلے اور رویئے برداشت نہیں کر پاتی۔ تبدیلی چاہتی ہے۔ آدمی کو ماحول، اقدار، حالات اور وقت کے ساتھ ساتھ بدلتے رہنا چاہیے۔ مگر سچ کا دامن

وہ کبھی نہ چھوڑے۔ ورنہ روزمرہ کی یکسانیت اسے دیمک کی طرح چاٹ جائے گی اور پچھتاوا اس کا مقدر بن کر رہ جائے گا۔ بعض اسے نیم پاگل، سنکی اور بھانوری بھی قرار دیتے ہیں۔ لیکن ڈاکٹر بسواس اسکی صاف گوئی، جرات اور بے باک رویوں پر مرمٹا تھا۔ جبکہ تارا سانولی رنگت کی معمولی شکل و صورت کی عورت تھی۔ مگر اس کی بڑی بڑی آنکھیں اتنے غضب کی تھیں کہ وہ بنگال کا جادو جگاتی تھیں اور آدمی ان میں کھو کر رہ جاتا تھا۔ اس کا بدن بھی بڑا کسا کسا تھا، جس کا ہر حصہ مقناطیسی کشش رکھتا تھا۔ وہ بذات خود تیز فہم، روشن دماغ اور حالات حاضرہ پر گہری نظر رکھتی تھی۔ ادب سے بھی اس کا لگاؤ گہرا تھا۔ اس نے بنگلہ زبان کی چند کہانیاں غیر ملکی زبانوں میں ترجمہ کر کے ادبی حلقوں میں اپنی پہچان بنالی تھی۔ ان اوصاف کے پیش نظر کوئی بھی سلجھا ہوا باذوق شخص اس پر آسانی سے فدا ہو سکتا تھا۔ پھر ڈاکٹر بسواس کیونکر بچ رہتا؟ اسے اپنی دلکش شخصیت، سماجی حیثیت، باعزت پیشہ اور خاندانی دولت پر اتنا غرور تھا کہ وہ تارا کو دنوں میں ہی رام کر لے گا اور وہ بے چین آتما ادھر ادھر بھٹکنا بند کر دے گی۔ جب وہ اس کے ہمراہ بیرون ملک میڈیکل کانفرنسوں اور سیمیناروں میں جایا کرے گی تو وہاں ڈاکٹروں اور سرجنوں کے لیکچر سن کر حیاتیاتی زندگی کے متعلق اس کا شعور مزید بڑھے گا۔ پھر اپنے دیش میں ہر ویک اینڈ پر جب وہ پارٹیوں اور کاک ٹیل پارٹیوں میں شامل ہو گی، کبھی اپنے کشادہ فلیٹ میں اور کبھی دوستوں کی رہائش گاہ پر تو یقیناً وہ ان کی آزاد سوچ سے متاثر ہو گی۔ پھر جب وہ پانچ ستارہ ہوٹلوں میں سرمایہ داروں کے درمیان بیٹھی ڈنر کرے گی اور کروڑوں، اربوں کی لاگت سے پرائیویٹ ہاسپٹل کھولنے کا منصوبہ جانے گی تو وہ اس کے ساتھ خود پر بھی ناز کرے گی۔ نیا ماحول، نئے لوگ اور نئی زندگی شرطیہ اسے راس آئے گی اور ماں بننے پر تو اس کی کایا ہی پلٹ کر رہ جائے گی۔ جب اسے احساس ہو گا کہ بال بچوں کے ساتھ

عورت کی اصلی دنیا اس کا گھر ہی ہوا کرتا ہے۔ جسے وہ جنت بنانے میں کوشاں رہتی ہے۔ لیکن بد قسمتی سے ڈاکٹر بسواس نے جن خطوط پر سوچا تھا یا تصور کی آنکھ سے دیکھا تھا، وہ عملی صورت اختیار نہ کر پائے۔ اسباب واضح تھے کہ جب مخالف اور متضاد رویئے آپس میں ٹکراتے ہیں تو میاں بیوی کے درمیان انجام اکثر جدائی، طلاق، جبر، گھریلو تشدد یا قتل کی صورت ہوا کرتا ہے۔ تارا اور بسواس کے درمیان بھی تلخی کے ساتھ اختلافات بڑھتے رہے۔ ایک شب ڈاکٹر نے ڈنر کے بعد تارا کی کمر میں ہاتھ ڈال کر اسے پیار کرنا چاہا۔ مگر اس نے رضامندی ظاہر نہ کی۔ بلکہ ڈاکٹر کا ہاتھ ہٹا کر دوٹوک لہجہ اختیار کیا:

"شادی سے پہلے میں تم کو پسند کرنے لگی تھی۔ مگر بیت جانے پر اب تم میرے لیے پرانے ہو چکے ہو۔ میں تم کو اندر باہر سے جان گئی ہوں"۔

"پھر؟"

"میں تبدیلی چاہتی ہوں"۔

ڈاکٹر سیانا تھا اور ہر سیانا آدمی دور کی سوچتا ہے۔ ڈاکٹر نے دنیا دیکھ رکھی تھی۔ یوں بھی وہ ایک عرصے سے محسوس کر رہا تھا کہ تارا اس سے کھنچی کھنچی سی رہنے لگی ہے۔ اس کیا شکایات بھی بڑھ رہی ہیں۔ مگر وہ اس کی ہر شکایت کو سنی ان سنی کرتا رہا۔ اپنائیت سے بولا:

"یہ تبدیلی کل پر چھوڑتے ہیں۔ پھر سب ٹھیک ہو جائے گا"۔

اگلی شام وہ لاؤنج میں خاموش بیٹھے دوردرشن کے چینل پر کوئی سنجیدہ ڈاکومنٹری دیکھ رہے تھے۔ پروگرام عورت ذات کی مظلومیت اور اس کی سماجی محرومی کے متعلق تھا۔ مرد ذات نے کتنی عیاری سے عورت کو کمزور جان کر اس کی مجبوریوں کا فائدہ اٹھایا تھا اور اس کا جنسی استحصال بھی کیا تھا۔ بلکہ ذاتی ملکیت سمجھ کر اسے آزادی سے بھی محروم

رکھا تھا۔ مگر جدید دور میں عورت تمام BARRIERS کو توڑ کر اپنے حقوق طلب کر رہی تھی اور مرد بے چارہ پریشان تھا۔ میاں بیوی اپنی اپنی سوچ میں گم، نشہ آور مشروب کے گھونٹ بھرتے، گلاس بھی بدل رہے تھے۔ تارا محسوس کر رہی تھی کہ قدرت نے مرد کو جو مخصوص لنگ عطا کیا ہے، وہ اس کے ذریعے عورت کی جسمانی اور حیاتیاتی ضرورت پوری کرتا ہے اور اسی کے ذریعے آئندہ نسلیں وجود میں آتی ہیں۔ اگر قدرت اس پر مہربان نہ ہوتی تو عورت اس سے دور کا بھی واسطہ نہ رکھتی۔ دوسری طرف ڈاکٹر محسوس کر رہا تھا کہ عورت کی سب سے بڑی ضرورت مرد ہی ہے اور وہ ابد تک رہے گی۔ وہ اس کی صحبت کے بغیر نامکمل ہے۔ لیکن وصال کے دوران اگر مرد اسے کسی وجہ سے مطمئن نہ کر پائے تو وہ تبدیلی چاہتی ہے۔ وہ کوئی دوسرا ٹھکانہ تلاش کرتی ہے۔ ڈاکومنٹری ختم ہوئی تو تارا کے کہنے پر ملازمہ نے کھانا پروس دیا۔ میاں بیوی نے کچھ کھایا، کچھ نہیں کھایا، پھر وہ اٹھ کھڑے ہوئے۔ ڈاکٹر نے بڑھ کر اپنا بازو تارا کی کمر کے گرد پھیلا دیا۔ اس نے بھی اپنا بازو ڈاکٹر کی کمر میں ڈال کر رضامندی ظاہر کی اور یوں وہ جڑے ہوئے عالیشان خواب گاہ میں داخل ہوئے۔ ڈاکٹر نے بڑے چاؤ سے کہا:

"ڈارلنگ، مجھے دو تین منٹ دے دو میں باتھ روم سے ہو کر آتا ہوں۔ بس گیا اور آیا"۔

لیکن ڈاکٹر نے لوٹنے میں سات آٹھ منٹ لگا دیئے اور جب وہ تارا کے قریب آیا تو الگ ہی شخص تھا۔ انار چہرہ، انگارہ آنکھیں، کھڑے بال اور سرخ گالوں پر پسینے کے ننھے ننھے قطرے۔ بدنی کھیل شروع ہوا تو ڈاکٹر دیر تک تارا کا انگ انگ بھنبھوڑتا رہا، چومتا رہا، چاٹتا رہا۔ اس نے تارا کے بدن پر جگہ جگہ دانتوں کے نشان بھی چھوڑے۔ وہ محسوس کر رہی تھی کہ ڈاکٹر کا پیار کرنے کا ڈھنگ بالکل بدلا بدلا سا ہے۔ اتنے زور و شور سے اس

نے کبھی پیار نہ کیا تھا اور نہ ہی اسے کبھی جانور کی طرح کاٹ کر اس کی ہر حس کو بیدار کیا تھا۔ وہ قوت مردانگی کا بھرپور اظہار کر رہا تھا۔ تارا حیران تھی اور پریشان بھی کہ ڈاکٹر میں یہ تبدیلی کیونکر چلی آئی ہے؟ دونوں معمول سے زیادہ دیر تک دنیا سے بے خبر خود میں مشغول رہے۔ وہ پسینے سے تر بتر تھے۔ ان کی سانسیں دھونکنی کی طرح چل رہی تھیں اور بال یوں بکھر چکے تھے جیسے ہفتوں انہیں سنوارا نہ گیا ہو۔ ڈاکٹر کا سینہ پھل کر دوہرا ہو اجا رہا تھا اور وہ فخریہ انداز میں تارا کو دیکھ کر احساس دلا رہا تھا کہ اس نے تارا کو ہمیشہ ہمیشہ کے لیے فتح کر لیا ہے۔ وہ بھی خوش تھی کہ اس کے ہر انگ کا ہر مسام مدتوں بعد کھلا تھا۔ لیکن اس نے بستر سے چادر کھینچ کر اپنا جسم ڈھانپ لیا اور مضبوط لہجے میں کہا۔

"ڈاک میری پرابلم سیکس نہیں، کچھ اور ہے"۔

"وہ کیا ہے؟" اس نے فتح کے نشے میں کہا۔

"میں نے تم سے کہا تھا کہ آدمی کو ماحول، اقدار، حالات اور وقت کے ساتھ ساتھ بدلنا چاہیے۔ میں ایک سی زندگی جی نہیں سکتی۔ مجھے شروع میں تمہاری دنیا پسند آئی تھی۔ میں نے خود کو بدلا بھی تھا۔

"پھر؟"

"اب مجھے تبدیلی چاہیے"۔

ڈاکٹر نے ماتھے سے پسینہ صاف کرتے ہوئے اپنا فخریہ لہجہ برقرار رکھا:

"آج کے بارے میں کیا خیال ہے؟۔۔۔ تبدیلی ضرور محسوس کی ہو گئی تم نے؟"

"ہاں۔ لیکن میں کوئی NYMPHO نہیں ہوں، بیڈروم میں داخل ہو کر تم نے دو تین منٹ کی اجازت چاہی تھی۔ مگر پلٹ کر آئے تو سات آٹھ منٹ بیت چکے تھے۔ اس دوران تم نے انٹراوینس (INTRAVENOUS) انجکشن لیا ہے۔ اس کا اثر

جب تم پر ہو گیا تو تم نے میری طرف رخ کیا۔

ڈاکٹر کا ابھرتا ہوا سینہ یک بیک اندر کی جانب چلا گیا۔ چہرے کی سانولی جلد گہری ہو گئی۔ وہ بازی ہار چکا تھا۔ وہ قریب ہی رکھی ہوئی چمڑے کی کرسی پر بیٹھ گیا۔ تارا اسے نا پسندیدہ نگاہ سے دیکھتی رہی۔ پھر چہرے پر حقارت ابھرتے ہی وہ باتھ روم کی طرف بڑھ گئی۔

اس رات وہ ایک ہی پلنگ پر سوئے تھے۔ لیکن دونوں ایک دوسرے کی طرف پشت کئے ہوئے تھے۔ ان کے درمیان دیر تک کوئی بات نہ ہوئی۔ لگتا تھا کہ ان کا تعلق ایک لمبے فاصلے میں بدل گیا ہے اور فاصلہ بھی ایسا کہ جو کم ہونے کی بجائے بڑھتا ہی رہے گا اور ایک انجانے موڑ پر پہنچ کر ختم ہو جائے گا۔

صبح ڈاکٹر اپنے وقت پر اٹھا کہ اسے سرجری پہنچنا تھا۔ وہ وقت کا بڑا پابند تھا۔ تارا اس کے ساتھ ساتھ ہی اٹھ جایا کرتی تھی۔ پھر ڈاکٹر کے واسطے اس کی پسند کا بریک فاسٹ تیار کرتی، جسے ملازمہ پروس دیا کرتی تھی۔ لیکن اس صبح تارا کو آس پاس کا کوئی ہوش نہ تھا۔ وہ گھوڑے بیچ کر سو رہی تھی۔ اس کا جوڑ جوڑ دکھ رہا تھا۔ ڈاکٹر نے ایک دو بار اسے آواز دے کر اٹھانا بھی چاہا مگر بے سود۔ وہ گہرے خراٹے لے رہی تھی۔ ڈاکٹر تیار ہوا اور ناشتہ کئے بغیر ہی سرجری کو چلا گیا۔ سورج کی تمازت بڑھی تو ملازمہ نے بیڈ روم میں داخل ہو کر تارا کو اٹھایا۔ اس نے غسل کے بعد سیر شکم ناشتہ کیا پھر ضروری سامان باندھا اور کاغذ قلم سنبھال کر بیٹھ گئی۔

"بسواس۔ میں جا رہی ہوں سدا کے لیے۔ اب میں تمہارے ساتھ نہیں رہ سکتی۔ جو اہم باتیں میں لکھنے جا رہی ہوں ان سے تمہارے کان خوب خوب واقف ہیں۔ لیکن تم نے ان پر سنجیدگی سے کبھی غور نہیں کیا اور نہ ہی ان کی اہمیت کو جانا۔ مجھے افسوس ہے تم نے

اپنے ارد گرد جو دنیا بسار کھی ہے، وہ شروع میں مجھے راس ضرور آتی تھی اور میں خوش بھی تھی۔ شعوری طور پر میں خود کو بدل بھی رہی تھی۔ لیکن ملک در ملک کانفرنسوں اور سیمیناروں میں جا کر اور وہاں مغربی ڈاکٹروں اور سرجنوں سے مل کر اور ان سے تفصیلی گفتگو کرنے پر یہ کھلا کہ وہ سب مغربی دنیا کو زیادہ ترجیح دیتے ہیں۔ وہ مستقل وہاں رہنا پسند کرتے ہیں۔ کیونکہ وہاں دولت کی بہتات ہے، تیسری دنیا کے ملکوں کا ذکر آنے پر ان کے چہروں کی چمک ماند پڑ جاتی ہے اور وہ خاموش رہ کر یہ تاثر دیتے ہیں کہ انسانیت کی خدمت کرنا اور غریب غربا کا علاج کرنا عہد رفتہ کی کوئی حسین شے تھی۔ تمہاری کاک ٹیل پارٹیوں میں مجھے بہت کم ایسے لوگ ملے جو اخلاقیات کے دائرے میں رہ کر سانس بھرتے ہوں۔ ورنہ بیشتر کے پاؤں اخلاقی پستی کی طرف جلد ہی پھسل جاتے ہیں۔ اور تب ان کے حریص، مصنوعی، گھناؤنے چہرے واضح ہو جاتے ہیں، رہے تمہارے قریبی اور وفادار دوستوں کے پاس وہی دہرائے ہوئے پٹے پٹائے لطیفے ہیں، فحش مذاق ہیں اور سستی باتیں ہیں۔ بعض کی تو نظر بھی میلی ہے۔ وہ میرے ساتھ جنسی تعلقات قائم کرنا چاہتے ہیں، جبکہ وہ شادی شدہ ہیں اور بال بچے دار بھی۔ میں تمہارے ساتھ پانچ ستارہ ہوٹلوں میں اپنے دل پر پتھر رکھ کر جایا کرتی تھی۔ یقین جانو وہ مقامات مجھے ایک پل نہیں بھاتے۔ جہاں کا ماحول نمائشی ہو، لوگوں کی باتوں میں کھوکھلا پن ہو، جھوٹ ہو۔ ہر کوئی خود کو بڑھا چڑھا کر پیش کرے اور منافق ہونے کا احساس دلائے، ان جگہوں کو مجھ جیسی عورت کیونکر پسند کرے گی؟ درحقیقت سچ تمہاری دنیا کے قریب سے نہیں گزرا اور میں سچ کے بغیر زندہ نہیں رہ سکتی۔ تم کو تمہاری دنیا مبارک ہو۔ تمہارے یار دوست اور تمہارا زیر تعمیر اسپتال بھی مبارک ہو۔ مجھے میری دنیا بلا رہی ہے۔ چونکہ میں خود تم کو چھوڑ کر جا رہی ہوں، میں تم سے روپے پیسے کی کوئی امید نہیں رکھتی۔ یوں بھی میرے والدین میرے

واسطے اتنا کچھ چھوڑ کر رخصت ہوئے ہیں کہ وہ اگلے جنم میں بھی شاید ہی ختم ہو۔ آخر میں یہ لکھنا بھی ضروری سمجھتی ہوں کہ کل رات جو گھٹیا، ذلیل اور گھناؤنی حرکت تم نے کی ہے وہ بھلائے نہیں بھولے گی۔ انجکشن لیتے وقت تمہیں ذرا بھی خیال نہیں آیا اور نہ تم نے سوچا کہ تارا تمہاری بیوی ہے؟ کوئی بازاری عورت نہیں؟ HELL WITH YOU

تارا

سال کی آخری شام ٹرافلگار اسکوائر اور اس کے گرد پھیلی ہوئی سڑکوں پر لوگ ہزاروں کی تعداد میں جمع ہو رہے تھے۔ کھوے سے کھوا چھل رہا تھا۔ سفید، پیلے، سانولے اور سیاہ فام لوگ ہر سو موجود تھے۔ سب کو انتظار تھا کہ کب سال رواں اپنا آخری لمحہ سال نو میں ضم کر کے نیا باب شروع کرتا ہے۔ تارا میری کمر میں بازو ڈالے مجھے گرفتار کئے کھڑی تھی۔ اندھیرا گاڑھا تھا۔ فضا یخ تھی اور ہوا سرد، لیکن چاروں طرف نگاہ دوڑانے پر بھی مجھے وہاں کوئی شخص ایسا دکھائی نہ دیا جو گرم کپڑوں میں ملبوس نہ ہو۔ سردی جب مجھے زیادہ پریشان کرتی تو میں بڑے کوٹ کی جیب سے ہپ فلاسک نکال کر وہسکی کے دو تین گھونٹ بھر لیتا اور پھر اسے تارا کی طرف بڑھا دیتا۔ وہ ایک آدھ گھونٹ بھر کر جھر جھری لیتی اور پھر اس کی نگاہیں بگ بین (Big Ben) کے گھڑیال کی طرف اٹھ جاتیں، جو ہم سے زیادہ دور نہ تھا۔ ہم نیشنل گیلری کی سیڑھیوں پر لوگوں میں دبکے کھڑے تھے۔ متحرک سوئیوں کا گلے ملنے کا وقت قریب ہی تھا۔ موسیقی جگہ جگہ سے ابھر رہی تھی۔ اڈتی ہوئی خلقت بے چین تھی۔ پھر وہ پل بھی آگیا جب سوئیاں بارہ کے ہندسے پر پہنچ کر ایک اکائی کی صورت اختیار کر بیٹھیں اور گجر نے نئے سال کی آمد کا اعلان کر ڈالا۔ روشنیاں روشن ہوئیں تو ٹرافلگار اسکوائر کے ارد گرد عمارتیں ساؤتھ افریقہ ہاؤس، کینیڈا ہاؤس اور نیشنل گیلری سب جگمگا اٹھے۔ شور و غوغا ایسا بلند ہوا کہ کان پڑی آواز

سنائی نہ دے۔ آکاش پر چراغاں ہو گیا۔ میں نے جھک کر تارا کے گال پر اپنے ہونٹ رکھ دیئے اور اسے چوم کر نئے سال کی مبارک باد دی۔ وہ بے انتہا خوش ہوئی اور اسی جوش کے تحت اس نے اچک کر میرے گال پر جوابی حملہ کر ڈالا۔ پھر ہم لپٹے لپٹائے عوامی رقص کا حصہ بن گئے۔ لوگ پی پلا رہے تھے، لپٹ رہے تھے، رقصاں تھے اور شور مچا رہے تھے۔ دیر تک یہ سلسلہ چلتا رہا۔ پھر عوام کی تعداد رفتہ رفتہ کم ہونا شروع ہوئی تو ہمیں بھی خیال آیا کہ ہمارا بھی کوئی گھر ہے، جہاں پہنچ کر ہمیں دن بھر کی تھکان اتارنی ہے۔ تارا نے اسکوائر پر بھرپور الوداعی نظر ڈالی اور اسے خود میں اتار کر میرا بازو تھامے انڈر گراؤنڈ اسٹیشن کی طرف بڑھ گئی۔ مسافروں سے لدی گاڑی میں، ہم اپنے اسٹیشن پر بمشکل اترے اور قہقہے لگاتے راہگیروں کو نئے سال کی مبارکباد دیتے ہوئے اپنے گھر پہنچ گئے۔ میں نے فلیٹ کا دروازہ کھولا اور تارا کو اندر جانے کا اشارہ کیا۔ وہ داخل ہوئی تو ابھی بلب روشن ہوا ہی تھا کہ تارا نے اپنی بانہیں میرے گلے میں ڈال دیں اور صدق دل سے کہا:

"بمل، آج میں اتنی خوش ہوں کہ بیان نہیں کر سکتی۔۔۔ اب میں دن بھر کا ہر واقعہ، ہر منظر اپنی کتاب میں لکھ سکتی ہوں۔۔۔ یوں تو میں یہ نظارہ اکیلی بھی کر سکتی تھی۔ لیکن عورت اکیلی ہو تو گدھ اس کے ارد گرد منڈلانے لگتے ہیں"۔

"آج میں بہت خوش ہوں کہ تم میرے ساتھ تھیں۔ ورنہ میں ایک عرصے سے اکیلا ہی بھٹکتا پھر رہا تھا اور دنیا تاریک سی لگنے لگی تھی"۔

وہ بالکل میرے جسم سے لگ گئی۔

"آج دن بھر ہم ساتھ رہے ہیں۔ تمہارا احسان تو چکانا ہو گا؟"

اس کی آنکھوں کی تحریر کو پڑھ کر میں نے اگلا پل ضائع کرنا مناسب نہ سمجھا۔ فوراً

ہی اسے اٹھا کر بانہوں میں بھر لیا اور سیدھا بیڈ روم کی طرف بڑھ گیا۔

نئے سال کی پہلی شام میں تارا کی فلائیٹ یوگینڈا کے شہر کمپالا کے لیے بک تھی۔ ہم دیر سے اٹھے تھے۔ لیکن اس کے باوجود تارا نے دوپہر کا کھانا تیار کر لیا تھا۔ مجھے ایک طویل عرصے کے بعد ایک ہندوستانی عورت کے ہاتھ کا پکا ہوا کھانا پچھلے آٹھ دس دنوں سے نصیب ہو رہا تھا اور میں خوش تھا۔ وہ جب سے آئی تھی، اس نے کچن پر قبضہ کر لیا تھا۔ وہ طرح طرح کے لذیذ کھانے بنا رہی تھی۔ میں جب کبھی کچن میں داخل ہو کر مدد کرنا چاہتا وہ دہلیز پر ہی میرا راستہ روک کر کھڑی ہو جاتی اور کندھے اچکا کر ایک ادائے خاص سے کہتی: "ہمارے پرکھوں نے جب "دھرم گرنتھ" لکھے تھے تو گھر کا چولہا اور رسوئی ناری کے نام لکھ چھوڑا تھا، بولو اب کیا کہتے ہو؟"

میں کیا کہہ سکتا تھا۔ خاموش ہو کر اسے دیکھتا رہا، یہ سوچتے ہوئے کہ اس عورت کے ہاں سچ کے ساتھ علم کا خزانہ بھی موجود ہے۔

ہم کھانے کی میز پر بیٹھے مچھلی کے خوش ذائقہ قتلے چکھ رہے تھے۔ اس نے کاڈ مچھلی کو بیسن، انڈوں اور مسالوں میں گھول کر تل لیا تھا۔ پھر کھاتے وقت وہ جس ڈھنگ سے ان قتلوں کے ساتھ انصاف کر رہی تھی، وہ اپنی جگہ کمال تھا۔ میں سمجھ سکتا تھا کہ بنگالن ہونے کے کارن وہ مچھلی کی دلدادہ ہے۔ مجھے اس کی موجودگی اپنے گھر میں نہایت بھلی لگ رہی تھی۔ دل نے چاہا کہ وہ چند دن مزید رک جائے اور ہم اسی طرح کھاتے پیتے، ہنستے کھیلتے ایک دوسرے کو مزید جان کر وقت گزار دیں۔ کچھ دیر میں جب اس کی پلیٹ قریب قریب خالی ہو چکی تھی تو میں نے دھیرے سے کہا، "تارا پلیز، آج مت جاؤ، کچھ دن اور رک جاؤ"۔

وہ میرے غیر متوقع سوال پر چونک اٹھی۔

"اگلے ہفتے چلی جانا"۔

اس بار اس نے مجھے نہایت غور سے دیکھا کہ میرے من میں کیا ہے اور میرے سوال کے پیچھے کون سا جذبہ کار فرما ہے۔ مجھے یقین سا ہو چلا تھا کہ وہ میری التجا کا بھرم رکھے گی مگر اس کا جواب انکار میں تھا۔

"نہیں، بمل، میرا آج شام میں کمپالا جانا نہایت ضروری ہے۔ کل ڈبیلو، ایچ، او(WHO) کے چند ذمہ دار نمائندوں سے ملنا ہے۔ وہ مجھے اس ادارے کے کرپٹ آفیسرز اور ویسٹرن کمپنیوں کے متعلق اہم معلومات مہیا کرنے والے ہیں۔ ورنہ کتاب ادھوری رہ جائے گی"۔

"ہاں، یہ تو ہے"۔ میں چاروناچار پلیٹ پر جھک گیا۔

"مگر اتنی فکر کیوں کرتے ہو؟ میں ملٹی پل ویزا لے کر آئی ہوں۔ کبھی بھی تمہارے پاس آسکتی ہوں"۔

"ہاں ہاں۔ کیوں نہیں" میں نے سر اٹھائے بغیر کہا۔

"اب میں ڈاکٹر سے آزاد ہو چکی ہوں لیکن میرے پاؤں کا چکر ابھی ختم نہیں ہوا"۔

یہ کہہ کر وہ ہنس دی۔ پھر اپنا اندرون سنجیدگی سے واضح کیا:

"اس کم بخت چکر نے مجھے پریشان کر رکھا ہے اور تنگ بھی، جانے یہ کب، کہاں اور کس صورت میں ختم ہو گا؟ مگر ایک طرح سے دیکھا جائے تو میں اس کے بغیر ادھوری ہی ہوں"۔

تارا مجھے نوے لاکھ باسیوں کے شہر میں اکیلا چھوڑ کر چلی گئی۔ ایک ہی چھت کے نیچے دس روز تک اکٹھے رہتے رہتے میرے ہاں جینے کی بھرپور تمنا جاگ اٹھی تھی۔ خاص طور پر نئے سال کی پہلی رات میں، جب تارا خود سپردگی کے عالم میں پیش پیش تھی اور

میں بھی مدت سے عورت کے نرم گرم جسم سے محروم تھا۔ اس نے جسمانی وصال کے دوران میرا کان ہلکا سا کاٹ کر سرگوشی کی تھی:

"بمل، تم واقعی ذات کے اصلی پنجابی ہو"۔

میں بے ساختہ ہنس دیا تھا اور اپنے متحرک بدن کو قدرے روک کر سرگوشی کی تھی:

"یہ سب تمہاری صحبت کا اثر ہے۔ پھر تمہارے ہاتھوں کے بنے پکوان کھا کھا کر جوانی لوٹ آئی ہے"۔ جسموں کے ساتھ قہقہے بھی مدغم ہو گئے پھر بدن جاگ اٹھے اور قہقہے دب کر رہ گئے۔

میں جانتا تھا کہ تارا کے جانے کے بعد گھر کی برہنہ دیواریں مزید ویران ہو کر مجھے اپنے حلقے میں لینا شروع کر دیں گی۔ مجھے یہ بھی علم تھا کہ اس کی روانگی میری آتما میں دو تین نہیں تو ایک آدھ چھید ضرور کر جائے گی اور وہی ہوا۔ تقریباً ہر شام گھر لوٹنے پر جب میں اس امید پر کمپیوٹر کھولتا کہ تارا نے دنیا کے کسی کونے، کسی خطے کسی شہر سے چھوٹا بڑا، ای میل ضرور بھیجا ہو گا۔ لیکن ہر گزرتے دن کے ساتھ مایوسی بڑھتی جا رہی تھی۔ فون کی جواب دہ ریکارڈنگ مشین بھی خاموش تھی۔ موبائیل کا تو ذکر ہی کیا؟ لیکن وقت جب ہفتوں میں بدل کر آگے بڑھ گیا تو دھیرے دھیرے میری ذہنی حالت بھی بدلتی چلی گئی اور میں محسوس کرنے لگا کہ تارا تو ایک گھنی بدلی تھی جو میرے دل و دماغ پر جم کر برسی اور چپکے سے آگے بڑھ گئی۔ لیکن جانے کیوں میرے من کے کسی کونے میں یہ یقین بھی بیٹھ چکا تھا کہ وہ کہیں اٹک کر رہ گئی ہے اور مجھ تک نہ پہنچنے کی وجہ بھی یہی ہے۔ ایک شام میں اخبار کا کالم ختم کر کے دیر سے گھر پہنچا۔ کمپیوٹر چند دنوں سے بند پڑا تھا۔ مجھے اس کی ضرورت ہی محسوس نہیں ہو رہی تھی۔ لیکن وہسکی پیتے وقت جب نشہ وسعت پیدا کر کے

میرے جذبات کو بیدار کرنے لگا تو تارا چپکے سے میرے ذہن میں کنڈلی مار کر آن بیٹھی۔ چند گھونٹ اور پیئے تو تارا نے سر گوشی کی:

"بمل اٹھو، جا کر کمپیوٹر کھولو۔ تمہارے نام کچھ آیا ہے وہاں"۔

جھٹ سے گلاس کو ایک طرف رکھ کر میں اٹھا۔ کمپیوٹر کھول کر ای میل کا ان باکس چیک کیا۔ واقعی تارا وہاں موجود تھی۔ تین روز سے اس کا پیرس سے بھیجا ہوا ای میل میرا انتظار کر رہا تھا۔ میں حواس باختہ ہو گیا اور اسی عالم میں ای میل کا متن پڑھنا شروع کیا۔ مگر سطریں اور الفاظ گڈمڈ ہو رہے تھے۔ حواس جب درست ہوئے تو نظر اور دماغ نے اپنا کام شروع کیا۔

ڈیئر بمل۔

کمپالا جس مقصد سے آئی تھی۔ وہ دنوں میں ہی پورا ہو گیا تھا۔ ڈبلیو ایچ او کے نمائندے مددگار ثابت ہوئے تھے۔ وہ چاہتے تھے کہ اس ریکٹ کو دنیا کے سامنے لا کر مکار افسروں کو بے نقاب کیا جائے۔ میں پیرس جانے کو تیار بیٹھی تھی کہ سوڈان میں ڈارفور قحط کا قصہ چل نکلا۔ وہاں مدت سے آباد عرب مسلمان مقامی قبیلوں کے مسلمانوں کو صرف قتل ہی نہیں کر رہے تھے بلکہ ان کی زمینیں، ان کی آبادیاں اور ان کے گھر بھی جلا رہے تھے۔ میں یو این (UN) کے چند ذمہ دار لوگوں کے ساتھ وہاں کیمپ میں مدد کرنے کو چلی گئی۔ لیکن وہاں بھوکی، ننگی، کچلی ہوئی مخلوق کے لیے نہ تو پانی تھا، نہ روٹی، نہ کپڑا اور نہ ہی دوائیں۔ پھٹے پرانے خیموں میں پڑے ہوئے ہزاروں کی تعداد میں کنبے خاموش آنکھوں اور سلے ہوئے ہونٹوں سے آکاش کو ہر دم دیکھا کرتے۔ لیکن جب گھڑ گھڑاتے ہوائی جہاز یا ٹرکوں کی آواز فضا میں ابھرتی تو ہر کوئی کھانے کے پیکٹ اور پانی کی خاطر گرتا پڑتا دوڑتا دکھائی دیتا۔ ان زندگی نکلے عوام کی بھگدڑ اور بھیڑ دیکھ کر بھگوان

سے میرا وشواس اٹھ جایا کرتا اور میں پر بھو سے پوچھا کرتی کہ اس کی دھرتی پر اس کے پیدا کئے ہوئے بندے دانے دانے کو محتاج کیوں ہیں، کیڑے مکوڑوں کی طرح رینگ کیوں رہے ہیں؟ لیکن پر بھو خاموش رہتے۔ اس سمے تم مجھے بے حساب یاد آتے۔ اس لیے کہ سنسار میں اب صرف تم ہی رہ گئے ہو، جس کی طرف میں بلا سوچے سمجھے دیکھ سکتی ہوں اور تم کو یاد بھی کر سکتی ہوں۔ میں نے دس روز جو تمہارے ساتھ گزارے تھے وہ میرے جون کے انمول دن تھے۔ اس کی اہم وجہ یہ بھی رہی کہ نئے سال کی آخری رات یا پہلے ابھرتے دن میں، جب ہم نے ٹوٹ کر پیار کیا تھا تو تم چاہت بھرے ایک انوکھے موڈ میں تھے اور میری کیفیت بھی بدلی بدلی سی تھی۔ آتماؤں کے ملاپ کے دوران وہ ایک دوجے کو زیادہ سے زیادہ پہچان رہی تھیں۔ آخر میں تم نے مجھ میں وہ بیج چھوڑا تھا کہ اب تم اپنی اولاد کا منہ دیکھے بغیر اپنے پر بھو کے پاس نہیں جاؤ گے۔ دوسرا مہینہ شروع ہو چکا ہے۔ خوشیاں مناؤ کہ تمہاری جون سپھل ہو گئی ہے۔ تمہاری اولاد اب دنیا میں تمہارا نام چھوڑ کر جائے گی۔ رہا میرے پاؤں کا چکر تو اسے ہمارے بچے کی پیدائش پر ختم ہی سمجھو۔ مجھے اپنے پہلوٹھی کے بچے کے پالن پوشن اور دیکھ بھال میں اپنا پورا جیون تج دینا ہو گا۔ تم کو بھی اپنی ذمہ داریاں نبھانی ہوں گی۔ میں جلد لندن آکر تمہارے پاس کچھ دن رکوں گی۔ مگر ہمارا وارث ہماری جنم بھومی بھارت میں جنمے گا۔ اور تمہارا وہاں موجود ہونا ضروری ہو گا۔ یہ سب قسمت کا کھیل ہے اور اس پر ہم بندوں کا کوئی اختیار نہیں۔

میں ای میل پڑھتے پڑھتے چھلانگیں لگا رہا تھا۔

***

۵

آنسو سچ بولتے ہیں۔۔۔؟

احمد زین الدین

گاؤں کی ایک شدید تپتی ہوئی دوپہر کا ذکر ہے۔

میں برسوں بعد سرحد پار اپنے آبائی گاؤں کے نیم پختہ مکان کی ڈیوڑھی کے باہری دروازے پر کھڑا کھانے کے بعد جوٹھے ہاتھ دھو رہا تھا اور میری نظریں ان چوزوں پر جم گئی تھیں جو سیلی زمین پر گرے ہوئے دال چاول کے ٹکڑوں کو چن چن کر بڑی بے صبری سے حلق کے نیچے اتار رہے تھے۔ مرغی بھی دانوں پر لپکتی مگر اپنے حصے کا رزق چھن جانے پر اپنے ہی بچوں کو بڑی بے دردی سے چونچ مارتی اور رگیدتی۔۔۔!

دوسری جانب ذرا فاصلے پر کھڑا گھر کا وفادار کتا، زبان نکالے گرسنہ نگاہوں سے یہ سارا تماشہ دیکھ رہا تھا اور کبھی کبھی اشتہا سے مجبور ہو کر وہ اپنی لمبی زبان کو ہونٹوں پر پھیر لیتا۔ پھر وہ بڑی بے بسی سے بیٹھ کر ٹکڑے کا انتظار کرنے لگا۔ اتنے میں میری نظر نیم کے نسلوں پرانے دیو ہیکل پیڑ کے تنے پر جا کر ٹھہر گئیں جس کی آڑ میں ایک اجنبی کھڑا ہونٹوں پر زبان پھیرتے ہوئے کبھی ٹیوب ویل اور کبھی دانہ چگتے چوزوں کو بڑی حسرت سے دیکھ رہا تھا۔ اور بھوکوں کے اس تکون کے باہر میرا وجود بڑا بے جوڑ اور مضحکہ خیز لگ رہا تھا۔۔۔!

ابھی میں کچھ کہنا ہی چاہتا تھا کہ اتنے میں روٹی کا بڑا سا ٹکڑا کتے کو ڈالتے ہوئے آپا کی نظر اس اجنبی شخص پر پڑی۔

"بے چارہ۔ بھوکا پیاس لگتا ہے۔ پانی پینے کا انتظار کر رہا ہے شاید!"

انہوں نے ٹیوب ویل کی طرف دیکھا جہاں محلے کے ہندو مسلمان لڑکے پانی بھرنے کے لیے اپنی باری کا انتظار کر رہے تھے مگر بے بی گلے سے نہانے میں اس قدر مگن تھی کہ اسے کسی بات کا ہوش نہ تھا۔ آپا سے رہا نہ گیا۔

"اے بے بی، کتنا نہاؤ گی۔ چل ہٹ۔ دوسروں کو موقع دے"۔

نانی کی غصہ بھری آواز سن کر وہ بھاگتی ہوئی دوسرے دروازے سے آنگن میں آگئی اور ڈر کے مارے کچھ دیر دھوپ میں کھڑی رہی۔ تب بچوں نے پہلے اس پیاسے کو اوک سے پانی پلایا۔ میں سگریٹ جلانے کے لیے پیچھے مڑا۔ آپا مطمئن ہو کر باورچی خانے کی طرف چلی گئیں جہاں رعنا برتن سمیٹ رہی تھی۔

میں سگریٹ کا کش لیتے ہوئے ابھی اس شخص کے بارے میں سوچ ہی رہا تھا کہ مجھے باہر سے سسکیوں کی آواز سنائی دی۔ دیکھا تو وہی شخص پیٹ پکڑے منہ پر کچھ رکھے بے اختیار زار و قطار رو رہا ہے۔ میں نے پریشان ہو کر پوچھا۔

"کیا بات ہے؟ کیوں رو رہے ہو؟ کیا تکلیف ہے؟"

مگر وہ روئے چلا جا رہا تھا۔ پھر وہ پیٹ پکڑ کر زمین پر بیٹھ گیا اور کراہنے لگا۔ میں نے آپا کو آواز دی، انہوں نے بدحواس ہو کر کہا، "بھیا، اسے اندر لے آؤ۔ جانے کیا تکلیف ہے"۔

میں نے بازو سے پکڑ کر اسے اٹھایا۔ وہ بڑی مشکل سے چل کر ڈیوڑھی میں آیا اور چوکی پر بیٹھ گیا اور سسکیوں سے رونے لگا۔ وہ اپنی تکلیف نہیں بتا رہا تھا جس سے ہماری

پریشانی اور بڑھتی جارہی تھی۔

"کچھ بولو بھیا، کھانا کھاؤ گے؟" آپا نے دلاسا دیتے ہوئے پوچھا اور جلدی سے جو کچھ بچا تھا، لینے چلی گئیں۔

رعنا پانی کا جگ اور گلاس لے آئی، "پیٹ میں مروڑ کے ساتھ بھوک سے درد ہو رہا ہے شاید! کھالو بھیا، کھالو"۔ انہوں نے سینی اس کے سامنے رکھتے ہوئے کہا۔ پھر کئی بار کہنے کے بعد وہ کھانا کھانے لگا اور میری نظریں اس کے وجود کا جائزہ لینے لگیں۔

دبلا پتلا، کمزور سا نوجوان جس کے تن پر سرمئی رنگ کا میلا کچیلا کرتا، چھوٹے پائنچے کا مٹیالہ پاجامہ، سر پر بدرنگ سی دوپلی ٹوپی، دھاری دار گمچھا، ستے ہوئے چہرے پر چھوٹی سی خشخشی داڑھی اور آنکھوں میں اداسی کا گہرا سناٹا، بھوک اور غربت نے جس سے جوانی کا سارا کس بل چھین کے جینے کے لیے صرف آنسو دے دیے تھے جسے بہا بہا کر وہ صرف اوروں کی طرح زندگی جیے جارہا تھا۔ آپا اسے پنکھا جھل رہی تھیں۔ رعنا اور اس کے بچے کچھ دیر اسے غور سے دیکھنے کے بعد اسارے میں چلے گئے تھے۔ ایک سوگوار سی خاموشی کچھ دیر پھیلی رہی۔ میری نظریں اس کے وجود پر جمی تھیں اور ذہن سوچ رہا تھا کہ آدھی صدی بیت جانے کے بعد بھی یہاں کے ایک طبقے کو بھوک اور افلاس سے چھٹکارا نہیں ملا۔ سب کچھ ویسا ہی ہے جیسا میں چھوڑ کر گیا تھا بلکہ اب تو جان کی قیمت بھی نہیں رہی، آئے دن دنگا فساد!

کھانے کے بعد وہ ذرا پرسکون نظر آیا۔

"تمہارا نام کیا ہے؟" میں نے اسے بولنے پر آمادہ کرنا چاہا۔

"عبدل نام ہیخ"۔

"اتنا کیوں رو رہے تھے؟"

"پانی پیتے ہی پیٹ میں مروڑ اٹھا تھا نا۔ تین دن سے کچھ کھایا بھی نہیں تھا اور اماں کی یاد آگئی تھی۔۔۔"

"اماں کی یاد؟ یعنی۔۔۔؟"

"میں اپنی اماں کا علاج کرانے ایودھیا سے بکسر آیا۔ وہ کینسر کی مریضہ تھیں۔ کسی نے بتایا تھا کہ یہاں اچھا اور سستا علاج ہوتا ہے۔ چند دن دوا دارو کے بعد وہ کچھ ٹھیک ہو رہی تھیں مگر اچانک جانے کیا ہوا کہ ایک رات وہ ہم کو چھوڑ کر چلی گئیں۔ میں بہت رویا پیٹا۔ کچھ سمجھ میں نہیں آرہا تھا کہ ان کی میت کو ایودھیا کیسے لے جاؤں۔ پیسے ختم ہو چکے تھے۔ کہاں کہاں نہیں علاج کرایا۔ لکھنؤ بھی گئے۔ ابھی علاج چل ہی رہا تھا کہ ایک دن خبر آئی کہ ایودھیا میں بلوائیوں نے میرے محلے کے سارے مسلمانوں کے گھر جلا دیے ہیں اور میرا گھر بھی لوٹ کر آگ لگا دی۔ بیوی کے ساتھ زیادتی کی، پھر اسے مار ڈالا۔ بچے بھاگ کر پڑوس میں چلے گئے تھے اس لیے بچ گئے ورنہ وہ بھی۔۔۔۔"

وہ ایک بار پھر پھوٹ پھوٹ کر رونے لگا۔ میں اس کی بپتا سن رہا تھا مگر میرا ذہن ان واقعات میں الجھ گیا تھا جو سرحد پار کرتے ہوئے میرے قافلے والوں کے ساتھ بھی پیش آئے تھے۔ خاندان کے خاندان قتل کر دیے گئے اور سب کو بے سروسامانی کے عالم میں خالی ہاتھ شعلوں کے درمیان سے جان بچا کر بھاگنا پڑا تھا۔ وقت پھر وہی کچھ دہرا رہا ہے۔ میرا دل رونے لگا۔

"بچے دادی سے بہت مانوس ہیں۔ میں انہیں کیا جواب دوں گا"۔ وہ دیوار کو گھورنے لگا۔

مجھے یوں لگا جیسے وہ دروازے پر بھوکے پیاسے بیٹھے دادی کا انتظار کر رہے ہوں۔ پھر بہت سے بچے میری نظروں کے سامنے آگئے۔

سب کے چہرے پر وہی اداسی تھی اور ان کی معصوم نظروں کے سامنے لق و دق میدان کی روح فرساویرانی۔

وہ بتارہا تھا، "اماں کے کفن دفن کا بندوبست میت کے گرد جمع ہونے والے مقامی لوگوں نے کیا۔ ہندو مسلمان سبھوں نے چندہ دیا۔ پھر وہیں دفنا دیا گیا"۔

اس کے آنسو اب بھی رواں تھے۔ ماں کے بچھڑنے کے غم، بچوں کی جدائی، بیوی کی ہلاکت، بے گھری، بے سروسامانی، خوف، بے یقینی، طویل سفر اور زادراہ کچھ بھی نہیں۔ گویا آنسو ہی اس کا سرمایہ تھے۔ میں اس کے بارے میں سوچ کر اداس ہو گیا۔ شاید ان نوجوانوں کا یہی مقدر ہے!

"بکسر اسٹیشن پر میں ٹرین کا انتظار کر رہا تھا۔ بڑی بھیڑ تھی بھیا اور طرح طرح کے لباس میں لوگ آجارہے تھے جیسے ہندوؤں کا کوئی تہوار ہو"۔

"لگن کا موسم ہے نا! شادی بیاہ ہوتا ہے، بارات ایک گاؤں سے دوسرے گاؤں باجے گاجے کے ساتھ جاتی ہے۔ تم یہیں کے ہو، تم کو کچھ نہیں معلوم؟" میں نے اسے بتایا۔

"شہر میں یہ سب کہاں ہوتا ہے اب"۔ اس نے انجان بن کر کہا، "پھر جب بہت دیر ہو گئی اور گاڑی نہیں آئی تو میں وضو بنانے چلا گیا اور اپنے قریب بیٹھے ہوئے مسافر کو سامان پر نظر رکھنے کے لیے کہہ دیا۔ پھر جب نماز پڑھ کر واپس آیا تو یہ دیکھ کر حیران رہ گیا کہ نہ میرا سامان وہاں موجود تھا اور نہ وہ مسافر۔ بستر بند میں کرائے کے پیسے تھے جسے جیب کتروں کے ڈر سے میں نے جیب میں رکھنے کی بجائے تکیہ کے غلاف میں چھپا رکھا تھا اور ابھی تک ٹکٹ بھی نہیں خریدا تھا۔ خالی جیب اور خالی ذہن میں اسے پورے پلیٹ فارم پر ڈھونڈتا رہا۔ بھوک سے برا حال تھا۔ تھک ہار کر میں اسٹیشن سے باہر آگیا۔ کافی دور

آنے کے بعد جب مجھ سے چلا نہیں جارہا تھا تو میں تھک کر ایک درخت کے سائے میں ستانے کے لیے بیٹھ گیا اور پھوٹ پھوٹ کر رونے لگا۔ اب مجھ میں آگے جانے کی ہمت نہ تھی۔ گھر اور بچوں کا خیال ستارہا تھا، مایوسی بڑھتی جارہی تھی۔ اللہ میری مدد کر، مجھے کسی طرح گھر پہنچادے، یہی میرے دل کی آواز تھی۔ پھر بہت دیر کے بعد سامان سے لدا ایک ٹرک میرے قریب آکر رکا۔ ڈرائیور پیشاب کرنے کے بعد میرے قریب آیا اور اس نے پوچھا، "کہواں جایئے گا بھیا، کاہے روت ہووا!"

"ماں مر گئی ہے۔۔۔!"

"کونو ٹھکانہ بتاوا۔ ہم توہرا کے چھوڑ دئیب"۔

"ہمارا گھر تو ایودھیا میں ہے۔ مگر کونو ایسے گاؤں پہنچاوا جہاں ٹھکانا مل سکے"۔

اس نے مجھے ٹرک میں بٹھالیا۔ راستے بھر میری بپتا سنتا اور افسوس کرتا رہا۔ پھر اس نے مجھے اس بستی کے قریب یہ کہہ کر اتار دیا کہ یہاں چند گھر مسلمانوں کے ہیں، تمہیں پناہ مل جائے گی۔ سنا ہے اس بستی میں کوئی پردیسی بھی آیا ہوا ہے"۔

میں نے چونک کر آپا کی طرف دیکھا، "اسے یہ کیسے معلوم ہوا۔۔۔؟"

عبدل ہمارے چہرے کی طرف دیکھ کر خاموش رہا۔

آپا نے بتایا، "وہ یقیناً اسی دیار کا رہنے والا ہوگا۔ بات یہ ہے بھیا کہ جب کوئی پردیس یا کسی دوسرے شہر سے بہت دنوں بعد آتا ہے تو ایک دوسرے کو خبر ہو جاتی ہے۔ راہ چلتے ہوئے جب ایک گاؤں کے لوگ دوسرے گاؤں والوں سے ملتے ہیں تو کسی نئی بات کا ذکر ضرور کرتے ہیں۔ کسی کو کچھ بتانے یا خبر پھیلانے کی ضرورت نہیں ہوتی۔ وہ تو خود بخود پھیل جاتی ہے۔ اس میں اتنی حیرانی کی ضرورت نہیں"۔

لیکن ان کی یہ بات سننے کے باوجود بھی مجھے حیرت ہو رہی تھی اور میں ان کے

چہرے کو بڑے غور سے دیکھ رہا تھا۔

وہ مسکرا کر کہنے لگیں، "تم اپنا بچپن بھول گئے۔ تم بھی تو ایسی باتیں اپنے ہمجولیوں سے سن کر ہمیں بتایا کرتے تھے"۔

"اچھا۔۔" میں نے کچھ یاد کرتے ہوئے سوچا اور اس گاؤں کی گلیوں میں بھٹکنے لگا جو سب کچھ لٹ جانے اور وقت کی طنابیں کھنچ جانے کے باوجود بھی میرے اندر آباد ہے۔ وہ مکھیاں اڑاتے ہوئے پنکھا جھلنے لگیں۔ عبدل بڑے انہماک سے ہماری باتیں سن رہا تھا۔

"تمہارے کتنے بچے ہیں؟" میں نے اس کے چہرے پر قدرے سکون دیکھ کر پوچھا۔

"دو بچے ہیں۔ ایک بیٹا اور ایک بیٹی"۔ اس نے گہری اداسی سے کہا اور کچھ بے چین سا دکھائی دیا جیسے اب جانا چاہتا ہو۔

آپا نے گہری نظر سے میری طرف دیکھا۔ رعنا خلاف توقع بڑی دیر سے خاموش بیٹھی تھی، اٹھ کر اسارے میں چلی گئی اور اپنی چھوٹی بیٹی بے بی کو جو مسلسل شرارت کیے جارہی تھی ڈانٹنے لگی۔

آپا کا مطلب سمجھ کر میں نے جیب سے کچھ روپے نکالے اور اسے دیتے ہوئے پوچھا، "کرائے اور سفری خرچ کے لیے کم تو نہیں ہوں گے؟"

اس نے جھجکتے ہوئے میری طرف دیکھا۔

"لے لو بھیا، لے لو۔ شرمانے کی ضرورت نہیں۔ آخر تم گھر کیسے جاؤ گے۔ بچے انتظار کر رہے ہوں گے"۔

"ہاں ٹھیک ہے"۔ جیسے اسے کچھ یاد آگیا ہو۔

روپے جیب میں رکھتے ہوئے عبدل جانے کے لیے تیار ہو گیا۔ اس کے چہرے پر

اطمینان دیکھ کر مجھے خوشی ہو رہی تھی اور آپا میرے جذبہ ترحم اور نیکی سے نہال ہو رہی تھیں۔ وہ نیم کے سائے سے گزر کر گلی کی نرم دھوپ میں بائیں جانب مڑ گیا۔ آپا اسے جاتا ہوا دیکھ کر دعائیں دے رہی تھیں۔

"ماموں آنگن میں آجایئے۔ دھوپ جا چکی ہے، اچھی ہوا چل رہی ہے"۔ رعنا نے آنگن میں چھڑکاؤ کر کے چارپائی بچھاتے ہوئے آواز لگائی

میں سگریٹ جلا کر کچھ سوچنے لگا تھا۔

"ارے ماموں زیادہ مت سوچیے۔ اس گھر میں ایسے واقعات آئے دن ہوتے رہتے ہیں۔ سارے دکھیاروں کو بس یہی گھر نظر آتا ہے۔ ہماری اماں کے دم سے یہ رونق ہے نا ماموں"۔ وہ کھکھلا کر ہنسنے لگی اور کن انکھیوں سے آپا کو دیکھا۔

انہوں نے گھڑونچی پر رکھے کورے مٹکے سے ٹھنڈا پانی پیتے ہوئے کٹورے کی اوٹ سے اسے تیز نظروں سے دیکھا اور مسکرا کر رہ گئیں۔ وہ اس کی پیٹ پوچھنی اکلوتی بیٹی تھی جو منہ لگی اور تیز طرار بھی تھی۔

"کیا مطلب ہے تمہار؟" میں نے اس کی خاص ہنسی میں جھانکتے ہوئے پوچھا۔

"رہنے دیں ماموں۔ اماں ناراض ہو رہی ہیں"۔

"کیوں؟ مجھے تو بتاؤ"۔

"ارے ماموں کیا کیا بتائیں۔ چلیے آپ کہتے ہیں تو بس ایک بات سن لیجئے۔ ابھی کچھ دن پہلے ایک انگوٹھی والے بابا آئے تھے۔ انہوں نے اپنی ساری انگلیوں میں یہ بڑے بڑے پتھر پہن رکھے تھے۔ بڑے بڑے بال، لمبا جبہ پہنے، ڈراونی شکل، سر پر ہری پگڑی، ننگے پاؤں، ہاتھ میں ڈنڈا۔ ایسی ہی بھری دوپہریا تھی۔ پہلے انہوں نے پیٹ بھر کھانا کھایا۔ پھر لمبی ڈکار لے کر اپنی تھیلی میں سے قسم قسم کے پتھر نکال کر سب کی خاصیت بتائی۔

اماں کی ہتھیلی کی لکیروں کو دیکھا۔ پھر گھر اور بال بچوں کی قسمت بدل جانے کا یقین دلا کر اماں کی جمع پونجی لے گئے۔ اس دن سے اماں انگوٹھی پہنے گھر کی خوشحالی کا انتظار کر رہی ہیں۔ اس گاؤں میں بجلی تو دن بھر رہتی نہیں، گرمی سے آپ کا برا حال ہے۔ گاؤں والے ساری رات جاگ کر کرنٹ آنے اور موٹر چلا کر ٹیوب ویل سے کھیتوں میں پانی دینے کا انتظار کرتے رہتے ہیں۔ پھر بھلا آپ ہی بتائیے کہ ایسی صورت میں بھلا خوشحالی کہاں سے آئے گی۔ گرمی کی شدت سے ہم سب کا برا حال رہتا ہے۔ مکھی مچھروں کی بھرمار ہے۔ اماں دن بھر پنکھا جھلتی ہوئی اچھے دنوں کا انتظار کرتی رہتی ہیں۔ بھیا کا کام بھی چھوٹ گیا ہے"۔

آپ کی سادگی اور نیک دلی پر اسے ہنسی آگئی۔

"بزرگوں کی شان میں ایسا نہیں کہتے"۔ آپا نے برا مناتے ہوئے ٹوکا۔

"میری اماں سچ مچ بڑی بھولی ہیں ماموں۔ یہ نہیں جانتیں کہ دنیا کتنی بدل گئی ہے، دھوکہ، فریب عام سی بات ہے۔ سب کے آنسو سچ نہیں بولتے"۔

"اچھا اچھا عاقلہ بوا، اپنی بکواس بند کر۔ اللہ تو دیکھ رہا ہے نا! کوئی کسی کی قسمت تھوڑے ہی لے جائے گا"۔ انہوں نے زچ ہو کر کہا اور وضو بنانے چلی گئیں۔

میں رعنا کی باتیں سن کر سوچ میں پڑ گیا۔ اس کے ذہن میں یہ بات کیسے آئی۔ کیا واقعی آنسو۔۔۔

آپا عصر کی نماز سے فارغ ہو کر عبدل کے لیے بڑی دیر تک دعا مانگتی رہیں۔ ان کے لفظوں کی ہلکی ہلکی گونج میرے کانوں کی راہ دل میں اتر رہی تھی اور ذہن کے وسوسے دور ہو رہے تھے۔ مصلے سے اٹھ کر انہوں نے میرے سر پر پھونک ماری۔ پیشانی کو چوما اور میری واپسی کے دن انگلیوں پر گنتے ہوئے روہانسی ہو گئیں۔ میرا دل ان کے پیار سے بھر

آیا۔ وہ پاندان لے کر میری چارپائی کی پائنتی بیٹھ گئیں۔

میں لیٹا، کھلے آسمان کو دیکھ رہا تھا، بادل اڑے جارہے تھے۔ وہ پان لگاتے ہوئے رقت بھری آواز میں میرے طویل سفر کے بارے میں پوچھنے لگیں۔ لمحے ٹھہر گئے تھے۔ میں بھاری دل کے ساتھ ان کی ایک ایک بات کا جواب دیتا رہا۔ اس رات میں ٹھیک سے سو نہیں سکا۔ دن بھر کے واقعات ستاتے رہے۔

صبح سے ہی گھر میں چہل پہل اور غمگین اداسی تھی۔ خاندان کے لوگ اور پڑوسی الوداعی ملاقات کے لیے آجارہے تھے۔ سب کی آنکھوں میں جدائی کے آنسو تھے۔ میں بوجھل قدموں سے ملنے والوں کو گلے لگا کر دوبارہ آنے کا وعدہ کر رہا تھا۔ آپا اور رعنا کو تسلی دے رہا تھا۔ دل کی عجیب کیفیت تھی۔ آنے کی خوشی سے جانے کا غم کتنا بڑا ہوتا ہے۔ گھر کے چند افراد مجھے اسٹیشن چھوڑنے آئے۔

پلیٹ فارم پر بڑی بھیڑ تھی۔ تھوڑے تھوڑے فاصلے پر چھوٹی چھوٹی ٹکڑیوں میں پردیس واپس جانے والوں کو رخصت کرنے کے لیے لوگ جمع تھے۔ سب کے چہرے اداس تھے اور اپنوں کی آنکھوں سے جدائی کے آنسو رواں تھے۔ عجیب رقت آمیز منظر دکھائی دے رہا تھا۔

اتنے میں اسی بھیڑ میں میری نظر ایک ایسے شخص پر پڑی جو ذرا فاصلے پر، گڑگڑا کر کسی پردیسی کو اپنی بپتا سنا رہا تھا۔ اس کی پشت میری جانب تھی مگر آواز مانوس سی لگ رہی تھی۔ میرے ذہن میں اسے دیکھنے کا تجسس پیدا ہوا۔ دوسرے ہی لمحے ایک اور خیال نے پوری شدت سے میرے ذہن کو جکڑ لیا۔ کہیں یہ وہی شخص تو نہیں جس کی مدد میں نے کی تھی۔ مگر شاید نہیں۔ وہ تو اپنے بچوں کو گلے لگا کر دلاسا دے رہا ہوگا۔ ابھی میں اتنا ہی سوچ پایا تھا کہ وہ پردیسی سے رقم لے کر پلٹا۔ ہماری نگاہیں چار ہوئیں۔ میں ہکا بکا اسے

دیکھنے لگا۔ وہ ٹھٹھکا۔ رعنا کی باتیں ایک دم میرے کانوں میں گونج اٹھیں۔ میرا جی چاہا کہ میں بڑھ کر اس کا گریبان پکڑ لوں۔ اتنے میں عجیب انداز سے بھیڑ کو چیرتا ہوا وہ میری جانب بڑی تیزی سے لپکا اور پھر میرے پاؤں پر گر پڑا۔

***

۶

یوں بھی ہوتا ہے

احمد طفیل

سفر کا آغاز تو گاڑی میں بیٹھنے سے پہلے ہی ہو گیا۔ شاید اس وقت جب اس نے اس تحقیقی کورس میں داخلہ لیا تھا۔ اس وقت جب اسے ایک نہایت ہی نامور شاعر کے فن پر تحقیقی مقالہ لکھنے کا کام دیا گیا تھا۔ یا شاید اس سے بھی پہلے مگر اس نے اس سفر پر روانہ ہونے سے پہلے کوئی خاص تیاری نہیں کی تھی ضرورت بھی کیا تھی۔ اس نے کوچ کے ذریعے آدھی رات کو روانہ ہونا تھا۔ صبح سویرے وہ منزل پر پہنچ جاتا۔ کام صرف اتنا تھا کہ شاعر کی بیوہ سے مختصر انٹرویو کرنا تھا۔ دوپہر یا زیادہ سے زیادہ سہ پہر کو روانہ ہو کر وہ واپس آجاتا۔

سردیوں کی دھندلی رات میں جب کوچ اپنے سفر پر روانہ ہوئی تو سڑک دھند سے لبریز تھی۔ کوچ کی طاقت ور روشنیوں کے باوجود زیادہ دور تک دیکھنا ممکن نہیں تھا۔ اس لیے کوچ آہستہ روی کے ساتھ اپنی منزل کی طرف چلی تو اس نے حسب عادت کھڑکی سے باہر دیکھنا شروع کیا۔ لیکن شہر سے نکلتے ہی وہ اپنی کھڑکی سے چند فٹ سے زیادہ نہیں دیکھ سکتا تھا۔ کہیں کہیں دور روشنی سی جھلملاتی دکھائی پڑتی مگر کبھی گمان گزرتا کہ اس کی نظر کا دھوکا ہے۔

اس نے آنکھیں بند کر لیں اس کے ذہن کے منظر پر شاعر کی شبیہ ابھری۔ ایک درد ماندہ فرد جس نے اپنی زندگی کسما پرسی اور گمنامی میں گزار دی مگر جس کی موت کے بعد اس کی شہرت اور شاعرانہ عظمت کا آغاز ہوا اور اب اسے بلاشبہ اپنے عہد کا سب سے اہم شاعر قرار دیا جا رہا تھا۔ مگر اس سے کیا فرق پڑتا ہے جو زندگی اس نے گزاری تھی اس کا مداوا ممکن نہ تھا۔ اس نے اپنے ذہن میں بننے والی شہر کی شبیہ پر اپنی توجہ مرتکز کرنے کی کوشش کی شاعر کے چہرے پر سب سے نمایاں چند اس کی تیکھی ناک تھی۔ چھوٹی مگر گہرائی میں اترتی آنکھیں دوسرے نمبر پر آتی تھیں۔ اس وقت نجانے کیوں یہ شبیہ اس کے ذہن میں واضح نہیں ہو پا رہی تھی۔ ورنہ اس نے شاعر کی تصویریں اتنی بار دیکھی تھیں کہ اسے چہرے کی ایک تفصیل یاد تھی۔ ایسے لگتا تھا جیسے باہر کی دھند اس کے ذہن میں غبار کی شکل اختیار کر رہی تھی۔

ایسے میں ایک بات ذراہٹ کر تھی اور وہ اس کے اندر دبا دبا جوش اور جذبہ تھا ایک تو اس نے جب اپنے مقالے کے لیے موضوع کا انتخاب کیا تو یہ اس کی اپنی پسند تھی۔ آگے چل کر گرچہ اسے بعض اوقات مایوسی کا سامنا بھی کرنا پڑا اور اپنے نگران کی تسلی کے لیے کچھ باتیں اپنے مزاج کے خلاف بھی برداشت کرنا پڑیں۔ مگر اس کے باوجود موضوع کے ساتھ اس کی ذہنی و جذباتی قربت میں کوئی فرق نہ آیا۔ بلکہ جیسے جیسے وہ شاعر کی شاعری اور اس پر ہونے والی تنقید پڑھتا گیا۔ شاعر کے لیے اس کی محبت اور اپنائیت میں اضافہ ہوتا گیا۔ شاعر نے حیات و کائنات کے معاملات پر نہایت غور و فکر کے بعد انہیں نہایت سادگی اور سہولت سے بیان کر دیا تھا۔ شاعری میں فکری الجھنیں تو تھیں اور کہیں کہیں شاعر کے استعارے بھی تفہیم میں حائل تھے مگر شاعری کو سمجھنے کی تگ و دو وہی تو وہ اصل بات تھی جو مسرت بخش تھی۔

شاعر کے بارے میں ایک بات اسے گومگو میں مبتلا کرتی تھی وہ اس کی ذاتی زندگی اور شاعری کا تضاد تھا۔ زاہد خشک کی زندگی، مایوسیوں، بے بسوں اور درماندگی سے پرخوشیوں، مسرتوں سے دور مگر قناعت کا عمدہ نمونہ۔ کبھی کبھی وہ سوچتا کہ ذاتی زندگی اور شاعرانہ زندگی اس شاعر کے ہاں ٹرین کی دو پٹڑیوں کے طرح متوازی کیوں چلتی رہیں۔ ساتھ ساتھ مگر کہیں بھی ایک دوسرے سے ملاپ کے امکان سے محروم۔ چلتی کوچ میں نیم خوابیدگی کے عالم میں وہ اپنے اندر ایک دبا دبا جوش ضرور پاتا تھا۔ اس شاعر کی بیوی کے روبرو ہونے اس سے شاعر کی نجی زندگی کے بارے میں پوچھنے، کچھ ایسے گوشوں سے پردہ اٹھانے جو ابھی تک نظروں سے اوجھل ہیں۔

خود اسے شاعر کی نجی زندگی سے کچھ زیادہ دلچسپی نہیں تھی اور وہ اس کرید کے لیے خود کو آمادہ بھی نہیں پاتا تھا۔ مگر تحقیق کے اپنے معاملات ہیں۔ نگران کی ہدایات پر عمل نہ کرنے کے اپنے نتائج ہیں جن سے وہ ہر ممکن بچنا چاہتا تھا۔ وہ اپنے دوستوں کے ساتھ نجی محفلوں میں اس بات پر طنز کے نشتر ضرور چلاتا کہ ہمارے بڑے محققین، جب تک اچھے بھلے تخلیقی موضوع پر یبوست کی نقذ نہ بیٹھادیں۔ سند جاری نہیں ہونے دیتے۔ رٹے رٹائے حوالے، چند پروفیسروں کی تحریروں سے اقتباس۔ تنقید کے نام پر گزرے ہوئے نقادوں سے اتفاق کیوں کر اختلاف کی گنجائش کم ہوتی ہے اور اس کے نتائج دور رس اس نے اپنے ذہن میں آنے والے ان تصورات کو جھٹکنے کی کوشش کی۔

زندگی بھی انسان سے کیسے کیسے کھیل کھیلتی ہے۔ ایک طرف دولت اور آسائشوں کے ڈھیر اور دوسری طرف محرومیوں اور غربت کے انبار، مگر اصل اہمیت کس بات کی ہے۔ زندگی میں چمکتی دھمکتی آشائیوں کی یا خود میں مگن اپنی دھن میں زندگی جانے کیسے بسر کی۔ تو اس نے جس شاعر پر کام کا آغاز کیا تھا وہ بھی اپنی دھن میں مگن رہ کر گزارتی

ہے تو پھر شہر چھوٹا ہو تو تب کیا اور بڑا ہو تو جب کیا۔ اس شاعر نے بھی اپنی زندگی ایک چھوٹے سے شہر میں بسر کر دی تھی۔ اس شہر کے درمیان سے ایک نہر گزرتی تھی۔ گرمیوں کی شاموں میں وہ نہر کے کنارے جب اپنی سائیکل پر رواں ہوتا تو اس کو اپنے ساتھ ایک کائنات سفر میں دکھائی دیتی وہ ستاروں کی چال سے کائنات کے معاملات کو سمجھنے کی کوشش کرتا اور ایک بار تاجر پیشہ لوگوں نے جب نہر کے کنارے آگے ہرے بھرے چھتناور کاٹ دیتے تو اس کا تخلیقی وجدان دکھ اور قرب کی قندیل سے روشن ہو گیا۔ اسے محسوس ہوا یہ درخت نہیں کٹے بلکہ اس کے ماہ وسال کسی نے زندگی سے کاٹ کر پھینک دیئے ہیں۔

اس نے اپنی توجہ شاعر کی تصویر پر جمانے کی کوشش کی۔ اس کی آنکھوں میں دھندلا دھندلا چہرہ ابھرا۔ چند تصاویر کے علاوہ ایک ٹی وی ریکارڈنگ کی ویڈیو، دھیمی آواز، مکالمہ اتنا آہستہ رو کہ خود کلامی کا گمان گزرتا۔ اس نے وہ ویڈیو کئی بار دیکھی تھی اور ہر بار اس کا شک پختہ ہو گیا تھا کہ اپنے ٹی وی انٹرویو کے دوران بھی وہ روشنیوں کمروں اور میزبان سے لاتعلق کہیں اپنے آپ میں گم ہے۔ اپنے ارد گرد سے ایسی لاتعلقی اسے حیران کر دیتی اور وہ سوچتا کہ زندگی کا چلن ایسا بھی ہو سکتا ہے کہ جہاں تعلق کے ہونے یا نہ ہونے کے درمیان حد واضح نہ ہو۔

اب معاملہ سفر در سفر کا تھا۔ رات کے اندھیرے، سردی کی دھند اور اپنی رفتار میں مگن کوچ اپنے سفر پر رواں تھی۔ کوچ کے اندر مسافر جاگو میٹی کے کھیل میں مصروف تھے۔ اس کے ذہن میں کبھی تصورات نہایت تیزی کے ساتھ گزرتے اور کبھی اتنی آہستگی سے کہ اسے گمان ہوتا کہ اس کا ذہن بالکل خالی ہو گیا ہے۔ تب اسے وہ جملہ اپنی پوری گونج کے ساتھ سنائی دیتا "میری زندگی تو برباد کر دی حرامی نے"۔

اس نے چونک کر اپنے ارد گرد دیکھا۔ سب مسافر اپنے آپ میں مگن تھے۔ سردی کے باوجود کوچ کے اندر حدت تھی۔ سامنے ایل سی ڈی پر کوئی فلم چل رہی تھی۔ جس کی آواز سونے والے کے آرام میں خلل ڈالتی۔ کچھ مسافر اپنے کانوں میں ہینڈ فری لگائے آنکھیں بند کئے اپنی آرزوؤں کے چمن کی سیاحت میں مگن تھے۔ ایک لمحے کے لیے اسے محسوس ہوا کہ آواز اس نے ابھی ابھی سنی ہے۔ پھر گمان گزرا کہ جیسے یہ آواز اس کے اندر سے بلند ہوتی ہے۔ اس نے اپنی توجہ شاعر کی بیوی سے ہونے والی ملاقات پر مبذول کی۔

کوچ سے اتر کر اس نے فون پر اس شہر کے ایک اور مشہور لکھنے والے سے رابطہ کیا جو شاعر کے خاندان سے واقف تھا اور یہ تو وہ بتا ہی چکا تھا کہ اس کے سگے عزیزوں میں کوئی بھی اب اس شاعر میں موجود نہیں۔ کچھ اللہ کو پیارے ہو چکے ہیں اور کچھ ملک کے دوسرے شہروں میں جا آباد ہوئے ہیں۔ اولاد کوئی تھی نہیں بس اس کی بیوی اپنے بھائی کے پاس رہتی ہے۔ اس لکھنے والے کو شاعر کی بیوی کا پتہ معلوم تھا کہ کیوں کہ شوہر کی پنشن کے حصول میں آنے والی مشکلات کو دور کرنے میں وہ اس کی مدد کیا کرتا تھا۔ فون پر بتائے ہوئے پتے پر وہ پہنچا تو اس کا استقبال خندہ پیشانی سے کیا گیا اور صبح کے وقت کی مناسبت سے سادہ سا ناشتہ اس کے سامنے رکھ دیا گیا۔ اس نے بھی بلا تکلف اپنی جسمانی غذا سے انصاف شروع کر دیا۔

ناشتے کے بعد مشہور لکھنے والے نے اپنے بیٹے کو اس کے ساتھ کر دیا کیوں کہ خود اسے شہر میں ہونے والی ایک تقریب میں جانا تھا کہ وہ ادیب ہونے کے ساتھ ساتھ صحافی بھی تھا اور ملک کے ایک ممتاز اخبار کے مقامی نامہ نگار کے طور پر اہم سرکاری اور غیر سرکاری تقریبات میں مدعو کیا جاتا تھا۔ اس نے لکھنے والے کا شکریہ ادا کیا اور اس کے بیٹے

کے ساتھ اپنی منزل مراد کی طرف چل پڑا۔ لڑکی کی عمر بیس سال کے قریب تھی اور لڑکے نے اسے بتایا کہ وہ مقامی کالج میں انگریزی میں ایم اے کر رہا ہے اور اس کا ارادہ مقابلے کے امتحان میں بیٹھنے کا ہے۔ ویسے تو وہ کرکٹر بننا چاہتا تھا لیکن باپ کے دباؤ میں آکر اپنی تعلیم جاری رکھنے پر مجبور ہے اس نے باتوں باتوں میں یہ بھی بتایا کہ اس نے چند سال پہلے کچھ شاعری کی تھی مگر پھر وجہ شاعری اور شغل شاعری دونوں سے توبہ کر لی۔

راستہ کچھ زیادہ طویل نہیں تھا اور موٹر سائیکل نے اس سفر کو اور مختصر کر دیا تھا۔ وہ راستے میں ادھر ادھر دیکھ رہا تھا۔ بازار، دوکانیں، گزرتے لوگ جیسے ہر شہر یا قصبے میں ہوتے ہیں۔ بہت کچھ ملتا جلتا بس تھوڑا تھوڑا مختلف کہا جا سکے کہ یہ نئی جگہ ہے۔ موٹر سائیکل بڑی سڑک سے بغلی گلی میں آگئی اور گلی میں دو چار موڑ مڑنے کے بعد ایک چھوٹے سے مکان کے سامنے کھڑی ہو گی۔ لڑکے نے آہستہ سے دروازے پر دستک دی۔ دوسری دستک پر اندر سے کسی نے پوچھا کون۔ لڑکے نے اپنا نام بتایا۔ تھوڑی دیر کے بعد کسی نے دروازہ کھولا۔ آنے والے کے انداز میں لڑکے کے لیے شناسائی موجود تھی جب کہ اس پر ایک اجنبی سی نگاہ ڈالی دروازہ کھولنے والے نے لڑکے کی طرف دیکھا۔

یہ بڑے شہر سے آئے ہیں۔ ابا نے آپ سے بات کی تھی۔ آپا سے کچھ بات کرنا چاہتے ہیں۔ چچا جی کے حوالے سے۔ "اندر آجائیں" وہ ایک طرف ہٹ گیا اور وہ دونوں دروازے میں لٹکا پردہ ہٹا کر اندر داخل ہوئے۔ میزبان نے انہیں دائیں طرف بنے ایک کمرے میں بیٹھا دیا۔ اور خود گھر کے اندر چلا گیا۔

"یہ آپا کے بھائی ہیں"۔ ان کے پاس ہی وہ رہتی ہیں۔ اس نے اثبات میں سر ہلاتے ہوئے کمرے پر نگاہ ڈالی۔ کمرے میں چند کرسیاں اور ایک میز پڑی تھی۔ درمیان میں قدرے صاف اور رنگ برنگی دری بچھی تھی۔ کمرے میں باہر کی جانب کھلنے والی کھڑکی پر

سادہ سا پردہ پڑا تھا۔ اندر کی سمت والی دیوار کے ساتھ ایک پلنگ بچھا تھا۔ ان کی میزبان کوئی ساٹھ ستر سال کا قدرے فربی مائل سانولی رنگت والا فرد تھا۔ جس کی قامت اسے اپنے برابر محسوس ہوئی تھی۔ وہ دونوں کمرے میں بیٹھے انتظار کرتے رہے اس دوران وہ تو اپنے خیالات میں کھویا رہا۔ مگر لڑکا شاید اسے متاثر کرنے کے لیے اپنے اور اپنے شہر کے سارے میں بولتا جارہا تھا۔ جس کے جواب میں وہ کبھی اثبات میں سر ہلاتا اور کبھی ہوں ہاں میں جواب دیتا۔ رات پھر سفر کرنے سے اس کے ذہن پر ہلکی سی غنودگی اور دھند باقی تھی اور اس نے ایک دوبار ہلکی سی جمائی بھی لی۔

اب وہ بالکل درست نہیں بتا سکتا کہ کتنا وقت گزرا۔ شاید دس منٹ یا پندرہ منٹ یا ایک گھنٹہ۔ دروازے پر آہٹ ہوئی۔ اس نے دیکھا تو ان کا میزبان اندر داخل ہو رہا تھا۔ اسکے ہاتھ میں چائے کے عام سے گھروں میں استعمال ہونے والے سادہ سے کپ اور ایک چھوٹی سی پلیٹ میں بسکٹ، ایک تھالی میں سجے تھے۔ اس نے برتن کرسیوں کے سامنے پڑی میز پر رکھ دیئے اور بولا۔

"آجاؤ اپنے بچے ہی ہیں"۔

وہ سنبھل کر بیٹھ گیا اور اس نے دروازے پر نگاہ ڈالی۔ ایک میانے قد کی، قدرے کھلتی رنگت کی سفید بالوں والی کمزور سی عورت کمرے میں داخل ہوئی۔ اس نے کن رنگوں کا پرنٹ پہن رکھا تھا اب اسے یاد نہیں آرہا تھا اگرچہ اس واقعہ کو چند گھنٹے ہی گزرے تھے۔ شاید وجہ یہ تھی کہ اس نے آنے والی عورت کو غور سے نہیں دیکھا تھا۔ اسے ایک رعب سا پورے ماحول پر چھا محسوس ہوا تھا اور اس کی آنکھیں خود بخود جھک گئیں تھیں۔ وہ عورت اس کی کرسی کے سامنے میز کی دوسری طرف بیٹھ گئی۔ اسے محسوس ہوا یہ دو آنکھیں کچھ اس کے چہرے پر کچھ ڈھونڈ رہی ہیں۔

وہ اپنے سامنے دیکھنے کی بجائے خود کو بات کو آغاز کرنے کے لیے تیار کر رہا تھا اس نے پہلے تو ان کا شکریہ ادا کیا۔ شاعر کی توصیف میں کچھ شاندار الفاظ کہیں۔ اسے اپنی آواز اوپری اوپری ہی محسوس ہوئی اور لگا کہ سامنے والی عورت نے ان الفاظ کو سنا ان سنا کر دیا ہے یا تو وہ یہ باتیں پہلے بھی کئی بار سن چکی تھی یا اس کے کان ان الفاظ سے شناسا نہیں تھے اور اس کا ذہن ان الفاظ کو اپنے اندر سمونے اور بامعنی بنانے کے ہنر سے آشنا نہیں تھا۔

اس نے بیگ سے چھوٹا ریکارڈ نکال کر چیک کیا اور اسے اپنے سامنے میز پر اس طرح رکھا کہ مائیک کا رخ مخاطب کی طرف رہے۔ پھر اس نے صاف کاغذ اور قلم نکالا اور تیار ہو گیا چند ابتدائی باتیں۔ نام، تعلیم، شادی کب ہوئی۔ بس ہو گئی۔ کتنا عرصہ تک رہے۔ چند ماہ یا پتہ نہیں رہے بھی کہ نہیں رہے۔ عورت نے اس کے سوالوں کا جواب چند الفاظ یا ہوں ہاں میں دیا۔ اس دوران اس نے چائے کے چند گھونٹ بھی لیے۔ ایک دو بسکٹ کھائے اور اپنی پوری توجہ اس بات پر لگا دی کہ وہ اس سے کچھ کام کی باتیں معلوم کر سکے۔ ایسی باتیں جنہیں وہ اپنے مقالے میں درج کر سکے۔ ایسی باتیں جو ادبی حلقوں میں دھوم مچا دیں۔ مگر لگتا تھا کہ شاید اسے چند رسمی سی باتوں کے علاوہ کچھ بھی معلوم نہیں ہو گا۔

جب وہ پہلے سے تیار کئے گئے سوال پوچھ چکا تھا تو اس نے اپنے ذہن میں نئے گونجنے والے سوالوں کو گرفت میں لینا چاہا مگر اسے لگا کہ ذہن پر چھایا اندھیرا اور دھند مزید گہری ہو گئی ہے۔ اس میں کچھ بھی تازہ اور نیا نہیں۔ اچانک اس کے ذہن میں ایک خیال گونجا۔ اس نے پہلی بار اپنے سامنے بیٹھی عورت پر ایک نگاہ ڈالتے ہوئے اس سے پوچھا کیا آپ کو پتہ ہے کہ آپ کے شوہر اس ملک کے کتنے بڑے شاعر ہیں، ان کا کلام کتنا عمدہ ہے اور کیسے کیسے لوگ اب ان پر لکھنا اور ان کے بارے میں اظہار خیال کرنا اپنے لیے باعث صد افتخار سمجھتے ہیں۔ عورت چپ رہی اسے لگا کہ اس نے اپنا سر ہلایا ہے مگر یہ جنبش اتنی

خفیف تھی کہ اندازہ لگانا مشکل تھا کہ اس نے اپنے سر کو ہاں میں ہلایا ہے یا نہیں میں۔ تب اس نے قدرے جھنجلائے ہوئے انداز میں پوچھا کیا آپ ان کی قدر و قیمت سے واقف ہیں۔

اسے لگا کہ تب اس عورت کے ہونٹوں سے پہلے بار ایک مکمل جملہ ادا ہوا اس کے کانوں نے اس جملے کی سماعت کی۔ مگر یہ بات وہ یقین سے نہیں کہہ سکتا۔ ہو سکتا ہے کہ یہ جملہ اس عورت نے کہا ہو۔ یہ بھی ممکن ہے کہ یہ خود بخود عورت کے ذہن سے اس کے ذہن میں منتقل ہو گیا ہو۔ شاید پھر یہ خود اس کے اپنے باطن کی آواز ہو جو اس نے اپنے کانوں سے سنی ہو۔

***

۷

پہلی تنخواہ

عوض سعید

عبدالصمد خیراتی ہاسپٹل میں کمپونڈر تھا۔

چھے سال پہلے وہ یہاں وارڈ بوائے کی حیثیت سے داخل ہوا تھا اور چھ سال کی مسلسل محنت کے بعد آج اُس نے ترقی کی یہ جست لگائی تھی، اس کا تعلیمی پس منظر میٹرک کلاس ہی میں الجھ کر رہ گیا، وہ آگے نہ پڑھ سکا۔

وہ آگے اپنی تعلیم کیوں جاری نہ رکھ سکا؟ اس نے میٹرک فیل ہونے پر کیوں تعلیم چھوڑ دی؟ یہ ایسے سوالات تھے جن کا جواب شاید وہ خود بھی نہ دے سکے لیکن آج عبدالصمد خوش تھا کہ وہ کمپونڈر بن گیا ہے۔ کمپونڈر یعنی دوائیں بنانے والا اور دس کم سو روپے تنخواہ پانے والا ایک معتبر انسان۔۔۔ اب وہ ڈاکٹر کے تحریر کیے ہوئے نسخے کو دیکھ کر دوائیں دیا کرے گا اور چند سال بعد جانے وہ کیا سے کیا ہو جائے گا۔ اسے اسی ہاسپٹل کے ایک کمپونڈر کا خیال آیا جس نے نوکری چھوڑ کر پرائیویٹ ڈسپنسری کھول لی تھی جو جے رام جنرل مرچنٹ کی برابر والی گلی میں واقع ہے۔

پہلے چھے برس اس نے یہاں وارڈ بوائے کی حیثیت سے گزارے تھے، بیماروں کو اسفنج کرنا، اینما دینا، منہ دھلانا، پیشاب کرانا، غرض یہ تھے اس کے فرائض، اس کریہہ اور

پست ماحول کے گرد اس کی زندگی رقص کر رہی تھی۔

غلاظت سے اسے بچپن سے نفرت تھی لیکن اسے یہاں اپنی فطرت کے خلاف نوکری کرنی پڑی تھی، وہ چاہتا تھا کہ جس طرح بھی ہو اس گھناؤنے ماحول سے بھاگ جائے، دور، جہاں کی فضا میں ایسی گھٹن، ایسی بدبو، تعفن نہ ہو، وہ بیماروں کے ماحول میں رہتے ہوئے خود کو بیمار محسوس کرنے لگا تھا۔ اسے وہ کالی کلوٹی نرس یاد آنے لگی جس نے اُسے ذرا سی غلطی پر گالی دی تھی تو اس نے تڑاخ سے گالی کا جواب گالی سے دیا تھا، اس پر اسے دو ماہ کے لیے معطل کر دیا گیا، پھر اس نے نرس سے معافی چاہی تھی تب کہیں جا کر وہ بحال ہوا تھا۔

اور پھر اس کے تحت الشعور میں رشتہ داروں، ملاقاتیوں، دوستوں کے چہرے ابھرنے لگے، پہلے اس کے دماغ کے پردے پر ایک چہرہ نمودار ہوا، یہ اس کا چچازاد بھائی الطاف تھا جس سے اس کی دیرینہ مخاصمت تھی۔ خوبرو، جامہ زیب، گبرڈن کا سوٹ پہنے۔۔۔ وہ کہہ رہا تھا کب تک آوارہ گردی کرتے پھروگے ؟ صمد، تمھاری اس بے راہ روی سے ہمارے خاندان کی بدنامی ہو رہی ہے، کپڑے اتنے خراب کیوں ہیں ؟ تمھیں اپنی حالت تک کا احساس نہیں، کہیں نوکری کیوں نہیں کر لیتے۔ ہاں دیکھو کوئی ایسی ویسی نوکری قبول نہ کرنا جس سے ہمارے خاندان پر حرف آئے، تم حساس ہو پڑھے لکھے ہو اور پھر غریب ہو، سنتے ہیں فاقہ مستی انسان کو خوددار بنا دیتی ہے اور ویسے تم بچپن سے ہو بھی خوددار۔۔۔ ارے یہ تمھارا کوٹ مسکرا کیوں رہا ہے ؟" یہ کہہ کر وہ خود بھی مسکرانے لگا تھا۔ اس مسکراہٹ میں طنز تھا، بڑاپن تھا، امارت تھی اور اس وقت اس کو محسوس ہوا تھا وہ کوٹ نہیں پہنے ہوئے ہے بلکہ اس کا جسم مضبوط رسیوں سے باندھ دیا گیا ہے، اس کے جسم سے کالا زہریلا ناگ لپٹ گیا ہے جس کی پھنکار سے وہ بے جان سا ہوا جا رہا ہے اور

لوگ اس کے قریب آنے سے ڈر رہے ہیں، اور اس نے جاتے ہوئے کہا تھا۔۔۔"اچھا اگر تمھیں کچھ کپڑے چاہئیں تو مجھ سے کہہ دینا، میرے یہاں پرانے کپڑے بہت رکھے ہوئے ہیں جو میرے کسی کام کے نہیں۔"

امیروں کی ہمدردی میں ہمدردی کم دل آزاری زیادہ ہوتی ہے۔

اور پھر شکر کی بوری کی طرح بھاری بھرکم چچا کا بھونڈا چہرہ اس کی نگاہوں کے سامنے آیا وہ کہہ رہا تھا: "میری مانو تو تم یہاں سے دور چلے جاؤ، تمھارے چچی، تمھارا بھائی، تمھارے خاندان کے اکثر افراد تم سے نفرت کرتے ہیں۔۔۔بے کار رہنا شریفوں کا شیوہ نہیں، میں تمھیں اپنے کاروبار میں اس لیے شریک نہیں کر سکتا کہ تمھارے چال چلن ٹھیک نہیں، تم دودھ جیسے چاندی کے سکوں کو دیکھ کر چوری کرنے لگوگے اور میں تمھیں چور بنتا دیکھنا نہیں چاہتا، تم اپنے پاؤں پر آپ کھڑا ہونا سیکھو۔۔۔" اس کا جی چاہ رہا تھا کہ اس وقت اپنے چچا کا گلا گھونٹ دے لیکن وہ ایسا نہ کر سکا تھا۔۔۔اسے جینا تھا۔

پھر اس نے خود کو آگے بڑھتا ہوا محسوس کیا۔۔۔یہ پارسی کی گلی ہے، وہ پکار رہا ہے، ارے حکیم تم بھاگ کیوں رہے ہو۔۔۔ٹھہرو۔۔۔مجھے تم سے کام ہے، اس کی آواز سن کر اس کا دوست کنّی کاٹنے کی فکر میں ہے لیکن نکڑ پر وہ اسے دبوچ لیتا ہے۔ وہ پوچھ رہا ہے تم ایسے گھبرائے ہوئے کیوں ہو، اُس کا دوست میں، میں کر رہا ہے، اُس کی زبان گنگ ہے۔ تم مجھ سے ڈرتے کیوں ہو، میں نے تمھیں کیا نقصان پہنچایا ہے، سچ سچ بتاؤ میں ابھی اتنا پنچ تو نہیں ہوا۔۔۔اس کا دوست کہہ رہا ہے۔۔۔میرے پاس اس وقت روپے نہیں ہیں صمد ورنہ میں تمھاری ضرور مدد کرتا۔" پھر اس کی زبان سے صرف ایک ہی لفظ نکلا تھا۔۔۔اوچھے کمینے لوگ!

اس کے دماغ کے پردے پر اب اندھیرا چھا چکا تھا، اسے کوفت ہونے لگی، اس نے

ماضی کو کیوں یاد کیا۔۔۔ اس نے ان لٹیروں کی صورت کیوں دیکھی۔ ان گھناؤنی سڑی بسی شکلوں کو اس نے مدتوں بعد خیال میں دیکھا تھا۔ اس نے دل میں عہد کیا کہ ایسی باتوں کو وہ پھر کبھی یاد نہ کرے گا جن کے یاد کرنے سے اس کو روحانی تکلیف ہوتی ہے۔ پھر اس کے ہونٹوں پر ہلکی سی مسکراہٹ دوڑ گئی، لیکن اب اس کی مسکراہٹ میں تازگی نہ تھی، زندگی کی لہر نہ تھی، پھیکا پن تھا، پژمردگی تھی۔۔۔ دوسرے دن پھر وہی خیراتی ہسپتال تھا اور وہ۔۔۔

بات یہ تھی کہ اس نے زندگی کے اکثر لمحات پریشانیوں میں گزارے تھے اور کمپونڈر بننے کے بعد وہ خود کو ایک مطمئن انسان سمجھنے لگا تھا اور آج جب اسے کمپونڈروں کے پہننے کا سفید سرکاری لباس ملا تو اسے محسوس ہوا جیسے اس کے جسم سے غریبی کا لباس اتر گیا ہے اور اس کی جگہ امارت نے لے لی ہے۔ وہ سوچنے لگا یہ سفید سرکاری لباس اسے ڈیوٹی کے بعد پہننے دیا جائے تو کیا ہی اچھا ہو۔۔۔ وہ اسے احتیاط سے پہنا کرے گا۔۔۔ پھر وہ اپنے آپ اپنی اس مضحکہ خیز حرکت پر مسکرانے لگا، وہ بھی کتنا بے وقوف ہے، نرا گدھا۔۔ ترقی ملنے کے بعد عبدالصمد پہلی تنخواہ کا منتظر رہنے لگا، اس نے خریداری کی ایک فہرست تیار کرلی، اسے اچھے اور قیمتی کپڑے پہننے کی بڑی خواہش تھی لیکن اس کی یہ خواہش اب تک اس لیے پوری نہ ہو سکتی تھی کہ اس کے پاس روپے نہیں تھے، ایک اکیلے انسان کے لیے دس کم سو روپے زندگی گزارنے کے لیے کچھ کم نہیں۔

جب تک وہ وارڈ بوائے رہا اسے ماہانہ بیس روپے ملا کرتے تھے اور وہ دن رات کولھو کے بیل کی طرح ہسپتال میں جتا رہتا تھا، پورے ہسپتال میں کل چار کمپونڈر تھے جن کے اپنے گھر تھے اور اس ہسپتال میں عبدالصمد ہی ایک لاوارث تھا۔ اس نے سوچا یہ ترقی جو اس نے حاصل کی محض بڑے ڈاکٹر کی مہربانیوں کا نتیجہ ہے اور وہ اب تک شکریہ ادا

کرنے کے لیے ان کے گھر نہیں گیا۔

وہ کتنا بد تمیز ہے، جانے وہ اس کے متعلق کیا خیال کر رہے ہوں گے، جب وہ دوا خانہ بند کر کے نوٹس بورڈ کے قریب سے گزرا تو معاً اس کی نظریں نوٹس بورڈ کے تازہ اعلان پر پڑیں جو ابھی ابھی گوند سے چسپاں کیا گیا تھا۔

سرخ روشنائی سے جلی حروف میں درج تھا۔

"آج کل دیکھا جا رہا ہے کہ ہسپتال کے اوقات کے بعد میں عملے کے بعض لوگ گھر نہیں جایا کرتے، یہ چیز قانوناً ممنوع ہے۔ سوائے وارڈ بوائے، ہسپتال کے خاکروبوں اور ڈیوٹی پر کام کرنے والوں کے کوئی دوسرا شخص آج سے غیر اوقات میں رہنے نہ پائے۔"

وہ دیر تک اس اعلان کو پڑھتا رہا اور جب پڑھ چکا تو اسے محسوس ہوا جیسے وہ ہسپتال سے بر طرف کر دیا گیا ہے۔۔۔ گھر۔۔۔؟ اس کا کوئی گھر نہ تھا۔۔۔ وہ آج تک ہسپتال کو ہی اپنا گھر سمجھتا رہا، یہ اور بات ہے تھی کہ وہ ترقی پانے کے بعد اس جگہ سویا نہیں کرتا تھا جہاں وارڈ بوائے خاکروب وغیرہ سویا کرتے تھے۔ پھر اسے سوچ کر بڑی طمانیت ہوئی کہ وہ چند دن لطیف کے گھر سو جایا کرے گا جو اس کا نیا دوست ہے، اسی کی طرح کمپونڈر، وہ تھوڑا بہت اس کی تاریک زندگی سے واقف ہے۔

اور اس نے پرسوں کہا بھی تھا کہ وہ اس کے گھر سو جایا کرے، کمپونڈر بن جانے کے بعد اسے ہسپتال میں نہیں سونا چاہیے۔۔۔ اسے محسوس ہونے لگا تھا کہ جیسے لطیف نے اس اعلان کے نکلنے سے پہلے ہی یہ جان لیا ہو کہ کمپونڈروں کو ہسپتال میں نہیں سونا چاہیے، رات کی ڈیوٹی کے لیے ایک علیحدہ کمپونڈر مقرر تھا، وہ اس سے مستثنیٰ تھا۔

چھ بج چکے تھے اور اُسے بڑے ڈاکٹر کے یہاں شکریہ ادا کرنے جانا تھا اور جب وہ ہسپتال کی سیڑھیاں اتر چکا تو معاً اسے خیال آیا کہ وہ دوا خانہ کا سرکاری لباس پہنے ہوئے

ہے جو صرف دواخانے ہی کے اوقات میں پہنا جاتا ہے۔ وہ الٹے پاؤں لوٹا تا کہ کپڑے پہن کر ڈاکٹر کے ہاں جائے۔ اس کے پاس صرف ایک شیر وانی اور ایک بوسیدہ کوٹ تھا، اسے زیادہ پہننے سے اس میں جابجا سوراخ پڑ گئے تھے اور کوٹ کا کالر تقریباً پھٹ چکا تھا، ہاں شیر وانی کوٹ کی بہ نسبت کچھ زیادہ شکستہ حالت میں نہ تھی، وہ اپنے ان بوسیدہ کپڑوں کو تقریباً بھول چکا تھا، جب تک وہ وارڈ بوائے رہا اسے سرکاری ڈریس کے علاوہ اپنے کپڑے پہننے کی کبھی ضرورت پیش نہ آئی تھی، پھٹا پرانا کوٹ پہننا اس کے نزدیک سراسر حماقت تھی اسے جیسے اس کوٹ سے نفرت تھی۔ شیر وانی پہننے کے خیال سے اسٹور روم کے بازو والے کمرے میں آیا جہاں پرانے کپڑے رکھے جاتے تھے، اس نے اپنے تمام کپڑے الٹ پلٹ کر دیکھے، کوٹ پر جیسے پھپوند لگ چکی تھی اور شیر وانی کا رنگ کچھ بدل سا گیا تھا، جب اس نے کپڑے نکالے تو اس کے اطراف دواخانے کے وارڈ بوائے اور خاکروب جمع ہو گئے۔

" یہ کوٹ مجھے دیجیے کمپونڈر صاحب! نہیں نہیں یہ شیر وانی مجھے دے دیجیے۔" یہ پاجامہ۔۔۔ یہ کوٹ۔۔۔ یہ شیر وانی۔۔۔ سب ہی اس سے بوسیدہ کپڑے مانگ رہے تھے۔ اس کے دل پر دھکا سا لگا، یہ سب کپڑے تمھارے ہی ہیں، میں نے یہ تمھیں دینے کے لیے ہی نکالے ہیں۔ لے لو۔۔۔ سب لے لو۔۔۔ وہ بڑی بڑی ڈگیں بھرتا ہوا ہسپتال سے باہر نکل گیا۔

اسے اپنے کپڑے تقسیم کرنے سے زیادہ دکھ اس بات کا تھا کہ اس نے جو کپڑے تقسیم کیے تھے وہ سب کے سب بوسیدہ تھے جو کسی طرح ایک دو دفعہ سے زیادہ پہننے کے قابل نہ تھے۔ اسے اس بات کا بہت رنج تھا کہ وہ اپنے ان غلیظ کپڑوں کو لینے وہاں کیوں گیا تھا، اگر وہ وہاں نہ گیا ہو تو لوگ کیوں کر سمجھتے کہ وہ کپڑے تقسیم کرنے کا ارادہ رکھتا ہے او

راس نے محض اپنی ساکھ قائم رکھنے کے لیے اپنے سارے کپڑے تقسیم کر دیئے کہ کہیں دواخانے کے نچلے طبقے کے لوگ یہ نہ سمجھیں کہ وہ کمپونڈر بننے کے بعد کچھ بدل سا گیا ہے، لیکن کمپونڈر بن جانے کے بعد بھی اس کی زندگی میں کوئی نمایاں تبدیلی نہیں ہو پائی تھی، یہ دوسری بات تھی کہ وہ کمپونڈر بن جانے کے بعد بھی اپنے آپ کو ایک مطمئن انسان سمجھنے لگا تھا۔ چند قدم چلنے کے بعد اسے خیال آیا کہ اسے ڈاکٹر کے ہاں جانا ہے اور اس کے جسم پر سفید لباس کے علاوہ کوئی چیز نہیں ہے۔۔۔ لیکن فی الوقت مجبوری ہے وہ اس ماہ ختم پر اپنے کپڑے سلوائے گا۔

جوں جوں ڈاکٹر کا مکان قریب آ رہا تھا اُس کا دل گھڑی کی ٹک ٹک کی طرح دھک دھک کرنے لگا، وہ دل کو کڑا کر کے بنگلے میں داخل ہوا۔ جوں ہی ڈاکٹر کی نگاہ اس پر پڑی وہ بنگلے کے اوپری حصے سے اتر کر نچلے حصے میں آ گیا جہاں ملاقاتیوں کا کمرہ تھا۔ بڑے ڈاکٹر صاحب نے اُسے دیکھتے ہی حیرت آمیز لہجے میں کہا "ارے تم اب تک On Duty ہو!"

اسے ایسا لگا جیسے کسی نے اسے ابلتے ہوئے لاوے میں پھینک دیا ہو اور سفید لباس اسے یوں لگا جیسے کوئی خوفناک افعی اس کے جسم سے لپٹ گیا ہے اور اپنے نکیلے دانتوں کے ذریعے اس کے جسم میں آہستہ آہستہ زہر چھوڑ رہا ہے۔ اس نے اپنے خشک ہونٹوں کو زبان پھیر کر گیلا کرتے ہوئے کہا "میں آج off ہوں ڈاکٹر صاحب۔"

"اوہ! تم آف میں ہو" ڈاکٹر نے مسکراتے ہوئے اس انداز میں کہا جیسے وہ صمد کی مجبوریوں کو تاڑ گیا ہو" یہ سفید لباس تمھارے جسم پر اچھا لگتا ہے۔" ڈاکٹر نے اس کے اترے ہوئے چہرے کا جائزہ لیتے ہوئے کہا، جیسے وہ خفت مٹانا چاہتا ہو۔

لیکن صمد کو محسوس ہوا جیسے وہ شرم سے زمین میں دھنستا جا رہا ہو، سفید لباس ہوا کے ہلکے ہلکے جھونکوں سے اڑ اڑ کر اس کے جسم پر چرکے لگا رہا ہو، اس کا چہرہ اس بات کی

صاف چغلی کھا رہا تھا کہ وہ ذہنی الجھنوں میں مبتلا ہے۔۔۔ وہ کچھ کہنا چاہتا ہے لیکن کہہ نہیں سکتا۔ ڈاکٹر نے ہمدردانہ لہجے میں کہا" تمھیں کچھ کہنا ہے۔" وہ گھبرا سا گیا"جی نہیں مجھے کچھ کہنا نہیں ہے، میں یوں ہی چلا آیا۔" ڈاکٹر پھٹی پھٹی نگاہوں سے اسے دیکھنے لگا، بغیر کچھ کہے وہ وہاں سے چل دیا۔

سلطان بازار پار کر کے جب وہ پارسی گلی کے نکڑ پر آیا تو اسے خیال آیا کہ وہ شکریہ ادا کرنے کے لیے ڈاکٹر کے ہاں گیا تھا لیکن وہ کچھ کہہ نہ سکا، اسے بڑا دکھ ہوا، وہ سوچنے لگا کاش اسے یہ ترقی نہ ملی ہوتی وہ وارڈ بوائے ہی رہتا۔۔۔ وہ سفید لباس پہنے نہ ہوتا۔ یکبارگی اس کا خیال پلٹا، اب لطیف کے گھر چلنا چاہیے، لطیف نے کئی دفعہ اس سے کہا بھی تھا کہ وہ اس کے گھر آکر چند روز مہمان رہے کیونکہ بڑے ڈاکٹر نے یہ نوٹس دے دیا تھا کہ کمپونڈروں کو ڈیوٹی کے بعد ہسپتال میں نہیں سونا چاہیے۔ لطیف کا گھر پیچ در پیچ گلیوں میں واقع تھا، اس نے صرف محلے کا پتہ ہی بتایا تھا اور خاص طور پر یہ نشانی بتلائی تھی کہ اس کے مکان کی منڈیر کا نصف حصہ گر چکا ہے۔ وہ شام ہونے تک ٹھیک اسی پتے پر پہنچ گیا، پہلی ہی آواز کے ساتھ لطیف باہر نکل آیا، بڑی گرم جوشی سے مصافحہ کرنے کے بعد وہ اسے دیوان خانے میں لے آیا'تم یہاں بیٹھو میں، ابھی آتا ہوں۔" یہ کہہ وہ اندر چلا گیا، مکان سفال پوش ہونے کی وجہ سے دیواروں میں دراڑیں پڑ گئی تھیں اور کھپریل اپنے اصلی مقام سے جا بجا ہٹا ہوا دکھائی دے رہا تھا، محراب میں دیا ٹمٹما رہا تھا اور دیواروں پر مذہبی کتبے اور کیلنڈر لٹک رہے تھے۔ گھر کو پہلی ہی نظر میں دیکھنے کے بعد اس چیز کا اندازہ بہ آسانی ہو سکتا تھا کہ صاحب خانہ غریب ہے، اگر غریب نہیں ہے تو لا ابالی ضرور ہے۔ تھوڑی دیر بعد لطیف چائے لے آیا۔" دیکھوں صمد! چائے کوئی خاص نہیں، کوئی خیال نہ کرنا، پانی ملا دودھ تھا، یہ سمجھ کر پیو کہ تم ایک غریب دوست کے گھر چائے پی رہے ہو،

اگر شکر کم ہو تو بلا تکلف کہنا، بات یہ ہے کہ ہم لوگ شکر بہت کم پینے کے عادی ہیں۔"

صمد تشکر آمیز نگاہیں ڈالتے ہوئے چائے پینے لگا، وہ آہستہ آہستہ چائے کے گھونٹ لے رہا تھا۔

"کیا شکر چاہیے"۔ لطیف نے اصرار کے لہجے میں کہا۔

"نہیں نہیں شکر کافی ہے، میں بھی زیادہ شکر استعمال نہیں کرتا، زیادہ شکر استعمال کرنے سے نقصان کا اندیشہ ہے۔" وہ آہستہ آہستہ چائے کے گھونٹ لے رہا تھا کہ اندر سے زنجیر کھٹکھٹانے کی آواز آئی۔ لطیف اندر چلا گیا۔

"برا ہو میرے دماغ کا، میں شکر ڈالنا ہی بھول گئی، دیکھو کیا خیال کر رہا ہو گا وہ۔۔۔" اُس کی بیوی نے خفت آمیز لہجے میں کہا۔

لطیف کا چہرہ اچانک یکایک اتر گیا، اس کا جی چاہ رہا تھا کہ وہ اپنی بیوی کا گلا دبا دے، کتنی شرمندگی محسوس ہو رہی تھی اسے۔ صمد کے الفاظ اس کے کانوں میں گونجنے لگے۔

"میں بھی شکر کم پیتا ہوں، شکر زیادہ پینے سے نقصان کا اندیشہ ہے نا۔"

وہ اترے چہرے کو لیے جب دیوان خانے میں داخل ہوا تو صمد چائے پی کر کرسی پر بیٹھا کچھ گنگنا رہا تھا، جیسے وہ گنگنا کر اپنے منہ کا مزہ بدل رہا ہو۔۔۔" جانے کیا بات ہے لطیف، مجھے کبھی کبھی ایسا محسوس ہوتا ہے کہ میں بہت جلد اپنی ملازمت کھو دوں گا۔۔۔"

"کیوں تمھیں یہاں کیا تکلیف ہے؟ یہ دیوانگی چھوڑو۔۔۔ عقل مند ایسی باتیں نہیں کرتے۔" لطیف نے ناصحانہ انداز میں کہا، پھر دونوں مختلف موضوع پر باتیں کرتے ہوئے جانے کب سو گئے تھے۔ سویرے جب اُس کی آنکھ کھلی تو لطیف وہاں موجود نہ تھا۔

صبح ہی صبح جب ہر طرف خاموشی ہو تو ایک انسان کی آواز دوسرے انسان تک

بآسانی پہنچ سکتی ہے۔ صمد کے کانوں سے چند ملی جلی آوازیں ٹکرائیں۔ "شمی" شاید لطیف کی بیوی کا نام تھا" کل ہم سے جس قسم کی غلطی ہوئی ہے وہ ناقابلِ درگزر ہے، شاید ہم اسے کبھی بھلا نہ سکیں، کتنا شریف ہے صمد کہ اس نے چہرے سے یہ تک ظاہر نہ ہونے دیا کہ وہ پھیکی چائے پی رہا ہے۔ میری جیب میں تین روپے پڑے ہیں، ممدو کے ہاتھ گیہوں کا آٹا اور قیمہ منگوالینا۔۔۔ وہ ابھی سو رہا ہے، ناشتہ جلد تیار ہو جانا چاہیے، کیوں شمی ہمیں گیہوں کی روٹی کھائے ہوئے کتنا زمانہ ہوا ہے؟"

اُس کی بیوی نے بھرائی ہوئی آواز میں کہا" چھوڑو ان باتوں کو۔" پھر ایک بچے کی آواز ان دو آوازوں کو دباتے ہوئے ابھر رہی تھی" ممی میں آج پراٹھے کھاؤں گا، میں بھی۔۔۔ ہاں میں نے کہہ دیا ہے، ہاں میں ضرور کھاؤں گا۔"

لطیف کی آواز آرہی تھی۔۔۔ " دیکھوں میں، صمد اٹھ گیا ہو۔۔۔ "صمد آنکھیں بند کیے پڑا رہا، حالانکہ وہ جاگ رہا تھا، وہ لطیف کی تاریک زندگی کے تاریک پہلو سے ابھی واقف ہوا تھا اور وہ اس بچے کی آواز کو بھی سن چکا تھا جو پراٹھے کھانے کے لیے اپنی ماں کو دھمکی دے رہا تھا اور شاید پراٹھے کھانے کی خوشی میں ناچ بھی رہا ہو۔۔۔ وہ نہیں جانتا تھا کہ لطیف اتنا غریب ہے کہ وہ گیہوں کے آٹے کے پراٹھے تک نہیں کھا سکتا تھا، اسے اتنا تک یاد نہیں کہ اس نے گیہوں کے آٹے کے پراٹھے کھانا کب سے ترک کیا ہے۔ اس کا دماغ جیسے شل ہو گیا اور اس نے طے کر لیا کہ وہ لطیف کے گھر کل سے کھانا نہیں کھائے گا، لطیف کتنا شریف انسان ہے وہ اسے اپنی پریشانیوں کے باوجود مہمان رکھنا چاہتا ہے۔

"صمد اٹھ بیٹھو، آٹھ بجا چاہتے ہیں۔" لطیف نے اُسے اٹھاتے ہوئے کہا اور صمد جاگ پڑا، اس نے ایک فراخ انگڑائی لی جیسے وہ ابھی ابھی اس کے جگانے پر بیدار ہوا ہے۔" جلدی سے منہ دھو لو، میں ابھی ناشتہ لے آتا ہوں۔" اس کے منہ دھونے سے پہلے وہ

ناشتہ لے کر آگیا، پھر اس نے اپنے مخصوص لہجے میں کہا "میں تمھاری کوئی خدمت نہیں کر سکا، بھلا برا ہو جو کچھ تھا حاضر ہے، کوئی خیال نہ کرنا۔"

پھر ناشتہ کر چکنے کے بعد وہ دونوں ہسپتال کی طرف چل پڑے، ہسپتال شہر کے بیچوں بیچ واقع تھا، عمارت زیادہ وسیع نہ تھی لیکن خوبصورت ضرور تھی۔ گیٹ کے بڑے کالے بورڈ پر انگریزی حروف میں خیراتی ہسپتال لکھا تھا۔ جب وہ دونوں ہسپتال پہنچے تو آٹھ بجنے میں ابھی کافی دیر تھی، وہ سامنے والے چمن میں بیٹھے ادھر ادھر کی باتیں کرنے لگے، ہسپتال کا مالی کیاریوں میں پانی ڈال رہا تھا۔

گورنمنٹ نے عوام کی بھلائی کے لیے دواخانہ تو قائم کیا ہے لیکن دوائیں ہسپتال میں اتنی کم ہیں کہ بسا اوقات بیماروں کو بغیر دوائی کے واپس لوٹنا پڑتا ہے اور پھر ایک حصہ دوا اور چار حصہ پانی۔۔۔ کیا خاک بیمار اچھے ہو سکیں گے۔ "صمد نے کہا۔

"چھوڑو ان باتوں کو صمد، ہم کو اس قسم کی باتیں نہیں کرنی چاہیے، دیواروں کے بھی کان ہوتے ہیں، کوئی سن لے گا تو رہی سہی نوکری بھی جاتی رہے گی۔" پھر آٹھ بجتے ہی دونوں ہسپتال میں داخل ہوئے۔ بیمار آتے رہے، دوائیں لیتے رہے۔ لطیف آج وقت سے تھوری دیر پہلے ہی گھر چلا گیا۔

آج ہسپتال خالی خالی سا نظر آرہا تھا، دواخانہ بند کر کے جب وہ باہر نکلا تو ہسپتال کے خاکروب جگو نے اسے جھک کر سلام کیا۔ اس نے دیکھا کہ اس کے جسم پر اس کا میلا کوٹ چمٹا ہوا ہے، اس کی آستینیں پہلے سے زیادہ پھٹ چکی تھیں اور کالر کے پھوسڑے نکل گئے تھے، لیکن وہ پھٹا ہوا کوٹ پہن کر بھی کتنا خوش تھا۔ اسے محسوس ہوا جیسے وہ پھر ایک بار نقطہ عروج سے نقطہ زوال پر آگیا ہے اور جیسے پھر اس کا پھٹا ہوا کوٹ اس کی افلاس کی تشہیر کر رہا ہے۔ وہ سوچنے لگا جگو اگر یہی کوٹ ہمیشہ پہنتا رہا تو وہ گھل گھل کر ایک نہ ایک

دن مر جائے گا، اسے اس کوٹ سے نفرت ہے، وہ اپنے اس کوٹ کو ایک لمحے کے لیے بھی دیکھنا نہیں چاہتا، وہ دنیا کے ذلیل سے ذلیل انسان کے جسم پر بھی اپنے اس کوٹ کو دیکھنا نہیں چاہتا۔ جیسے اس کوٹ سے اس کی زندگی کی سب سے بڑی ٹریجڈی وابستہ ہو، اس کا دماغ بھنا اٹھا، وہ کپڑے نہیں پہن سکتا۔۔۔ وہ ہسپتال میں نہیں سو سکتا۔۔۔ وہ لطیف کے گھر مہمان نہیں رہ سکتا۔۔۔ اس لیے کہ وہاں اپنی آنکھوں سے زندگی کے المیہ کرداروں کو لڑکھڑاتے ہوئے دیکھا تھا، اس کے باوجود وہ لطیف کے گھر سوتا رہا، اس کو اپنی فطرت کے خلاف کام کرنے پڑے اور اسی بات کا اسے غم تھا۔

لیکن آج اس کی زندگی کے ویران کمرے میں روشن دیئے جگمگ جگمگ کر رہے تھے، وہ آج غیر معمولی طور پر خوش نظر آرہا تھا، آج تنخواہ کا دن تھا۔ لطیف صمد کی خوشی کو محسوس کر رہا تھا اور وہ خود بھی حد سے زیادہ خوش تھا، اس کا خیال تھا کہ صمد بازار جا کر سب سے پہلے اپنے لیے کپڑے خریدے گا اور پھر رہنے کے لیے کرائے کا چھوٹا سا مکان لے لے گا۔

جب دواخانے کی بڑی گھڑی نے بارہ بجائے تو ہسپتال کے سب ملازم تنخواہ لینے کے لیے اُس بڑے ہال میں جمع ہونا شروع ہوئے جہاں تنخواہ تقسیم کی جاتی تھی۔ لطیف اور صمد تنخواہ لینے کے لیے دواخانے کے اور کمپونڈروں کے ساتھ شریک ہو گئے۔ صمد کو دیکھ کر جگو نے تشکر آمیز نگاہیں اس پر ڈالیں اور اسے جھک کر سلام کیا، اسے دیکھ کر صمد کے دل میں کے ناسور پھر رسنے لگے، یکبارگی اس کا چہرہ زرد پڑ گیا اور پھر جیسے کسی نے اس چہرے کی سرخی چھین کر اس پر ہلدی مل دی ہو۔

"صمد! اُس کے بعد تمھاری باری ہے، تنخواہ لے کر باہر میرا انتظار کرنا۔" لطیف نے کہا، لیکن صمد خاموش رہا۔ تھوڑی دیر کے بعد صمد کا نام پکارا گیا اور جب تنخواہ لے کر لوگوں

کے سامنے سے گزرا تو سب نے محسوس کیا کہ وہ حد درجہ مغموم ہے، کوئی سوچ اور فکر اسے پگھلا رہی ہے، ترقی کے بعد پہلی تنخواہ بھی اسے خوش نہ کر سکی۔

لطیف تنخواہ لے کر جب باہر آیا تو صمد وہاں موجود نہیں تھا، وہ سوچ میں پڑ گیا، صمد اس کا تھوڑی دیر بھی انتظار نہ کر سکا، اس سے کوئی غلطی نہیں ہوئی لیکن وہ ملنے سے تھوڑی دیر پہلے تک تو بہت خوش تھا، پھر اس کے بعد نہ جانے یکایک اسے کیا ہو گیا تھا، لطیف بہ دستور ذہنی الجھن میں مبتلا تھا۔

صمد رات کے کوئی گیارہ بجے ہسپتال پہنچا۔

بینچ پر ہسپتال کا خاکروب جگو میٹھی نیند سو رہا تھا۔

"جگو اٹھو۔۔۔" صمد نے اس کے کان کے قریب جا کر کہا۔ وہ چونک کر اٹھ بیٹھا، وہ سہما ہوا تھا۔

"سلام کمپونڈر صاحب۔"

"ہاں دیکھو جگو! ایک بات مانو گے، میں تم سے کچھ مانگنا چاہتا ہوں۔"

"کمپونڈر صاحب، میں میں" وہ گونگے کی طرح گھگیا رہا تھا۔

"گھبراؤ نہیں، یہ کوٹ ہے نا جو میں نے چند دن پہلے تمھیں دیا تھا وہ مجھے دے دو۔۔۔ اور یہ نیا کوٹ لے لو، دیکھو اسے میں نے آج ہی خریدا ہے۔"

جگو حیران تھا۔ یہ آج کمپونڈر صاحب کو کیا ہو گیا ہے، اسی حیرانی کے عالم میں صمد کے ہاتھ سے نیا کوٹ لے کر پہن لیا اور پرانا کوٹ اس کے ہاتھ میں تھما دیا اور صمد آہستہ آہستہ سیڑھیاں اترتا ہوا ہسپتال سے باہر چلا گیا۔۔۔!!

***

۸

کہر زدہ شام

عذرا اصغر

جب میرا پہلا رشتہ آیا تو میں تیرہ برس کی تھی۔ وہ لڑکا جس سے میرا رشتہ آیا تیس کے لگ بھگ تھا اور امپورٹ ایکسپورٹ کا دھندہ کرتا تھا۔ ادھر کا مال ادھر اور ادھر کا ادھر۔ کوٹھیاں تھیں، کاریں تھیں، عزت تھی، شہرت تھی۔ بہت سے لوگ دن رات اسے سلام کرتے تھے اور بہت سے لوگوں کو وہ سلام کرتا تھا۔

اڑوس پڑوس کی عورتیں میری قسمت پر رشک کرنے لگیں اور اپنی بچیوں کو میرے جیسے نصیبے کی دعا دینے لگیں۔ میری ماں نے میرے باپ سے کہا "لچھمی خود چل کر ہمارے گھر آئی ہے۔ اسے موڑنا نہیں چاہیے۔ ہماری بچی ساری زندگی راج رجے گی"۔ مگر میرے باپ کو میری ماں کی منطق پسند نہیں آئی۔ وہ خود کاروباری آدمی تھا۔ اسے مال کی قیمت وہ خوب پہچانتا تھا۔ ماں گھر میں بیٹھنے والی ان پڑھ عورت۔ اسے بھلا کیا پتہ زمانہ کون سی چال چل رہا ہے۔ چنانچہ میرے باپ نے صاف میری ماں کی بات رد کر دی۔ وہ کہنے لگا "بھلی عورت! میری بچی ابھی ذرا سی تو ہے۔ ابھی تو اس کے کھانے کھیلنے کے دن ہیں۔ ذمہ داری اٹھانے کو تو عمر پڑی ہے"۔

ایکسپورٹر نے بڑا زور لگایا اس کے گھر والوں نے بہت چکر کاٹے۔ مگر میرا باپ کسی

صورت نہیں مانا اور میں اطمینان سے محلے کے لڑکوں اور لڑکیوں کے ساتھ، پٹھو گرم کھیلتی رہی۔ سولہ برس کی عمر کو پہنچتے پہنچتے میرے لیے آنے والے رشتوں کی ایک لائن لگ چکی تھی۔ مگر میرا باپ جگہ جگہ سے اس لائن کو توڑتا رہا۔ ہر آنے والے کو انکار کے ڈنڈے سے بھگاتا رہا۔ کبھی کہتا "میری بیٹی ابھی بچی ہے"۔ کبھی کہتا "لڑکی ابھی پڑھ رہی ہے"۔

جب میں نے دسویں کا امتحان دیا تو میں عمر کی اٹھارویں سیڑھی پر قدم جما چکی تھی اور میرے دل میں رنگ برنگی پھلجڑیاں چھوٹتی تھیں اور میری آنکھوں میں ہر دم شمعین روشن رہتی تھیں۔ تب میری ماں نے پھر میرے باپ سے کہا "اے میاں! کچھ عقل کی بات کرو۔ لڑکی جوان ہو گئی ہے۔ بس اب ہاتھ پیلے کرنے کی سوچو اور کتنا پڑھاؤ گے۔ کیا نوکری کرانی ہے؟"

میرے باپ نے میری ماں کا تمسخر اڑایا اور بولا " بھلی لوکے! عقل کے ناخن لے۔ ہماری بیٹی لاکھوں میں ایک ہے۔ جو دیکھتا ہے دوڑا چلا آتا ہے۔ پھر سونے پر سہاگہ کروڑوں کی جائیداد کی تنہا وارث۔ تم دیکھو گی لوگ سر کے بل چل کر آئیں گے۔ ابھی کون سی عمر گزر گئی جو تم گھبراتی ہو۔ لکھ پڑھ لے گی تو کام آئے گا۔ مقدر کی کسی کو کیا خبر۔ ہماری ایک ہی تو اولاد ہے۔ اس کو اتنی تعلیم دلانا چاہتا ہوں کہ دس بیٹوں کی حسرت پوری ہو جائے"۔

اور اپنے باپ کے ترقی پسند نظریات سے متفق ہو کر میں نے کالج میں داخلہ لے لیا۔ اب میں پٹھو گرم کی جگہ بیڈ منٹن کھیلنے لگی۔ باسکٹ بال میں میں ہر جگہ اور ہر میچ میں فرسٹ آتی رہی۔ ہاکی میچوں میں میری کارکردگی سب سے نمایاں رہتی اور بہت جلد میں اپنی ٹیم کی کپتان بنادی گئی۔ نتیجہ یہ ہوا کہ میرے رشتے آنے کی رفتار اور بڑھ گئی اور

رشتوں کی تعداد کے ساتھ میرے باپ کا دل بھی بڑھ گیا۔ اس کا حوصلہ اور بلند ہو گیا۔ اس نے کہا "میری بیٹی لاکھوں میں ہی نہیں کروڑوں میں ایک ہے۔ میں اس کو ابھی اور پڑھاؤں گا۔ حسن صورت کے ساتھ حسن تعلیم سے بھی اس کو سجاؤں گا۔ علم کے زیور سے میں لا ددوں گا۔ اتنا کہ دیکھنے والے حیران رہ جائیں گے۔ پھر دیکھنا میری بیٹی کو کیسا بر ملتا ہے"۔

میر ی ماں ستی ساوتری، ان پڑھ عورت۔ خاوند کو سر کا تاج ماننے والی۔ وہ دنیا کے چھل بل کیا جانے۔ میرے باپ کی حوصلہ افزا بات سن کر وہ مطمئن ہو گئی اور گھر میں رشتہ لے کر آنے والوں کو صاف صاف جواب دینے لگی۔ میرے سامنے بہت بلند آدرش تھا۔ مجھے زندگی میں بہت کچھ کرنا تھا۔ مجھے تعلیم حاصل کر کے عورت کا مقام اونچا کرنا تھا۔ اس کے حقوق کا تحفظ بھی مجھی کو کرنا تھا۔ میرے کندھوں پر ذمہ داری کا بڑا بوجھ تھا۔ ڈگریوں کے پلندے لے کر باپ کی آرزو پوری کرنا تھی۔ اس کا مان بڑھانا تھا۔ اس کے خاندان کا نام روشن کرنا تھا تاکہ وہ اپنا سر بلند کر کے چل سکے۔ غرض میرے کندھو پر ذمہ داریوں کا بہت بوجھ تھا۔ میں اپنے ماں باپ کی اکلوتی اولاد تھی اور اکلوتی ہونے کے ناتے مجھ سے ان کی جملہ توقعات کا وابستہ ہونا فطری اور لازمی امر تھا۔ مجھے خود بھی اپنے باپ کی تمنا کا شدید احساس تھا اور میں ان کی تمام تر خواہشات کے پورا کرنے کا اپنے دل میں گویا عہد کر چکی تھی۔ میرے باپ کے پاس دولت کی کثرت تھی اور میرے پاس حسن کی فراوانی تھی، ذہن تھا۔ کالج میں پہنچ کر مجھے اپنی اہمیت کا احساس مزید بڑھا۔ میری کلاس کی لڑکیوں کے علاوہ بھی دوسری لڑکیاں مجھ سے دوستی کرنے کی خواہاں نظر آتیں۔ استاد خصوصیت سے توجہ صرف کرتیں اور کالج سے باہر نکلتی تو کالج کے گیٹ پر لڑکیوں کے منتظر کھڑے لڑکوں کی توجہ کا مرکز سب سے زیادہ میں ہی بنتی۔ اس ماحول نے میرے

اندر غرور کا بیج بو دیا۔ بد اخلاق تو میں نہ بن سکی مگر لڑکوں کے معاملے میں ہمیشہ بے نیاز بنی رہی۔ حالانکہ اندر سے میرا جی چاہتا، کوئی میری تعریف کرے، مجھ سے محبت جتائے، مجھ پر مرمٹنے کی قسمیں کھائے۔ مجھے دنیا کی منفرد اور حسین لڑکی بتلائے۔ مجھے اپنے خوابوں کی شہزادی کہے۔ انسان کی فطرت بھی عجیب ہے۔ اپنے بارے میں سب کچھ جانتے ہوئے بھی دوسروں سے اپنے متعلق سننا چاہتا ہے۔ تعریف کا صرف ایک جملہ، محبت کا مبہم سا کوئی فقرا۔ ستائش کا ایک ننھا سا لفظ۔ عورت کا خمیر ہی شاید ایسی مٹی سے اٹھایا گیا ہے۔ تاہم اس سب کے باوجود میں خود کو لیے دیئے رہتی۔ سنبھال کے رکھتی۔ پھر بھی اپنے ہمسائے میں رہنے والا وہ جھکی جھکی سی شوخ آنکھوں والا لڑکا میرے حواس پر چھاتا جارہا تھا۔ کالج آتے جاتے وہ اکثر اپنے گیٹ پر کھڑا مجھے ملتا۔ جیسے میری گاڑی کو اخیر تک تکتا رہتا ہے۔ اس کی بے تابو پر شوق نگاہیں مجھے اپنی پیٹھ میں گڑی محسوس ہوتیں مگر کبھی ایک بار بھی میں نے پیچھے مڑ کر نہ دیکھا مجھے اپنی "انا" بہت عزیز تھی اور بلند آدرش میرے سامنے تھا۔ میں نے بی اے کا امتحان دے لیا تو اس کے گھر سے رشتہ آیا۔ خوشی سے لمحہ بھر کو میں بے قابو ہو گئی۔ مگر میرا بلند آدرش؟ میں نے اپنی خوشی کو اپنے آدرش پر قربان کر دیا اور میری ماں نے رشتے سے انکار۔۔۔!

"ابھی تو ہماری بچی نے صرف بی۔ اے کیا ہے۔ ابھی ایم اے کرے گی پھر ڈاکٹریٹ، اور پھر۔۔۔!" اور اس "پھر" کے آگے ایک لمبی لائن تھی۔

"دیکھو بھئی! ہم ابھی جانے کون کون سے علوم پڑھوائیں گے۔ کیا کیا کچھ کروانے کے ارادے ہیں۔ تم انتظار کر سکتے ہو تو کر لو ورنہ ہمیں رشتوں کی بھلا کیا کمی پڑی ہے"۔ دولت مند باپ کی اکلوتی، خوبصورت، تعلیم یافتہ لڑکی کو بھی کہیں رشتوں کی تھوڑ ہوئی ہے؟ میرے گھر رشتے آتے رہے اور میری ماں میرے باپ کی ہدایت کے بموجب آنے

والوں کو ٹکا سا جواب دیتی رہی۔

"ابھی بہت وقت پڑا ہے۔ کون سی عمر نکل گئی۔ ہو جائے گا سب، پہلے تعلیم تو مکمل کر لے"۔ اور میں نے اپنے ہمسائے کے لڑکے کو ذہن سے جھٹک کر بے فکری کے ساتھ یونیورسٹی میں داخلہ لے لیا۔ وقت اپنی مدھم، غیر محسوس رفتار کے ساتھ آگے بڑھتا رہا۔ پھر ایک دن اس جھکی جھکی شوخ آنکھوں والے لڑکے کے گیٹ پر دلہن کی پھولوں سے سجی گاڑی آ کے رکی اور میں نے بڑے فخر کے ساتھ مسکرا کر اپنی ماں سے کہا "لوگوں کو اپنی زندگی کا مقصد ہی معلوم نہیں۔ پیدا ہوئے، بڑے ہوئے اور شادی کر کے نچنت ہو بیٹھے کہ جیسے ہر مرحلہ سر کر لیا۔ مقصد حیات حاصل ہو گیا۔ کبھی کسی نے سوچا کہ شادی کے علاوہ بھی کچھ کر سکتا ہے۔ اسے کچھ اور کرنا چاہیے؟" میری ماں نے میرے اعلیٰ و ارفع نظریات کے ساتھ اتفاق کیا اور میری زبان دانی کی تعریف کی۔ ماں کی حمایت سے میرا حوصلہ بڑھا ضرور مگر مجھے لگا جیسے کوئی چیز میرے دل کے قریب ٹوٹ سی گئی ہے۔ کچھ گڑبڑ ہوئی ضرور تھی۔ دل شکستگی کا ایک عجیب سا احساس، مایوسی کی سرد لہر، کہیں میں ملفوف بے کیف سی زندگی، یونیورسٹی کی رنگین فضا اچانک دھند سے اٹ گئی تھی۔ شفاف نیلے آسمان پر ابر چھا گیا تھا۔ تب میں نے خود سے سوال کیا۔

"کیا یہ میں ہوں؟ اتنی بزدل؟ ایسی احمقانہ سوچ رکھنے والی؟ میرے سامنے کتنے بلند آدرش ہیں۔ مجھ پر کتنی ذمہ داریاں ہیں۔ مجھے اپنے باپ کی خواہشات پر بہر طور پورا اترنا ہے۔ مجھے دنیا کو بتانا ہے کہ شادی کر کے اور بظاہر گھر بسا کر بیٹھ جانے کے علاوہ بھی کچھ کرنا ہوتا ہے۔ عورت محض گھر داری کی ہی نہیں اور بھی بہت سی ذمہ داریاں نبھا سکتی ہے۔ وہ صرف افزائش نسل کا پرزہ نہیں، دنیا کو اپنے آگے جھکا سکتی ہے۔ مردوں سے کہیں بڑھ کر علم سیکھ سکتی ہے"۔

یونیورسٹی میں پڑھتے ہوئے کئی مقامات پر لڑکھڑا کر میں گرنے لگی مگر میرے بلند ارادوں نے مجھے سہارا دیا اور میں سنبھل کر پھر آگے چل کھڑی ہوئی۔ ایم اے کی ڈگری لینے تک میرے امیدواروں میں کمی آتی گئی اور اس صورت حال سے میرے دانا باپ کو ایک گونا اطمینان ہوا اور اس نے مجھے مزید تعلیم کے لیے ملک سے باہر بھیج دیا۔ میں خوش تھی۔ اپنی ہم جولیوں میں میں سب سے اونچی سیڑھی پر کھڑی تھی۔ میری چچیری خلیری قسم کی بہنیں اپنی گودیوں میں کئی کئی بچے لٹکائے پھر رہی تھیں اور مجھ پر رشک کر رہی تھیں۔ میرے سامنے ایک درخشاں مستقبل تھا۔ اعلیٰ نصب العین تھا۔

چھ--- مختصر سے چھ برسوں بعد جب میں باہر سے لوٹی تو میرے پاس بہت سی ڈگریاں تھیں۔ میرے نام کے ساتھ "ڈاکٹر" کا لاحقہ لگ چکا تھا۔ ملنے والوں کے دل میرے احترام میں جھکتے تھے۔ میرے کزن لڑکے لڑکیاں مجھ سے بات کرتے جھجکتے تھے۔ میرے ماں باپ کے سر فخر و انبساط سے اٹھے ہوئے تھے۔ مگر بڑھاپا ان پر حاوی ہو چکا تھا۔ میری ماں کو گٹھیا کے مرض نے آگھیرا تھا اور میرا باپ کئی بیماریوں کا شکار ہو چکا تھا اور میرے چہرے پر ہلکی جھریوں کا جال سا بچھ گیا تھا۔ اور میری مانگ میں سفید چاندی کے تار جھلملانے لگے تھے اور میرے اعصاب تھک چکے تھے اور میری ذمہ داریوں میں مزید اضافہ ہو گیا تھا۔ میں اپنے باپ کی واحد اولاد تھی اور مجھے اس کے پھیلے ہوئے کاروبار کو سنبھالنا تھا اور اپنی اعلیٰ ترین ڈگریوں کو استعمال میں لانے کے لیے کسی سرکاری محکمے میں اچھی سی نوکری حاصل کرنا تھی۔ میری ذمہ داریوں کا دائرہ گویا مزید وسیع ہو گیا تھا۔ بہت دوڑ دھوپ کے بعد مجھے نوکری آفر ہوئی۔ وہ ایک پرائیویٹ کالج میں لیکچرار شپ تھی۔ اس سے بڑا عہدہ حاصل کرنا میرے لیے ممکن نہ تھا کہ میں ناتجربہ کار تھی۔ سرکاری ملازمت کے لیے میری عمر زیادہ ہو چکی تھی اور میرے والدین سفر آخرت باندھے ہوئے

تیار بیٹھے تھے اور چاہتے تھے کہ میرے ہاتھ پیلے کر دیں مگر شادی کے لیے میری عمر نکل چکی تھی اور میری عمر کے سب لڑکے اپنے بچوں کی جوانی کے خواب دیکھ رہے تھے۔ وہ جھکی جھکی آنکھوں والا لڑکا ایک متین مرد بن چکا تھا۔ اب میرے گزرتے سمے اس کی نگاہیں بے چینی سے میرے تعاقب میں نہیں اٹھتی تھیں۔ میں اس کی ایک نظر غلط انداز کی بھی مستحق نہیں رہی تھی۔ وہ اپنی بیوی اور نوجوان بچوں کے ساتھ بے نیازی سے میرے پاس سے گزرتا تھا۔ میرے ماں باپ میری تنہائی کے دکھ سے بوجھل تھے اور میرے معیار وا سٹیٹس کا رشتہ مفقود تھا۔ انہوں نے مجھے اپنی پسند سے اپنا گھر بسا لینے کو کہا مگر شاید وہ نہیں جانتے کہ اس کے لیے بھی اب وقت نکل چکا ہے۔ وقت کا بہتا دھارا جانے کتنے پل کراس کر چکا ہے۔ کتنے پلوں کے نیچے سے گزر گیا ہے۔

میں نے اپنی اعلیٰ تعلیم کی ڈگریوں کی فائل کو شیلف میں بند کر دیا ہے اور اپنے باپ کا گرتا ہوا کاروبار سنبھال لیا ہے کہ مجھے گھر میں بیٹھ کر گھر سنبھالنے کا کوئی شعور نہیں۔ میں تو ایک ایسا پھول ہوں جو شاخ پہ لگے لگے ہی بن کھلے مرجھا گیا ہو اور اس کے جی میں کسی کے کوٹ کے کالر میں ٹنکنے کی حسرت ہی رہ گئی ہو۔ میں خود سے پھر سوال کرتی ہوں اور پوچھتی ہوں۔ "میں کیا ہوں؟ کون ہوں؟ میرے آدرش پورے ہوئے یا نہیں؟ اور کیا میں ان آدرشوں کے سہارے جی سکوں گی؟"

مگر میں جانتی ہوں کہ جیسے بھی ہو گا مجھے بہتر طور پر اس کی پاسداری کرنا ہو گی۔ اس کہر زدہ شام کو مجھے تنہا ہی کاٹنا ہے۔ بالکل تنہا۔۔۔!

***

۹

سودا

خدیجہ مستور

جب وہ افسر بہادر کے گھر نوکری کے لیے بھیجا گیا تو اس پر عجیب سی وحشت طاری تھی۔ شانے جھکے ہوئے، رنگ پیلا، آنکھوں تلے اندھیرا۔ اتنی بڑی کوٹھری میں وہ یوں کھو گیا جیسے سچ مچ مر گیا ہو۔ یتیموں کی طرح کھڑا ٹکر ٹکر دوسرے نوکروں کا منہ تک رہا تھا اور وہ سب اس قدر مصروف تھے کہ کسی نے اس کی طرف نظر اٹھا کر بھی نہ دیکھا۔

کس قدر فضول سی چیز سمجھ رہا تھا اپنے آپ کو۔ اس کا بس چلتا تو یہاں کبھی بھی نہ آتا مگر برا ہو ماں باپ کا جنہوں نے ساری برادری سے زور ڈلوا کر اسے بھجوا دیا۔ سب اس کے انکار پر حیران تھے۔ کسے ملتی ہے افسروں کے گھر نوکری۔ کم بخت ایسی خوش نصیبی پر لات مار رہا تھا۔ ماں باپ کا خوشی سے برا حال تھا۔ وہ گاؤں میں فخریہ سر اونچا کر کے یہ تو کہہ سکتے تھے کہ ان کا بیٹا سرکاری افسر کے گھر نوکر ہے۔ گاؤں والوں پر رعب پڑے گا۔ دشمن بھی دوستی کا دم بھرنے لگیں گے۔ ان کے گاؤں سے کئی آدمی سرکاری افسروں کے گھر نوکری کرنے گئے تھے۔ ایسی شاندار تنخواہ کہ اپنے اپنے گھر بھر لیے تھے اور پھر کسی کی مجال تھی جو ان سے اونچی آواز میں بات بھی کر سکیں، موچی، میراثی ہو کر ملک جی کہلوانے لگے تھے۔ چھٹی پر آتے تو لیڈی ہملٹن کی قمیض پہنے ہوتے۔

ان تمام باتوں کے باوجود وہ سخت ڈرا ہوا تھا۔ اگر افسر بہادر کے گھر ٹھیک سے کام نہ کر سکا تو جانے اس کا کیا حشر ہو۔ اس کو بچپن ہی سے افسر کے نام سے ڈر لگتا تھا۔ اس نے تو برادری کی بات بھی رد کر دی لیکن رانی نے عین وقت پر چپکے سے مل کر یہی مشورہ دیا کہ نوکری پر چلا جائے۔ اس کے بعد اس کے باپ کی مجال ہے جو رشتے سے انکار کر دے۔

سر جھکائے جوتوں پر نظریں گاڑے گاڑے جب کافی دیر ہو گئی تو آیا اسے اپنے ساتھ بیگم کے کمرے میں لے گئی۔ سرخی پاؤڈر سے لپی پتی گڑیا جیسی بیگم کو اپنے بستر میں موم کے گدے میں غوطے لگاتے دیکھ کر وہ تھر تھر کانپنے لگا۔ بھلا اس کا کیا قصور تھا۔ اسے تو آیا لے آئی تھی، اس نے پہلے دیکھ ہی لیا ہوتا کہ کہیں بیگم لیٹی تو نہیں۔

"تم کو کون سا کام کرنا آتا ہے؟" بیگم نے بڑے رعب سے سوال کیا اور ٹانگیں پھیلا کر چت لیٹ گئیں۔

"جو کہیں بی بی جی۔" اس نے ڈرتے ڈرتے بیگم کی طرف دیکھ کر نظریں جھکا لیں۔ اس طرح تو کبھی اس کے سامنے رانی بھی نہ لیٹی تھی۔ اگر یوں لیٹی ہوتی تو۔۔۔تو۔۔۔وہ گڑبڑا گیا۔ سر توڑ دیتا اس کا۔

"ایک بات کان کھول کر سن لو۔ آیا، خانساماں اور مالی سے لڑائی جھگڑا نہیں کرو گے۔" گڑیا کی آواز بڑی کرخت تھی۔

"بہت اچھا۔"

"تمہارا کام یہ ہے کہ رات کو صاحب کے اور بچوں کے جوتوں پر پالش کرو گے۔ بھینس کی دیکھ بھال کرو گے، میز پر کھانا لگاؤ گے، کھانے کے کمرے کی جھاڑ پونچھ کرو گے اور کل صبح سے بازار سے سودا بھی لاؤ گے۔"

"جی بی بی جی۔" "کام تو کچھ بھی نہیں۔ وہ جی ہی جی میں خوش ہو گیا۔

" تنخواہ پندرہ روپیہ مہینہ ملے گی۔ یہاں بہت خوش رہو گے۔ فکر نہ کرنا۔ ہاں۔"

"جی۔۔۔ جی۔۔۔" پندرہ روپے مہینے کی بات پر اسے ایسا محسوس ہوا جیسے کسی نے سر پر لاٹھی کھینچ ماری ہو، پچیس تیس روپے اور سال کا اناج تو وہ محنت مزدوری کر کے کما لیتا تھا۔ اب اماں ابا کی طبیعت ٹھیک ہو گی۔ بھوکے مریں گے تو پھر برادری روٹی دینے نہ آجائے گی۔ جانے کون سے زمانے کے افسر ہوں گے جو نوکروں کو لمبی تنخواہیں دیتے تھے۔ ایسے گھروں میں نوکری کر کے چاندی ہو جاتی تھی۔ یہاں تو لوہے کے دام بھی نہ ملے۔ اس پر کچھ ایسی مایوسی طاری ہوئی کہ سر جھکائے کھڑا کا کھڑا رہ گیا۔

"سمجھ گئے۔" بیگم نے اسے یوں کھڑا دیکھ کر سختی سے کہا، "کوئی گڑبڑ میں پسند نہیں کرتی۔"

"جی بی بی جی۔" وہ گھبرا کر اِدھر اُدھر دیکھنے لگا۔ گڑبڑ کرنے کی اس میں کب ہمت تھی۔ ایسی ہمت کرنے والوں کا انجام دیکھ چکا تھا۔ ایک نوکر کے اس نے خود اپنی آنکھوں سے ہتھکڑی لگے دیکھا تھا۔ ہتھکڑی کے تصور ہی سے اس پر پھر ایک بار لرزہ طاری ہو گیا۔

" جاؤ، اب خانساماں سے کھانا مانگ لو۔ تمہیں بھوک لگ رہی ہو گی۔" اس بار بیگم کی آواز میں بڑی نرمی تھی۔ کمرے سے وہ یوں نکلا جیسے واقعی قید سے آزاد ہو گیا ہو۔

باورچی خانے میں جا کر وہ بڑی خاموشی سے ایک طرف کھڑا ہو گیا۔ آیا، مالی اور خانساماں بان سے بنی ہوئی پرانی پیڑھیوں پر بیٹھے، اپنے اپنے حصے کا کھانا کھا رہے تھے اور دونوں ادھیڑ عمر کی آیا سے ہلکے ہلکے فحش مذاق کرتے جا رہے تھے۔ آیا کا میاں جوانی میں مر گیا تھا۔ اس نے دوسری شادی نہ کی اور یہی حسرت اس کی آنکھوں سے جھانکتی رہتی۔ ایسی ویسی باتیں سن کر ذرا جی شاد کر لیا کرتی۔ ویسے تو بیگم ایسی سخت تھیں کہ مجال ہے کوئی اپنی من مانی کر سکے۔ وہ چپ چاپ کھڑا ان کی باتیں سن رہا تھا اور جی ہی جی میں کڑھ

بھی رہا تھا۔ لالچ کیسی بری چیز ہے۔ ماں باپ اپنی اولاد کو بھی داؤں پر لگا دیتے ہیں۔ جانے یہاں سے کب جان چھوٹے گی۔

"اٹھا پلیٹ۔" تھوڑی دیر بعد خانساماں اس کی طرف متوجہ ہوا، "کیا نام ہے تیرا؟"

"صابر۔" اس نے الماری سے پلیٹ اٹھالی۔

"ابے یہ پلیٹ نہیں چلے گی، یہ مالکوں کے برتن ہیں۔ نوکروں کے برتن اُدھر پھٹے پر رکھے ہیں۔" خانساماں نے انگلی سے اشارہ کیا۔ صابر نے دوسری پلیٹ اٹھالی۔ اسے یہ سب کچھ عجیب لگ رہا تھا۔ نوکر مرد نہیں ہوتا، بیگمیں ٹانگیں پھیلائے لیٹی رہتی ہیں۔ کتوں کی طرح نوکر کے برتن الگ ہوتے ہیں۔

"بیگم نے تیرے ذمے کون کون سے کام لگائے ہیں؟" خانساماں نے سالن نکالتے ہوئے پوچھا۔

"رات کو جوتوں پر پالش کرنا، بھینس کی خدمت، کھانے کے کمرے میں صفائی اور سودا لانا۔"

"سودا؟" خانساماں کی مونچھیں ایک دم کھڑی ہو گئیں، "کیسا سودا؟ ابھی آیا اور ابھی سودا لائے گا؟ میری باری ختم نہیں ہوئی اور تو سودا لائے گا؟ ابے کیا گھانس کھالیا ہے؟ مجھے جانتا نہیں؟"

"میرا کیا قصور؟" وہ بڑی مسکینی سے بولا، "بیگم نے کہا ہے کہ میں کل سے سودا بھی لاؤں گا۔"

"میرا کیا قصور۔۔۔" خانساماں نے اس کی نقل کی، "یاد رکھیو میرا نام دلاور ہے۔ بڑا خراب آدمی ہوں۔" اس نے دو موٹی موٹی روٹیاں اور سالن کی پلیٹ اس طرح آگے بڑھائی جیسے کھینچ کر مار رہا ہو۔ صابر کی آنکھوں میں آنسو آ گئے۔

"خانساماں جی مجھ سے کیوں ناراض ہوتے ہو۔"

"دیکھو کیسا شریف نظر آرہا ہے جیسے کچھ جانتا ہی نہیں۔" آنسو دیکھ کر خانساماں کو اور بھی غصہ آگیا۔

"رہنے بھی دے دلاور، نیا نیا ہے، ابھی اس کو کیا پتہ، پھر جو کچھ تو کہے گا وہی کرے گا۔"

"ہاں ہاں بڑا معصوم ہے، اسے کیا پتہ، جب دونوں ہاتھوں سے جیبیں بھرے گا تو پھر پتہ چلے گا۔ ہتھکڑی لگوادوں گا بیٹا کے۔"

"بس کر دلاور، تیرے کہے پر نہ چلے تو پھر بات کیجیو۔" آیا بڑی مکاری سے باتیں کر رہی تھی مگر صابر کو وہ بڑی اچھی لگی۔

"خانساماں سودا تو لے آیا کرنا، میں تیرے حصے کا کام کر دوں گا، میں تو تیرا بھائی ہوں۔"

"توبہ کر، تیری باری پر میں سودا لا سکتا ہوں؟ بیگم بڑی ویسی ہے۔ ہر طرف سونگھتی پھرتی ہے۔ دکانوں سے پچھوا لیتی ہے۔ کوئی بہانہ نہ چلے گا۔" خانساماں اب ذرا نرم پڑ گیا تھا۔

"پھر میں کیا کروں؟"

"بے شک سودا لینے جا مگر میں جو کچھ کہوں گا وہی کرنا، میری بات نہ مانی تو یاد رکھیو، میں سات سال پرانا کام کرنے والا ہوں۔ میرا کوئی کچھ نہ بگاڑ سکے گا۔ انگریزی اور اردو دونوں کھانے پکا لیتا ہوں۔ اس سے پہلے انگریزوں کی نوکری کرتا تھا۔ ہاں گڑبڑ کی تو تجھے پار لگادوں گا۔" خانساماں ایک آنکھ پچکا کر زور سے ہنسا۔ اس وقت وہ یہ بات بھول گیا تھا کہ بیگم اس کا بے تحاشہ بڑھا ہوا تن و توش دیکھ کر روٹھی رہتی تھیں۔ کئی بار جھاڑ

بھی چکی تھیں۔ اشاروں اشاروں میں تنبیہ بھی کی تھی کہ اپنی کھال کے اندر رہے اور اب جیسے ہی نیا نوکر آیا تو خانساماں کی لگام کھینچ دی۔ ارے ہاں کیا پتہ کہ کہیں ہاتھ سے نکل جائے۔ ایسا اچھا کھانا پکانے والا کہاں مل سکتا تھا۔ پھر آخر دوسرے نوکروں کو بھی تو جینا تھا۔

"دیکھ بیٹا، سودے سے جو کچھ بچے گا۔ اس میں ایک حصہ میرا بھی ہوگا۔ سمجھ گیا؟ تجھ سے پہلے جو نوکر تھا اسے میں نے یوں چٹکی بجاتے میں نے اڑایا ہے، مجھے الو بنانے لگا تھا۔" خانساماں نے مونچھ کا کونا مروڑ کر اور اونچا کر دیا۔ حصے کی بات سن کر صابر سب کچھ سمجھ گیا۔ اس نے سوچ لیا کہ وہ کوئی ایسا کام نہ کرے گا۔ کل کو بیگم نے جیل بھجوا دیا تو خانساماں حصہ بٹانے تو نہ آجائے گا۔

"خانساماں جی، میں سودے سے ایک پیسہ نہ کاٹوں گا، پندرہ روپیہ مہینے ملے گا وہی ٹھیک ہے، بے شک ماں باپ بھوکے مر جائیں۔ کہیں کوئی ایسی ویسی بات ہوگئی تو؟"

"ابے کیوں مرا جاتا ہے۔ بازار گیا تو چاند کی سیر کر آئے گا۔" خانساماں نے زور کا قہقہہ لگایا، "بس یہ بتا دینا کہ کس گھر سے آیا ہے۔ سمجھا؟" خانساماں نے بڑی شفقت سے صابر کی کمر پر ایک دھول رسید کر دی، "لے اب کھا خوب ڈٹ کر، مہینے تک سودا لایا تو ان سوکھی ہوئی ہڈیوں پر اصلی گھی کی چکنائی چڑھ جائے گی۔"

بیگم کے پکارنے کی آواز آئی تو صابر دوڑتا ہوا کمرے میں پہنچ گیا۔ "بھینس کو پانی پلا دینا اور دیکھو سب نوکروں سے کہہ دو کہ اب میں سو رہی ہوں، آیا سے کہو کہ بچوں کے کمرے میں جائے، دوپہر میں کوئی باہر نہ نکلے۔"

"بہت اچھا بی جی۔"

بھینس کو پانی پلاتے ہوئے اسے برابر رانی یاد آتی رہی۔ گوری چٹی رانی، جب سیاہ

چمکتی ہوئی بھینس کو ساتھ لے کر چرانے جاتی تو اور بھی گوری نظر آتی۔ کتنی بار اس کا جی چاہا تھا کہ اللہ اسے بھی بھینس بنا دے۔ کم از کم رانی کے ساتھ تو رہ سکے گا۔ مگر اب تو رانی نے اسے الو بنا کر یہاں بھیج دیا تھا۔

"لالچی، کتے کی اولاد۔۔۔" وہ رانی کو یاد کر کے گالیاں دیتا رہا۔ بھینس کو پانی پلانے کے بعد، خانساماں سے پوچھ کر اس نے کھاٹ اٹھائی اور لان کے ایک سرے پر گھنے درخت کے سائے میں بچھا کر لیٹ گیا۔ ایسی گرم گرم ہوا چل رہی تھی کہ جسم جھلسا جاتا۔ ذرا دیر بعد خانساماں اور مالی بھی آ گئے۔

"لے بیٹا اُٹھ جا، دنیا ہی میں جنت کے میوے کھا لے۔" خانساماں نے ایسے پیار سے اس کے سر پر ہاتھ پھیرا کہ وہ جلدی سے اٹھ بیٹھا۔ خانساماں نے بغل میں دبی ہوئی پوٹلی نکال کر کھاٹ پر رکھ دی۔ پھر بڑے فخر سے گرہ کھولی۔ پیلے پیلے پکے ہوئے بڑے بڑے آٹھ آم سامنے پڑے تھے۔ ایسے آم تو صابر نے اپنی زندگی میں کبھی نہ دیکھے تھے۔ فصل پر کبھی کبھی کوئی آم بیچنے والا ادھر اس کے گاؤں میں بھی آ نکلتا۔ ننھے آم جن میں رس برائے نام ہوتا۔

"لے کھا۔" دو آم اس نے صابر کی طرف بڑھا دیے اور دو مالی کو دے دیے اور چار آم ایسی تیزی سے چیر پھاڑ کر کھا گیا کہ صابر منہ تکتا رہ گیا۔ "ابے کھا تو منہ کیوں تک رہا ہے؟ یہاں ان چیزوں کی کمی نہیں۔ اتنی ہوتی ہیں کہ آدمی کھائے نہ تھکے۔ ہمارے صاحب کسی سے اور کچھ نہیں لیتے۔ بڑے ایماندار مشہور ہیں۔ اب اگر کوئی پھل فروٹ کے ٹوکرے لے آئے تو ہاتھ بھی نہیں پکڑ لیتے۔ باپ دادا کی طرف سے بیس پچیس مربعے ملے ہیں، کس چیز کی کمی ہے جو بے ایمانی کریں؟"

"بیگم سے پوچھ کر لائے ہو خانساماں؟" صابر نے پوچھا۔ اسے تو قدم قدم پر جیل

نظر آ رہی تھی۔ کہیں خانساماں اسے بھی نہ لے ڈوبے۔

"ابے الو کی کان، میں یہاں تیرے باپ کے سمان ہوں، جو کہوں وہ کر، پوچھ کر بھی کچھ ملا ہے۔ بیگم ہاتھ اٹھا کر کسی کو کچھ نہیں دیتی۔ ہم لوگ اپنا حصہ خود لیتے ہیں۔ بیگم کو پتہ بھی نہیں چلتا۔ حساب کر کر کے مر جائے جب بھی اسے پتہ نہ چلے۔ یہاں ایسی چیزیں بے حساب آتی ہیں۔ تو خواہ مخواہ ڈرا جاتا ہے۔"

"نیا ہے نا، تھوڑے دن میں ٹھیک ہو جائے گا۔" مالی نے اپنے آم رومال میں باندھ لیے اور باہر سے پھاٹک بھیڑ کر چلا گیا۔ ڈر کے باوجود چوری کے آم بڑے میٹھے تھے۔ خانساماں اگر اپنے آم منٹوں میں چٹ نہ کر جاتا تو شاید اس سے ایک آم کی فرمائش اور کر دیتا۔

دوسرے دن بیگم نے اسے دس کا نوٹ پکڑا دیا، "ایک مرغی، آدھا سیر بکری کا گوشت، آدھا سیر ٹماٹر، دو کھیرے، آدھا سیر پیاز۔ نوکروں کے لیے آدھا سیر گائے کا گوشت۔"

"بس بی بی جی؟"

"ہاں بس، خانساماں کو میرے پاس بھیجو اور تم مالی کے ساتھ بازار ہو آؤ۔"

خانساماں کو بیگم کے پاس بھیج کر صابر مالی کے ساتھ بازار چلا گیا۔ کوئی بہت بڑا بازار تو تھا نہیں، تھوڑی دیر میں ساری دکانیں دیکھ لیں۔ مالی نے چائے والی کی دکان سے باسی پیسٹری کھائیں اور چائے کی پیالی پی کر چلتا بنا مگر صابر اپنی آؤ بھگت دیکھ کر چکرایا جا رہا تھا۔ ہر سودے کے دام آدھے سے بھی کم تھے۔ سبزی والے نے دام لینے سے بالکل ہی انکار کر دیا۔ سب اس کے سامنے یوں بچھے جاتے جیسے وہ کہیں کا حاکم ہو۔ اسے اپنی اہمیت کا اس قدر سخت احساس ہو رہا تھا کہ پاؤں زمین پر نہ پڑ رہے تھے۔ اس کے تو چھوٹے بھائی نے

بھی کبھی اس کی عزت نہ کی تھی۔ گاؤں والے الگ تو تکار پر اترے رہتے۔ باپ بھی صبح ہوتے ہی اسے کسی نہ کسی بات پر ایک آدھ گالی ضرور ٹکا دیتا۔

قصائی مدارات میں سب سے آگے بڑھ گیا۔ اس نے اپنی پسندیدہ دکان سے صابر کے لیے چائے منگوائی۔ جس دکان سے مالی نے چائے پی تھی، اس کی برائی کی، پھر دبی دبی زبان سے یہ بھی بتایا کہ مالی اور خانساماں اسی دکان سے چائے پیتے ہیں، اس کے آڑے وقت کام آتے ہیں۔ اس کے دوست کی دکان کا رخ نہیں کرتے۔ بڑے چالاک ہیں دونوں۔ اس کا دشمن چائے والا ایسا بدذات ہے کہ ٹھاٹ سے لکڑیاں جلاتا ہے۔ دھویں کے مارے سب کی آنکھیں پھوٹتی ہیں۔ پھر ایسی گندی چائے بناتا ہے، کیا مقابلہ کرے گا میرے یار کی چائے سے۔ تم کو وہاں کا حلوہ پوری کھلاؤں گا۔ بڑی مشہور ہے۔ خانساماں نے دس بار کہا کہ اس کم بخت کو بیگم صاحب کی طرف سے دھمکی دے دو مگر کون سنتا ہے۔

قصائی کے اخلاق میں کچھ ایسی چھری جیسی تیزی تھی کہ صابر اس کی ہر بات مانتا گیا اور گھر واپس جاتے جاتے چائے والے کو لکڑی جلانے سے منع کرنے پہنچ گیا۔ مالی نے اس سے صابر کو ملوایا نہ تھا، اس لیے وہ ایک دم بپھر گیا لیکن جیسے ہی صابر نے افسر کے گھر اور بیگم کی دھونس جمائی تو "سم سم کھل جا" کا اثر ہوا۔ چائے والا خوشامدوں پر اتر آیا۔

"ارے میرے بھائی! یہاں تو خانساماں، مالی اور تجھ سے پہلے جتنے نوکر آئے سب چائے پیتے تھے۔ پہلے کبھی بیگم صاحب نے ایسا حکم نہ دیا۔ یہ سب قصائی کی شرارت ہے۔ غریب بندہ ہوں۔ لکڑی تو مفت میں کاٹ لاتا تھا۔ اب کوئلہ خریدنا پڑے گا۔ تمہاری ہر طرح خدمت کروں گا۔"

"کچھ دن کوئلہ جلاؤ، پھر لکڑی جلانے کی اجازت دلوادوں گا۔" صابر نے بڑے

غرور سے کہا مگر دل میں خانساماں سے ڈر رہا تھا۔ اسے پتہ چلا تو ناراض نہ ہو۔ سودا لے کر کوٹھی پہنچا تو خانساماں اس کا انتظار ہی کر رہا تھا۔ اسے دیکھتے ہی آنکھ ماری۔ صابر اس مری ہوئی آنکھ کا مطلب تو سمجھ گیا مگر وہ ایمانداری سے بیگم کو حساب دینے کے لیے جا رہا تھا۔ خانساماں نے طیش میں آکر اسے پیڑھی پر دھکا دے کر بٹھا دیا۔

"ابے الو کی کان۔ یہاں ایسی ایمانداری نہیں چلے گی۔ بیگم کو پتہ چلا کہ تو ان کے نام پر سستا سودا لاتا ہے تو سر توڑ دیں گی، جیل پہنچا دیں گی۔ نکال جیب سے کتنا بچا لایا ہے۔" صابر نے ڈر کر جیب سے پانچ روپے نکال دیے۔

"بس اتنا بچا ہے۔"

"پانچ روپے؟ بس ٹھیک ہے۔ بیگم کو بتا دیجیو، مرغی ساڑھے پانچ روپے کی، گوشت ڈھائی روپے کا، سبزی ایک روپے کی، گائے کا گوشت آٹھ آنے کا۔ بیگم کی اٹھنی بچی۔ ڈیڑھ روپیہ میرا تین روپے تیرے۔ اپنے ڈیڑھ روپے سے چونی آیا کو دے دوں گا۔ بیچاری بیوہ ہے۔ اسے دینا ثواب کا کام ہے۔ پان تمباکو کھا لیا کرتی ہے۔" صابر تین روپے جیب میں ڈال کر بیٹھا تو حساب لگانے لگا کہ مہینے میں کتنے روپے بنیں گے۔ نوے روپے کے خیال ہی سے اس کا دل زور زور سے دھڑکنے لگا۔ اس کے ساتھ بیگم کے خوف کی تلوار زور زور سے گردن پر وار کرنے لگی۔

خانساماں نے اسے یوں ڈرا سہا، چپ چاپ بیٹھے دیکھا تو سر پر پیار سے ہاتھ پھیرنے لگا، "ابے تو کیوں ڈرتا ہے۔ میرے ہوتے تجھے کس بات کی فکر۔ لے ایک گلاس دودھ پی لے، آخر تو بھینس کی رکھوالی بھی تو کرتا ہی ہے۔" خانساماں نے پتیلی سے گرم گرم دودھ انڈیل کر گلاس اس کے ہاتھ میں تھما دیا۔ "بس ایک بات کا خیال رکھیو بیگم کو کسی بات کی خبر نہ لگے اور میرے حصے کی بات تو اسے کبھی نہ معلوم ہو۔ گھر کی بات باہر بھی نہ

کیجیوہاں۔" صابر دودھ پیتے ہوئے ہر بات پر اچھا اچھا کرتا رہا۔ خانساماں کے تسلی دینے سے اس کی ڈھارس بندھ گئی تھی۔ خانساماں بھی تو سستا سودا لاتا ہے۔ بیگم کو اس بات کی خبر نہیں تو پھر وہ ناحق ڈرا جاتا ہے۔

کچھ دن تو ڈرتے ڈرتے گزرے پھر ہمت بڑھ گی۔ سودا لاتے مہینہ گزرا تو صابر سو روپے کما چکا تھا۔ اس نے تو کبھی خواب میں نہ سوچا تھا کہ وہ سو روپیہ مہینہ کما سکے گا۔ اس کے جسم میں جیسے بجلیاں سی مچلنے لگی تھیں۔ یوں دوڑ دوڑ کر کام کرتا، بیگم کے منہ سے بھی تعریف نکل ہی جاتی۔ کبھی کبھی اسے دیکھ کر لاڈ سے مسکرا بھی دیتیں۔ اس وقت صابر مارے غرور کے چاند پر ہو بھی آتا۔ لیکن خانساماں کم بخت سے کد بڑھتا جارہا تھا۔ مفت میں اس کے حصے کا ڈیڑھ روپیہ روز ہضم کر جاتا۔ دکاندار اس سے بیزار تھے۔ انہوں نے صابر کو بتایا تھا کہ کبھی کبھی خانساماں قرض سودا لے جاتا ہے اور پھر پلٹ کر ایک آنہ نہیں دیتا۔ سخت اتنا کہ ذرا تڑپڑ کرو تو جان کو آجاتا ہے۔ بس اتنی اچھائی ہے کہ ہر ایک کے برے وقت میں کام آتا ہے۔ کیسا ہی کام ہو منٹوں میں کرا دیتا ہے۔

صابر سے سب خوش تھے۔ نہ تو اس نے کبھی قرض سودا لے کر پورے دام ڈب میں کیے اور نہ کبھی کسی پر سختی کی۔ آدھے پونے دام ضرور دے کر ہی آتا۔ چائے والے کو لکڑی جلانے سے منع کرنے پر قصائی ایسا خوش ہوا تھا کہ اس نے صابر کے لیے لیڈی ہملٹن کی ایک قمیض بنوا دی تھی۔ خانساماں کو قمیض کی ہوا بھی نہ لگنے دی۔ چھپا کر لایا اور بکس میں بند کر دی۔ اس نے سوچا تھا کہ یہ قمیض شادی میں پہنے گا۔ رانی نے کیسی دانائی کی جو اسے یہاں بھجوا دیا تھا۔ اب تو اس نے رانی کے نام کی ساری گالیاں واپس لے لی تھیں۔

سو روپے گھر منی آرڈر کرنے کے بعد صابر نے دھیرے دھیرے خانساماں کی طرف سے ہاتھ کھینچنا شروع کر دیا، "آج تو صرف چار روپے بچے ہیں تو ایک روپیہ لے لے۔"

خانساماں نے پہلے تو اسے بے تحاشا گھورا پھر ایک دم بھڑک گیا، "ابے الو کی کان ہم سے اونچا اڑتا ہے؟"

"میں کیا کروں، دکان والے زیادہ سستا سودا نہیں دیتے۔" صابر ڈھٹائی سے آنکھوں میں آنکھیں ڈال کر جواب دیتا۔ اب اسے یقین ہو گیا تھا کہ خانساماں بیگم سے شکایت نہیں کر سکتا۔ شیشے کے گھر میں بیٹھ کر کون پتھر مار سکتا ہے۔ خانساماں نے دانت کٹکٹا کر روپیہ ہی جیب میں ڈال لیا۔ "دیکھوں گا تجھے بیٹا۔" وہ دھمکاتا تو صابر کو دل ہی دل میں ہنسی آتی۔ "میں تو سچ کہتا ہوں، تو یوں ہی غصہ کرتا ہے۔ دکاندار اب دھونس میں نہیں آتے۔ تم سے تو ڈرتے ہیں۔"

"جب میں سودا لاؤں گا تو پھر تیرا سارا جھوٹ کھل جائے گا۔ دکاندار دھونس میں نہیں آتے۔ ہنھ، سارے کے سارے بندھ جائیں گے جو ہم سے اونچے اڑیں۔ سمجھ گیا۔ سب بے ایمان ہیں سالے۔"

"ہوں گے، مجھے کیا۔" صابر اور بھی معصوم بنتا تو خانساماں کو چپ ہونے کے سوا کچھ نظر نہ آتا۔ انتقاماً سب سے برا کھانا دیتا۔ سالن میں کچا پانی انڈیل دیتا۔ روٹیاں ایسی کچی کہ کھا کر بدہضمی ہو جائے یا پھر ہیضہ ہو جائے یا پھر مر جائے۔ صابر نہ مرا نہ بیمار پڑا۔ وہ تو کنکر، پتھر بھی ہضم کر جاتا ان دنوں۔ آج کل تو ایف، اے۔ بی، اے روزگار کی تلاش میں دھکے کھاتے پھرتے ہیں، وہ جاہل ہو کر سو روپیہ مہینہ کما رہا تھا۔ ادھر بیگم اس سے اتنی خوش تھیں کہ خانساماں اسے کھلے خزانے نقصان بھی نہ پہنچا سکتا تھا۔ کڑھ کڑھ کر وقت گزار رہا تھا اور صابر اسے کڑھا کر اپنی ہوشیاری پر نازاں تھا۔

بیگم صابر سے زیادہ خوش ہوئیں تو انہوں نے اسٹور کی چابی اس کے سپرد کر دی۔ اب وہ کم بخت ناپ تول کر گھی، چاول، سویاں، وغیرہ نکالا کرتا۔ پہلے یہ کام آیا کرتی تھی

اور گھی نکالتے وقت خانساماں کی خستہ روٹیوں کا لحاظ رکھتی تھی۔ اب سوکھی روٹی کھاتے ہوئے وہ صابر کو دل سے بد دعائیں دیتا۔

مرغی والا مری ہوئی مرغی ذبح کرکے بیچنے کے جرم میں پکڑا گیا۔ مرغی والے کو چھڑانا صابر کے حد اختیار سے باہر تھا۔ موقعہ تاک کر اس نے ڈرتے ڈرتے بیگم سے ذکر کر دیا اور گواہی بھی دے دی کہ وہ مرغی زندہ تھی۔ یوں ہی آنکھ موند کر پڑ گئی تھی۔ اس کے سامنے ذبح کی گئی تھی۔ لوگوں نے یوں ہی شور مچادیا۔ بیگم نے سب سن کر غور سے صابر کی طرف دیکھا تو اس کی جان سن سے ہو گئی۔ پھر وہ ایک دم کھکھلا کر ہنس پڑی، "اب تو بڑا ہوشیار ہو گیا ہے۔ جھوٹ بھی بولنے لگا ہے۔"

"قسم لے لیجیے بی بی جی جو میں جھوٹ بول رہا ہوں۔" صابر کی جان میں جان آئی تو وہ ہمک کر بولا، "میں نے اپنی آنکھوں سے دیکھا تھا۔ غریب بال بچوں والا ہے۔"

"اچھا اب باتیں نہ بنا۔ میں کہلا دوں گی مگر اپنے مرغی والے کو سمجھا دیجیو کہ اب ایسی حرکت نہ کرے۔ غضب خدا کا مسلمانوں کو حرام گوشت کھلاتا ہے۔"

صابر کا مارے خوشی کے برا حال ہو گیا۔ اس نے خانساماں کو سارا قصہ سنا کر دھونس جمانا چاہی تو وہ زور زور سے قہقہے لگانے لگا، "بیٹا اس سات سال میں بیگم سے سات ہزار کام کرا چکا ہوں تو ایک کام لے کر اتھلا ہو رہا ہے۔ تو اپنے کو سمجھتا کیا ہے۔ خواہ مخواہ زیادہ سر نہ چڑھ، اتار کے پھینک دوں گا۔"

وہ تو دیکھا جائے گا۔ صابر نے دل ہی دل میں سوچا۔

مرغی والے کی پکڑ دھکڑ سے جان بچی تو اس نے صابر سے پندرہ دن تک مرغی کا ایک پیسہ نہ لیا۔ اس نے کئی بار کہا بھی کہ کیوں اپنا نقصان کرتا ہے مگر مرغی والے نے ایک بات نہ سنی۔ صابر نے پندرہ دن کے اندر ہی اندر ساٹھ روپے کا منی آرڈر گھر

بجھوا دیا۔ قصائی سے خط بھی لکھوا دیا کہ رانی کا رشتہ مانگ لو۔ اگر نہ مانیں تو ان سے کہو کہ گاؤں میں رہنا مشکل کر دوں گا۔

خانساماں مرغی والے کی رہائی کا مطلب خوب سمجھتا تھا۔ وہ روز صابر سے لڑتا کہ اس کا بھی حصہ لگائے مگر صابر ایسا معصوم بن جاتا جیسے کچھ جانتا ہی نہیں۔ تھک ہار کر خانساماں خوشامد پر اتر آیا، "دیکھ صابر بال بچوں والا ہوں، اب تجھے کیا بتاؤں، زبان سے نہیں نکال سکتا۔ دو بیویاں ہیں، نو بچے۔ جانے کم بخت وہ عیسنی کہاں سے آگئی تھی میرے گلے پڑنے۔ جوانی کا نشہ تھا جو اس سے بھی نکاح کر بیٹھا۔ روپے روز میں کیا گزارا ہو گا۔ تجھ سے پہلے جو نوکر آئے، وہ سب آدھا آدھا کرتے تھے۔"

"وہ کوئی اور الو کی کان ہوں گے دلاور، میرا نام صابر ہے۔" وہ دل ہی دل میں سوچ کر خوش ہوتا۔ اب کیسی خوشامد پر اتر آیا ہے۔ کیسا جھوٹا ہے۔ پکا مکان بنوالیا ہو گا۔ سات سال سے کام کر رہا ہے۔ "کیا کروں خانساماں، دکاندار اب پہلے جیسا نہیں رہا۔" صابر بڑی معصومیت سے خانساماں کو یقین دلاتا۔ ایسی شکست تو خانساماں کو کبھی بھی نہ ہوئی تھی۔ آیا، مالی اور دوسرے کام کرنے والے سبھی اس کے حکم پر ناچتے تھے۔ اب کل کے چھوکرے نے اسے نچامارا ہے۔ بیگم کے ڈر سے کچھ نہ کر پاتا۔ مارے غم کے اٹواٹی کھٹوالی لے کر پڑ گیا۔ اس نے سوچا، ذرا بیگم کو پتہ بھی تو چلے۔ دو چار دن کھانا نہ ملا تو طبیعت صاف ہو جائے گی۔ پکوائیں اپنے صابر سے۔

صابر ایسا چالاک کہ خانساماں کے لیٹتے ہی فٹافٹ کھانا پکانے لگا۔ خانساماں کو پکاتے دیکھ کر تھوڑا بہت سیکھ گیا تھا۔ پھر بھی وہ بات کہاں، اس کے باوجود بیگم نے دو چار لقمے کھا کر تعریف کر دی۔

"اگر خانساماں مر جائے تو تو اچھا پکا لے گا۔" بیگم نے ہنس کر کہا اور صابر نے

ممنونیت سے دانت نکال دیے۔ اسے احساس تھا کہ بیگم سے کھایا نہیں گیا۔ آٹھ دس دن خانساماں یوں ہی پڑا رہے تو اس سے زیادہ اچھا نہ پکا لے تو جب کی بات۔ شام کو بیگم صاحبہ نے خانساماں کو اپنے کمرے میں طلب کیا اور جب وہ آیا تو رنگ پیلا ہونے کے باوجود مرض دور ہو گیا تھا۔ کھاٹ کھڑی کر کے جی جان سے مرغی پکانے لگا۔ دوسرے دن اس نے صابر سے روپیہ بھی نہ مانگا اور بڑے پیار سے بولا تو صابر کی مارے حیرت کے بری حالت ہو گئی۔ صابر نے روپیہ دیا تو غصہ سے ڈانٹنے لگا، "ابے رکھ اپنے پاس، اتنا بھی خیال نہیں کہ تیری منگنی ہو چکی ہے۔ شادی کے لیے جمع کراؤ۔ ضرورت پڑے تو مجھ سے لے لیجیو، تو کوئی غیر ہے۔"

صابر نے زبردستی روپیہ اس کی جیب میں ڈال دیا۔ اس دن سے لڑائی جھگڑا ختم ہو گیا۔ خانساماں اس سے اپنی اولاد کی طرح سلوک کرتا۔ ایک دن خانساماں نے اسے مشورہ دیا کہ بیگم خوش ہیں تو لگے ہاتھوں تنخواہ بڑھوا لے۔ دلاور کو تو تنخواہ کا کبھی خیال ہی نہ آیا تھا۔ نہ اس نے تنخواہ مانگی۔

"یار میں تو نہ کہوں گا، کیا رکھا ہے تنخواہ میں؟"

"واہ کیوں نہیں رکھا ہے، مجھ سے تو بیگم صاحبہ جب بھی خوش ہوتی تھیں دو تین روپے بڑھوا لیتا تھا۔ بیس روپے مہینہ تو کرا ہی لے، پانچ مہینے کے پکے سو بن جایا کریں گے۔ تو تو بچہ ہے۔ تجھے ابھی پیسے کی پروا نہیں ہوتی، مجھے تو تیری فکر کھائے لیتی ہے۔" سو روپے کی بات سمجھ میں آنے والی تھی۔ اس نے سوچا کہ ضرور کہہ دے گا۔ شادی میں جاتے جاتے ڈیڑھ سو تو بن جائیں گے۔ برادری کو کھلانے کے لیے دام نکل آئیں گے۔ زردے کی دیگیں چڑھوائے گا۔

رات کو صابر کھانا کھلا رہا تھا اور موقعہ کی تلاش میں تھا کہ بیگم نے خود ہی ایسی بات

چھیڑ دی، "آیا کہتی تھی تیری منگنی ہو گئی ہے؟"

"جی بی بی جی۔۔۔" صابر نے نظریں جھکا دیں، "عید کی دس تاریخ کو شادی ہو گی۔"

"پھر تو تو بڑا خوش ہو گا۔۔۔" انہوں نے صابر کی طرف ترچھی نظروں سے دیکھا، "چھٹی آٹھ دن سے زیادہ کی نہ ملے گی۔"

"اسے بھی لے آؤں گا، آپ کی خدمت کرے گی۔ تنخواہ تھوڑی ہے بی بی جی، شادی کے بعد گزارہ کیسے ہو گا۔"

"ہوں!" بیگم نے ایسی لمبی کرخت ہوں کی کہ صابر کا گلا تک خشک ہو گیا۔ "تنخواہ کم ہے، گزارہ کیسے ہو گا۔" انہوں نے صابر کو کھا جانے والی نظروں سے اس طرح گھورا کہ سارا جسم زیر وزبر ہو کر رہ گیا۔ "وہ کرسی چھوڑ کر اپنے کمرے میں چلی گئیں۔

برتن اٹھائے جب وہ باورچی خانے میں پہنچا تو خانساماں چہرہ دیکھتے ہی تاڑ گیا، "کہہ آیا تنخواہ کے لیے، کتنے روپے بڑھائے؟" صابر کا بس چلتا تو خانساماں کی بوٹیاں نوچ ڈالتا، "ابھی میں نے بات نہیں کی۔" وہ صاف جھوٹ بول گیا۔ بھلا وہ کیوں بتاتا کہ اس کی کیا گت بنی۔ دل ہی دل میں دعائیں کر رہا تھا کہ بیگم زیادہ ناراض نہ ہو۔ اس کی اور اس کے باپ دادا کی توبہ جو اَب کبھی تنخواہ بڑھانے کی بات کرے۔ وہ تو چھٹیوں سے پہلے کی تنخواہ بھی نہ مانگے گا، چاہے اس کی اماں زیادہ روپوں کی فرمائش کر کر کے مر جائے۔ خانساماں اس کے صاف جھوٹ کو تاڑ گیا، "تو بات کرے یا نہ کرے، میں پینتیس روپے پر آیا تھا، بڑھوا بڑھوا کر ساٹھ روپے کر لیے۔"

"کر لیے ہوں گے، مجھے تو کہتے شرم آتی ہے۔ وہ مالک ہیں، جب دل چاہے گا تو خود ہی تنخواہ بڑھا دیں گی۔" صابر نے ایسی ہماہمی سے کہا کہ خانساماں بھی چکمے میں آ گیا۔

"مت کر بات، میرا کیا بگڑتا ہے تیری فکر ہوتی ہے تو کہہ دیتا ہوں۔ اپنی مرضی کا

مالک ہے تُو تو۔"

دوسرے دن بیگم نے سودے پر خانساماں کی ڈیوٹی لگا دی۔ مہینہ ختم ہونے میں ہفتہ باقی تھا۔ صابر کلیجہ تھام کر رہ گیا۔ بیگم کی ناراضگی آخر رنگ لا کر رہی۔ خانساماں بے حد خوش تھا۔ بازار جاتے جاتے صابر کا کلیجہ نوچ گیا، "بیٹا تو نے اچھا ہی کیا جو تنخواہ بڑھانے کی بات نہیں کی۔ ٹھیک ہے نا؟" صابر نے کوئی جواب نہ دیا۔ جھاڑن اٹھا کر کمرہ صاف کرنے چلا گیا، "کوئی بات نہیں اسے خدمت کرنی آتی ہے۔ بیگم کو راضی کر لے گا۔"

خانساماں سودا لے کر آیا تو صابر نے ڈیڑھ روپے کا مطالبہ کر دیا۔ وہ بھی تو بیس پچیس دن ڈیڑھ روپیہ روز دیتا تھا۔ صابر کے مطالبے پر خانساماں کی آنکھیں پھٹی کی پھٹی رہ گئیں، "ابے مجھ سے مانگتا ہے۔ اب تک تیرے جیسے بہت آئے، سب نے حصہ دیا ہے، لیا کسی نے نہیں۔"

"وہ کوئی اور ہوں گے جو تیری خوشامد کرتے ہوں گے۔" صابر بھی اکڑ گیا۔

"بیگم سے شکایت کر دی تو اندر کرا دیں گی، میرے سر نہ چڑھ۔" خانساماں نے مونچھیں اچکائیں۔

"چل چار چھ آنے تو بھی دے دیا کر دلاور، کیوں جھگڑتا ہے، بیگم کو پتہ چلا تو غریب کو نکال دیں گی۔ تجھے پتہ ہے وہ لڑائی جھگڑا پسند نہیں کرتیں۔" آپا نے بڑی مکاری سے صلح کرانی چاہی۔

"میں لڑ رہا ہوں کہ یہ خواہ مخواہ فساد کرتا ہے۔" خانساماں اور بھی بپھرا، "میں تو یہی چاہتا ہوں کہ بیگم تک بات نہ پہنچے۔"

"جا جا، بیگم سے سو بار کہہ دے۔ نوکری جائے گی تو سب کی جائے گی۔ میں انہیں بتا دوں گا کہ اس نے مجھے یہ کام سکھایا تھا اور پھر حصہ لگاتا تھا۔ مفت کے روپے تجھے ہضم نہ

ہونے دوں گا۔"

وہ بھی جانتا تھا کہ بیگم کے پاس شکایت لے کر کوئی نہ جا سکے گا۔ خانساماں ایک دم زچ ہو گیا۔ صابر تو ٹیڑھی کھیر تھا۔ ذرا رعب نہ پڑا۔ اسے تو اس خیال ہی سے خوف آتا کہ بیگم کو حصے بخرے والی بات معلوم ہو۔ وہ تو ایسی اصول کی پکی کہ ذرا سی گڑبڑ برداشت نہ کرے۔

"بس بیٹا۔ تیرا سارا پتہ چل گیا۔ میں تو تجھے آزما رہا تھا کہ دیکھیں، مجھے باپ سمجھتا بھی ہے کہ نہیں۔ یہ لے ڈیڑھ روپیہ اور بھی جتنے روپوں کی ضرورت ہو لے لے، تیری شادی پر میری پائی پائی کام آ جائے تو میں خوش ہوں گا۔" صابر نے کچھ نہ کہا مگر ڈیڑھ روپیہ جیب میں ڈال لیا۔ ایسی کچی گولیاں نہیں کھیلے ہوئے تھا کہ باتوں میں آکر واپس کر دیتا۔

بیگم نے کئی ہفتے صابر سے بات بھی نہ کی۔ آخر بیگم کو چپ توڑنا پڑی۔ ایسی محنت سے کام کرتا کہ ان کا دل بھی پسیج ہی گیا۔ آہستہ آہستہ وہ پھر خوش ہو گئیں مگر جیسے ہی خانساماں کی باری ختم ہوئی تو ہفتے کے لیے مالی کی ڈیوٹی لگ گئی۔ مالی کو دوسرے تیسرے مہینے صرف ہفتے کی ڈیوٹی ملتی۔ ویسے بھی وہ رات دن کام کرنے والا نہ تھا۔ دو چار گھنٹے باغیچے کو سنوارتا اور پھر دوسری کوٹھیوں میں چلا جاتا۔ اب صابر بے چینی سے اپنی باری کا انتظار کر رہا تھا۔ مالی سے تو لین دین بھی نہ تھا۔ پورا ہفتہ سوکھا ہی گزر گیا۔ شادی کے دن قریب آ رہے تھے۔ ماں ہر خط میں بڑی فراخ دلی سے چیزوں کی فرمائش کرتی رہتی، وہ بھی بس یہ سمجھ رہی تھی کہ بیٹا ہنڈی پر بیٹھا ہے۔

ہفتہ ختم ہوا تو سودے پر صابر کی ڈیوٹی لگا دی گئی مگر بیگم کا دل ابھی اس کی طرف سے شاید پوری طرح صاف نہ ہوا تھا۔ پہلے ہی کہہ دیا کہ ایک مہینے تک تو سودا لائے گا۔

دوسرے مہینے خانساماں۔ اس نے سوچا چلو یہ بھی ٹھیک ہے۔ راضی تو ہوئیں۔ اس مہینے رانی کے سب کپڑے بنوالے گا۔ سنار کا کام کرانے کے بدلے میں اسے ایک ننھا سا سونے کا ٹیکہ اور پیروں کے لیے چاندی کی پائل مل گئی تھی۔ ان چیزوں کو اس نے ایسے خاموشی سے چھپا رکھا تھا کہ کسی کو ہوا تک نہ لگنے دی۔

دکانداروں نے اس بار صابر کا بڑی گرم جوشی سے استقبال کیا۔ خانساماں کی ہزار شکایتیں کیں۔ صابر نے بھی ان کے ساتھ مل کر اچھی طرح دل کی بھڑاس نکالی۔ انہیں بھڑکایا بھی کہ اب وہ حرام زادہ آئے تو مفت میں نہ کھلاؤ پلاؤ۔ اس کی فوں فاں سے مت ڈرو۔ اس بار صابر نے خانساماں کو حصہ دینے سے صاف انکار کر دیا۔ خانساماں نے بہت سمجھایا، خوشامدیں کیں مگر صابر کا دل نہ پسیجا۔ بس آیا کو دونی دے دیا کرتا۔ وہ بھی خانساماں کی آنکھ بچا کر لیا کرتی۔ صابر جب سودا لاتا تو خانساماں اسے حیرت سے دیکھتا، "کتنا کما لایا ہے ماں کے لال؟"

"بس یہی پانچ چھ روپے ہوں گے۔" اسے جلانے کے لیے صابر چار کے چھ کر دیا کرتا۔ خانساماں کو اس کی ذات سے نفرت ہو جاتی۔ منہ پھیر کر سودا اٹھا لیتا اور دل ہی دل میں صابر کو گھنی گھنی گالیاں دیتا۔ یہ کم بخت تو اس کے لیے عذاب بن گیا تھا۔ کبھی ایسا بھی ہوا تھا کہ خانساماں ہو کر وہ صرف ایک مہینے سودا لائے۔ اس کا بس چلتا تو اسے کہیں جیتا جیتا گاڑ آتا۔ کیسے بدذات آدمی سے پالا پڑ گیا تھا۔ کچھ کرتے نہ بن پڑتی۔

رمضان کے مہینے میں خانساماں کی ڈیوٹی لگ گئی تھی۔ صابر اس بار بہت للچایا۔ رمضان کے مہینے میں سودا بھی بہت آتا اور روپے بھی دس کے بارہ ہو گئے تھے مگر اب تو اس کی باری بھی نہیں آنی تھی۔ جو کمانا تھا سو کما لیا۔ عید کی چار تاریخ کو چھٹی پر جانا تھا۔ اس نے سوچ لیا تھا کہ چار پانچ دن سے زیادہ گاؤں نہ ٹھہرے گا۔ کہیں ایسا نہ ہو کہ

خانساماں اس کے خلاف بیگم کو بھڑکائے۔ اسے تو اس کی صورت سے ایسی نفرت ہوئی تھی کہ دیکھ کر جوڑی چڑھتی مگر خانساماں جانے کس ہڈی کا بنا ہوا تھا۔ رمضان شروع ہوتے ہی صابر سے بولنے چالنے لگا۔ رات کو اسے ایک گلاس دودھ بھی دے دیا کرتا، "لے پی لے نہیں تو سارا دن پیاس لگے گی۔"

صابر چپکے سے گلاس غٹار لیتا۔ اب تو وہ خود بھی اس سے لڑنا نہ چاہتا تھا۔ وہ چھٹی پر جا رہا ہے۔ کیا فائدہ کہ پیٹھ پیچھے اس کا برا چاہے، اس وقت تو بنا کر رکھنی چاہیے۔ جب چھٹی سے واپس آئے گا تو پھر ساری کسر نکال لے گا۔

چار تاریخ کو صابر کی ایک ہفتے کی چھٹی منظور ہوگئی۔ سامان باندھ کر تیار ہونے لگا تو خانساماں منہ بسورنے لگا اور پھر آنکھوں پر انگوچھا رکھ کر رونے لگا، "تیرے بغیر جی نہ لگے گا بیٹا۔ جلدی آئیو۔" صابر اپنے سلوک پر شرمندہ ہوگیا اور خانساماں کی محبت پر جی جان سے ایمان لے آیا، "بس چار دن میں آجاؤں گا خانساماں، میرا کہا سنا معاف کرنا، اب ہمیشہ تیری خدمت کروں گا۔" صابر بھی رنجیدہ ہوگیا۔

"تنخواہ لے لی؟" خانساماں نے آنسو پونچھ کر پوچھا۔ اگر زیادہ روپوں کی ضرورت ہو تو کچھ مجھ سے بھی لے لے۔ خوب دھوم سے شادی کیجیو۔"

"ابھی تو نہیں مانگی، جاتے وقت بیگم آپ ہی دے دیں گی۔ مجھے مانگتے ہوئے برا لگتا ہے۔"

"لے تو بھی حد کرتا ہے، بڑے آدمیوں کو ایسی باتیں کہاں یاد رہتی ہیں۔ چلتے وقت یاد دلا دیجیو۔ اور دیکھ جلدی آجائیو، میں اکیلے میں گھبراؤں گا۔"

دوپہر کو جب وہ جانے لگا تو بیگم کو سلام کرنے گیا۔ اور پھر نظریں جھکا کر کھڑا ہوگیا۔ "جاؤ ہفتے کے بعد ضرور آجانا۔"

"اس سے بھی پہلے آجاؤں گا بی بی جی۔"

"ٹھیک ہے۔" بیگم نے خوش ہو کر کہا، "اب جاؤ ٹھاٹ سے شادی کرو۔" بیگم نے ہنس کر اسے دیکھا۔ "اور بی بی جی تنخواہ۔۔۔؟"

"تنخواہ۔۔۔؟" لیٹی ہوئی بیگم اس طرح بلبلا کر اٹھ گئیں جیسے بستر میں بچھو آ گیا ہو۔

"حرام زادہ۔" پھر وہ زور سے چیخیں، "خانساماں۔" خانساماں ایسی جلدی سے آ گیا جیسے کہیں پاس ہی کھڑا ہو۔ "تم نے اسے کچھ نہیں بتایا تھا؟ پہلے تنخواہ بڑھانے کی بات کی تو میں نے معاف کر دیا تھا اور اب۔۔۔" مارے غصے کے وہ سرخ بھبھوکا ہو رہی تھیں۔

"سب بتا دیا تھا، بی بی جی شریر آدمی ہے، کہتا تھا کہ محنت کرتا ہوں تو تنخواہ بھی لوں گا۔" خانساماں بڑا مسکین نظر آ رہا تھا۔

"لے جاؤ اس پاجی کو، خبردار جو اب یہاں آیا، شادی کرنے جا رہا ہے ورنہ کہیں کا کہیں بھجوا دیتی حرام خور کو۔"

خانساماں نے صابر کو شانے سے پکڑ کر کھینچا۔ اس پر تو جیسے غشی سی طاری تھی۔ آنکھوں تلے ایسا گہرا اندھیرا کہ کچھ سجھائی نہ دیتا۔ خانساماں اسے کھینچتا ہوا باہر لے گیا، "بیٹا ہم سے اڑتے تھے۔ اس نے ایک خوفناک قہقہہ لگایا۔ مل گئی تنخواہ؟ ہم نے سات سال میں کبھی تنخواہ نہیں مانگی، اب دوڑ جا سالے ہم سے بنا کر رکھتا تو سب سمجھا دیتے، اب دفع ہو۔" اس نے صابر کو باورچی خانے سے دھکا دے کر نکال دیا اور اتنے زور زور سے قہقہہ لگانے لگا کہ بھاگتے ہوئے صابر کو محسوس ہوا جیسے بہت سے بھوت اس کا پیچھا کر رہے ہوں۔ وہ تو مارے خوف کے اپنا بکس اٹھانا بھی بھول گیا تھا۔

***

۱۰

ڈیڑھ روپیہ

مہندرناتھ

جس عمارت کا میں ذکر کر رہا ہوں وہ ظاہری طور پر بڑی باوقار، سنجیدہ اور بارعب دکھائی دیتی ہے لیکن اندر سے بڑی گندی اور غلیظ ہے۔ مجھے یہاں رہتے ہوئے کافی عرصہ ہو گیا ہے اس لئے میں اس کے حدود اربعہ سے اچھی طرح واقف ہوں۔ گراؤنڈ فلور میں دن کو بھی اندھیرا رہتا ہے، یہاں سورج کبھی نہیں چڑھتا، ایسا معلوم ہوتا ہے کہ جیسے ایک مسلسل رات ہے جو دن رات چھائی رہتی ہے۔

گراؤنڈ فلور کو مختلف کمروں میں تقسیم کیا گیا ہے، کمروں کے باہر غلاظت کے ڈھیر لگے رہتے ہیں اور لوگ ان کی غلاظت کے قریب چارپائیاں بچھا کر سوتے ہیں، کوئی دن کو سوتا ہے اور رات بھر کام کرتا ہے اور کوئی رات بھر سوتا ہے اور دن بھر کام کرتا ہے، بہر حال چارپائیاں اپنی جگہ پر بچھی رہتی ہیں اور لوگ مزے سے ان پر سوتے ہیں اور خرّاٹے لیتے ہیں۔ گراؤنڈ فلور میں رہنے والوں کی اکثریت نچلے طبقے کی ہے۔ اور مجھے اس قسم کے لوگوں سے سخت نفرت ہے۔ اپنے خاصے کشادہ کمروں کو انھوں نے گندی چالوں میں تبدیل کر دیا ہے، ایک ایک کمرے میں تین تین خاندان رہتے ہیں، وہیں سوتے ہیں، روتے ہیں، ہنستے ہیں۔ شادیاں کرتے ہیں اور پھر ہر سال بچّوں کی تعداد میں اضافہ بھی

کرتے ہیں، یہ بچّے ننگ دھڑنگ اپنے کمروں کے دروازوں سے باہر عین سڑک کے بیچ، دن بھر کھیلتے ہیں اور آنے جانے والی موٹروں کو دعوت دیتے ہیں کہ وہ ان کی ایک آدھ ٹانگ یا ہاتھ کُچل دیں تاکہ باقی عمر بھی چین آرام سے نہ کٹ سکے۔

میں اس عمارت کے پہلے فلور پہ رہتا ہوں، یہ فلور گراؤنڈ سے کافی صاف ستھرا ہے، ایک کمرے میں صرف ایک پریوار رہتا ہے عورتیں اور مرد اور بچّے مقابلتاً صاف اور اجلے کپڑے پہنتے ہیں۔ اندر کی دیواریں کافی ستھری ہیں اور پلستر سے کافی آراستہ نظر آتی ہیں۔ لیکن کمروں کے باہر کی دیواریں کافی گندی اور غلیظ ہیں۔ لوگ اپنے اپنے کمروں میں سوتے ہیں، دن کو بھی رات کو بھی۔ دوسرے فلور کے لوگ پہلے فلور اور گراؤنڈ فلور کے رہنے والوں سے زیادہ خوشحال اور فارغ البال نظر آتے ہیں۔ گو کمروں کی لمبائی چوڑائی میں کوئی فرق نہیں ہے، لیکن صفائی اور رکھ رکھاؤ اور رہنے سہنے کے طریقوں نے انھیں الگ حیثیت بخش دی ہے، سیکنڈ فلور کلاس میں رہنے والوں کی لڑکیاں اسکول اور کالجوں میں پڑھتی ہیں۔ بھڑکیلی ساڑیاں اور رنگین فراک پہنتی ہیں، چہروں پر شگفتگی اور شادابی ہے اور کافی اسمارٹ اور صحت مند نظر آتی ہیں۔ بلڈنگ کے پھیلے ہوئے اندھیرے میں اجالے کا کام دیتی ہیں۔

جیسا کہ میں نے پہلے عرض کیا، مجھے افلاس کے مارے ہوئے لوگوں سے سخت نفرت ہے۔ ان کے ساتھ رہ کر بڑی ذہنی کوفت ہوتی ہے۔ میرے دوست رام دیال جو مزدوروں کے لیڈر رہیں اور انقلابی بھی ہیں، وہ اکثر کہا کرتے ہیں کہ مزدوروں کی اگوائی میں ایک نیا ہندوستان جنم لے گا۔ میں اس گراؤنڈ فلور کے رہنے والوں کی طرف اشارہ کرکے بتانے کی کوشش کرتا ہوں کہ بھئی یہ تیرے نیتا ہیں پہلے ان کی طرف دیکھ لو پھر انقلاب کی بات کرنا، وہ اکثر میری بات سن کر ہنس دیتے ہیں اور یہ کہتے ہیں، میاں تم

بورژوا ہو بورژوا، تمھارے دل میں عام آدمیوں کے لئے نفرت کے سوا کچھ بھی نہیں۔ دراصل یہ نفرت میرے دل میں یوں ہی جاگزیں نہ ہوئی تھی اس کی بنیاد بڑی پائیدار ہے۔ میں قصے کو لمبا کرنا نہیں چاہتا۔

اس لئے یہی عرض کرنا چاہتا ہوں کہ میں نے ایک نوکر کو بچپن سے لے کر جوانی تک پالا اور ایک دن میں نے اسے ڈھائی سو روپے کا چیک کیش کرانے کے لئے بینک میں بھیجا مگر اس دن کے بعد سے وہ کبھی واپس نہ آیا۔ میں اس سے صرف یہ پوچھنا چاہتا تھا کہ بھئی میں نے تم سے کیا بد سلوکی کی تھی جس کے عوض تم نے مجھے یہ سزا دی۔ تم نے میری شرافت اور انسانیت کا یہی صلہ دیا؟ اس نوکر کے رفو چکر ہونے کے بعد میں نے ایک اور بچّے کو نوکر رکھا جس کی عمر آٹھ سال سے زائد نہ تھی۔ چھ سال رہنے کے بعد اب اس نے اپنی خاصی صحت بنالی، تو ایک دن مجھ سے کہنے لگا، میں آپ کی نوکری نہیں کروں گا، آج بی بی جی نے میری بے عزتی کی ہے، میں بازار جا کر چوڑیوں کا دھندہ کرلوں گا، محنت مزدوری کرلوں گا، دیسی شراب کا بیوپار کرلوں گا، لیکن آپ کی نوکری نہیں کروں گا۔ یہ کہہ کر وہ میرے گھر سے باہر نکل گیا۔

ویسے بھی مجھے غریب، مفلوک الحال اور قلاش آدمیوں سے ایک چڑ سی ہے، جب کوئی انسان میرے پاس آکے چند روپوں کے لئے گڑگڑاتا ہے، اور اپنی بھوک، بے بسی و بے روزگاری کا رونا روتا ہے تو مجھے بے حد مسرت ہوتی ہے۔ میں اسے اس حالت میں دیکھ کر کتنا خوش ہوتا ہوں اس کا آپ اندازہ نہیں کر سکتے۔ دل ہی دل میں کہتا ہوں، اور انقلاب لاؤ، یہ لوگ دوسروں کے آگے ہاتھ پھیلاتے ہی رہیں گے تو اچھی بات ہے۔

اس بلڈنگ میں بڑے دلچسپ لوگ آتے ہیں، ایک صاحب مہینے میں صرف ایک بار آتے ہیں۔ وہ مالک مکان کے منشی ہیں اور کرایہ داروں سے صرف کرایہ وصول کرتے

ہیں، آتے ہی کنڈی اس زور سے کھٹ کھٹائیں گے جیسے کہیں آگ لگ گئی ہو، کچھ بھی کہیے کرایہ وصول کئے بغیر واپس نہ جائیں گے۔ اس منشی کے علاوہ اس عمارت میں بھنگی کا کام دو نوجوان چھوکرے کرتے ہیں، ان کے ساتھ ان کی بوڑھی ماں بھی آتی، دونوں لڑکے تقریباً ہر روز مجھ سے ایک یا دو آنے چائے پینے کے لئے مانگ کر لے جاتے۔ وہ نہایت ہی مسکین صورت بنائے ہوئے میرے سامنے آتے۔ جھجھک اور شرم کے لبادے کو اوڑھ کر وہ مجھ سے مخاطب ہوتے۔ یہ بچّے ہمیشہ ڈرے ڈرے اور سہمے سہمے سے رہتے۔ ان کے پھٹے ہوئے کپڑوں اور ان کے میلے اور گندے چہروں، اور ان کے ننگے پاؤں کو دیکھ کر حقارت سے منہ موڑ لیتا، ان کی میلی کچیلی ہتھیلیوں پر جو متواتر جھاڑو دینے سے کافی کھردری ہو گئیں تھیں، ازراہِ کرم ایک دو آنے رکھ دیتا، ان لوگوں کا یہی حشر ہونا چاہیے، میں زیرِ لب کہتا۔

دراصل میں ان لوگوں میں سے ہوں جو دوسروں کو اچھی حالت میں دیکھنا پسند نہیں کرتے ہیں، میں خود ایک پر سکون، خوش حال زندگی بسر کرنا چاہتا ہوں لیکن دوسروں کو محنت مزدوری کرتے دیکھ کر مجھے بے حد مسرّت ہوتی ہے، میں ہمیشہ یہ چاہتا ہوں کہ یہ لوگ میرے دست نگر رہیں، یہ لوگ میرے آگے ہاتھ پھیلائیں، گڑگڑائیں، ناک رگڑیں اپنے غم والم کا قصہ سنائیں اور میں ان پر ترس کھا کر ان کی مدد کرتا رہوں۔

کچھ دن اسی طرح گزر گئے، ایک دن یہ معلوم ہوا کہ ان دو بھنگیوں کی جگہ ایک نیا بھنگی مامور کیا گیا ہے، دراصل بھنگی اور سفیر کبھی ایک جگہ نہیں رہتے، اکثر اپنی جگہیں بدلتے رہتے ہیں۔ ابھی تک میں نے اس نئے بھنگی کو نہیں دیکھا تھا۔ ایک دن میرا ابھی اس نئے بھنگی سے آمنا سامنا ہو گیا، وہ واقعی عجوبہ تھا۔ آنکھیں اندر کو دھنسی ہوئیں، پلکیں آپس میں چپکی ہوئیں اور چہرے پر ایک عجیب وحشت طاری تھی۔ اس ملاقات کے بعد

جب کبھی میں نے اسے دیکھا، ہمیشہ کام کرتے ہوئے نظر آیا، یہ واقعی حیرت کا مقام تھا، بھنگی اور اپنے کام کا اتنا پابند اور پھر اتنا سنجیدہ، ایک دن اچانک میری نگاہ اس کے پاؤں پر چلی گئی۔

بڑے بھدے اور بے ڈھنگے پاؤں تھے۔ پاؤں کا انگوٹھا راس کماری کی طرح آگے بڑھا ہوا تھا، باقی انگلیاں ٹیڑھی میڑھی، اتنے لمبے اور بے ڈول پاؤں میں نے اپنی عمر میں بہت کم دیکھے تھے۔ جو لوگ جسمانی محنت زیادہ کرتے ہیں ان کے ہاتھ اور پاؤں اکثر بے ڈول اور بے ڈھنگے ہوتے ہیں، انسان تو ان سے انتقام لیتا ہی ہے مگر قدرت بھی ان سے انتقام لینے سے باز نہیں آتی۔

پہلی ہی ملاقات میں مجھے اس بھنگی سے نفرت سی ہو گئی، ویسے عام آدمیوں سے نفرت میرا ذاتی مشغلہ ہے اور یہی نفرت میری انا کو ابھارتی ہے۔ میرے لئے بھنگی کا توہین آمیز رویہ ناقابلِ برداشت تھا، یعنی جب کبھی میں اس کے پاس سے گزرتا وہ میری طرف آنکھ اٹھا کے بھی نہ دیکھتا، نہ کبھی سلام کرتا، نہ نگاہ سے نگاہ ملاتا، نہ آداب بجالاتا، عجیب چغد ہے۔ تعظیم و تکریم جس پر میرا آبائی حق ہے، اسے بھی نظر انداز کر رہا ہے، میری باوقار شخصیت سے بالکل بیگانہ تھا، نہ جانے اپنے آپ کو کیا سمجھتا ہے، دو کوڑی کا بھنگی اور اکڑفوں اتنی۔

سچ ہے پنچ ذات کے لوگوں کو سر پر نہیں چڑھانا چاہیے، خیر غریب انسان ہے، کہاں جائے گا، بکرے کی ماں کب تک خیر منائے گی، کبھی نہ کبھی یہ میرے آگے ہاتھ پھیلائے گا، جب گھر میں بھوک بڑھے گی تب۔ لیکن صاحب اسے کام کرتے ہوئے ایک سال گزر گیا، ہولی آئی وہ بھنگی میرے پاس نہ آیا۔ پھر عید آئی جب بھی وہ بھنگی میرے قریب نہ آیا، اور اسی طرح دسہرہ، دیوالی، کرسمس آئی اور چلی گئی لیکن اس دو ٹکے کے

بھنگی نے میرے آگے کبھی ہاتھ نہ پھیلائے، میرے ہی آگے کیا، بلڈنگ کے کسی بھی آدمی کے آگے اس نے دستِ سوال دراز نہ کیا، ایسا سر پھرا بھنگی میں نے کبھی نہ دیکھا تھا، ضرور کوئی انقلابی ہو گا، میں نے سوچا۔

اس کی بے جا اکڑ فوں، خود سری، خود اعتمادی، اور نا معقول انا کو دیکھ کر میں آپے سے باہر ہو گیا، میں انا کو صرف اپنی ملکیت سمجھتا ہوں، دوسروں کی انا کو نظر انداز کرنا۔ میں نے کافی غور و فکر کے بعد یہ فیصلہ کیا کہ کچھ دیر اور انتظار کیا جائے۔ شکار اگر خود جال میں پھنس جائے جبھی لطف ہے، ویسے غریب اور مفلس لوگوں سے ٹکر لینے سے کیا فائدہ؟ بڑوں کا مقولہ ہے کہ ہمیشہ ان سے ٹکر لو جو اپنے سے بڑے ہوں، میں نے سوچا خود کسی نہ کسی مصیبت میں گرفتار ہو جائے گا، مجھ سے بچ کر شاید چلا جائے لیکن اس زندگی کی بیہودگیوں، شکستوں اور ناکامیوں سے بچ کر کہاں جائے گا؟

اور وہی ہوا جس کا مجھے انتظار تھا، میرے کمرے کے ساتھ والا غسل خانہ کافی گندا ہو گیا، گندا تو پہلے ہی تھا، لیکن اب زیادہ گندا ہو گیا، یہ غسل خانہ بھی کیا تھا، بیک وقت برتن مانجھنے، کپڑے دھونے، نہانے اور گانے کا کام اس غسل خانے سے لیا جاتا۔ برتنوں کی ساری اور صبح شام کی بجھی ہوئی غلاظت اس موری میں ڈالی جاتی، آہستہ آہستہ اس کا پائپ راکھ سے بھرنے لگا، پھر ایک دن سارا غسل خانہ پانی سے بھر گیا، کیونکہ موری مٹّی اور راکھ سے لبالب بھر گئی، اور اب پانی کے نکاس کے لئے کوئی راستہ نہ تھا۔ جب اس مسئلے پر پہلے فلور کے رہنے والوں نے بحث کی تو پتہ چلا کہ موری کے اوپر کی چھننی غائب ہے، اگر بازار سے چھننی خرید کر فوری طور پر لگا دی جائے تو پائپ میں مٹّی نہ بھرے گی، اور اس طرح غسل خانہ صاف اور ستھرا رہے گا۔

اس گھٹیا کام کو کون کرے؟ گھٹیا کام کو گھٹیا آدمی ہی کر سکتا ہے، ہم تو بڑے آدمی

ٹھہرے، اس لئے میں اس بھنگی کی طرف رجوع ہوا، اگلے دن میں نے بھنگی سے کہا، جس کے نام سے میں آج تک ناواقف تھا اور نہ جاننے کی کبھی کوشش کی، صرف بھنگی پکار کر اپنے دل کی بھڑاس نکال لیتا تھا۔ میں نے کہا، اے ذرا اس پائپ میں سے مٹّی نکال دے تا کہ غسل خانہ مٹّی سے نہ بھرے۔ اس نے بڑی لاپرواہی سے میری طرف دیکھا اور کہنے لگا، "ساری بلڈنگ کے برتن اس غسل خانہ میں صاف کئے جاتے ہیں، یہ غسل خانہ پانی سے نہ بھرے تو کیا ہو، جب تک چھننی نہ آئے گی غسل خانہ صاف نہ ہو سکے گا" یہ کہہ کر وہ پھر جھاڑو دینے لگا۔

"چھننی کون لائے گا؟" میں نے بارعب لہجے میں کہا۔

"آپ پیسے دیجئے میں چور بازار سے لا دوں گا۔" اس نے میری طرف لاپرواہی سے دیکھتے ہوئے کہا۔

"کتنے روپے؟"

"ڈیڑھ روپیہ۔"

میں نے فوراً ڈیڑھ روپیہ اپنی قمیض کی جیب سے نکالا اور اس کی سیاہ اور کھردری ہتھیلی پر رکھ دیا۔ تین دن گزر گئے چھننی نہ آئی۔ چوتھے دن میں نے بھنگی سے پوچھا کہ "چھننی کیوں نہیں لائے؟"

"کل لاؤں گا آج بھول گیا۔" اس کی آنکھیں ندامت سے جھک گئیں۔ اور میری طرف نہ دیکھتے ہوئے آگے بڑھ گیا، ایک ہفتہ اور گزر گیا مگر بھنگی چھننی نہیں لایا، اب یہ بھنگی صبح ہی آتا ہے اور میرے جاگنے سے پہلے غسل خانہ اور باقی جگہ کو صاف کر کے چلا جاتا ہے، اس کی حرکتوں سے صاف عیاں تھا کہ بھنگی میرا ڈیڑھ روپیہ ہضم کر گیا۔ لاشعور میں جو تھوڑی بہت خفیہ عقیدت مجھے نچلے طبقے سے تھی وہ بھی جاتی رہی، دراصل بھنگی کی

اس لغزش پر میں خوش ضرور ہوا، مگر ساتھ ہی غصے کی ایک لہر ابھر آئی، بڑی اکڑ فوں دکھاتا تھا، کہاں جائے گا، ہمارے مزدوروں کے نیتا، شری رام دیال سوشلسٹ سماج کے کرتا دھرتا، ذرا اپنے ساتھیوں پر نگاہ ڈالیں، جی ہاں نچلے طبقے کا اخلاق بڑا بلند ہوتا ہے متوسط طبقے کے لوگ بے پیندے کے لوٹے ہیں جدھر پانی بہتے دیکھا بہہ نکلے۔

اجی ذرا اپنے ساتھیوں پر تو نگاہ ڈالئے، کیا یہی لوگ قوم کے معمار بنیں گے؟ کیا سمجھ رکھا ہے اس نے، میرا ڈیڑھ روپیہ ہضم کر لیا اور ڈکار تک نہ لی، میں اسے بالکل معاف نہیں کروں گا، کہتا تھا کہ چور بازار سے چھلنی خرید کر لاؤں گا۔ ارے تو خود چور ہے، تو چور بازار سے کیا لائے گا، دو ہفتہ سے میرا منہ نہیں دیکھا چھپا پھر رہا ہے۔ محنت کش طبقہ، عوامی قدریں، نیا سماج، اخوت، جدلیاتی مارکسزم مائی فٹ، سب کچھ ڈھونگ، اصل کرتوت اور کردار دیکھ لیا نا آپ نے، میرا ڈیڑھ روپیہ ہضم کر گیا، میں اس کی پول کھول کر رکھ دوں گا۔

ویسے میں بھی دوستوں سے روپے ادھار لیتا ہوں اور انھیں واپس نہیں کرتا، مگر میری بات اور ہے۔ مجھ میں اور بھنگی میں کافی فرق ہے، میں نے کئی بار رشتہ داروں سے جھوٹ بول کر روپے ادھار لیے اور پھر کبھی واپس نہ کیے۔ میرے دوست مجھ سے بیس تیس روپے مانگ کر لے جاتے ہیں اور پھر کبھی واپس نہیں کرتے، دوستوں کی بات اور ہے، وہ روپے واپس نہیں کرتے تو کم سے کم چاپلوسی تو کرتے ہیں، لیکن اس شخص کو کوئی حق نہیں کہ وہ میرے ڈیڑھ روپے پر ہاتھ صاف کر دے، کیا سمجھ رکھا ہے اس نے؟

اگلی صبح وہ مجھے غسل خانہ صاف کرتے ہوئے مل گیا، میں لپک کر اس کے قریب پہنچا جیسے باز اپنے شکار پر جھپٹتا ہے۔

"کیا ہوا۔ اس چھلنی کا؟" میں نے کڑک کر کہا۔

"جی۔ منشی نے کہا تھا کہ تمھیں لانے کی ضرورت نہیں، میں لا دوں گا، اسی لئے میں چور بازار نہیں گیا۔"

"ارے کیوں جھوٹ بولتے ہو۔" میں غصے سے لال پیلا ہو گیا، "تم نے کہا تھا کہ تم خرید کر لاؤ گے۔ میں نے تمھیں روپے دیے، ڈیڑھ روپے تمھاری گندی ہتھیلی پر رکھے اور تم ہفتے سے چھلنی لا رہے ہو، بد دیانتی کیوں کر رہے ہو، مجھے الو بنا رہے ہو، صاف صاف کیوں نہیں کہہ دیتے کہ تمھیں روپوں کی ضرورت تھی، اور تم نے روپے خرچ کر لئے، کیا میں ہی اس بلڈنگ میں دھوکے بازی اور فریب کاری کے لئے رہ گیا ہوں، سن! اگر کل تک چھلنی لا کر نہ دی تو میں پولیس کے حوالے کر دوں گا، نوکری سے برخاست کراؤں گا سمجھے۔" میں غرور اور فتح مندی کے لہجے میں بولا۔

"میں کل چھلنی لاؤں گا آپ اونچی آواز میں بات نہ کیجئے، میں بہرہ نہیں ہوں۔" وہ جھاڑو سے زمین صاف کرتے ہوئے بولا۔

"دیکھئے جناب!" میں نے محلے والوں کی طرف دیکھ کر کہا، اس عرصہ میں کافی لوگ میرے ارد گرد جمع ہو گئے تھے، اور میری باوقار شخصیت سے مرعوب ہو رہے تھے اور بڑی حقارت سے اس بھنگی کو دیکھ رہے تھے۔ "جناب آنکھیں کھول کر دیکھئے اور کان کھول کر سنئے۔ اسے کہتے ہیں الٹا چور کوتوال کو ڈانٹے، روپے میں دوں اور اونچی آواز میں بات بھی نہ کروں، یعنی میں آپ کے کان میں رس ٹپکاؤں، آپ ہی فیصلہ کیجئے! قصوروار کون ہے؟ خیر میں کل تک کی مہلت دیتا ہوں۔"

اس نے سب کچھ سنا اور کچھ نہیں بولا، خاموشی سے آہستہ آہستہ جھاڑو دیتا رہا۔ وہ زمین کو یوں سنوار رہا تھا جیسے شاعر اپنی غزل کو سنوارتا ہے یا کوئی افسانہ نگار اپنے قلم سے ایک نیا شاہکار لکھتا ہے، میں نے سوچا یہ بھنگی نہیں کوئی شاعر ہے، افسانہ نگار ہے۔ اسے

اپنے کام سے اتنی لگن کیوں ہے، یہ اتنا کم گو متین اور سنجیدہ کیوں ہے یہ سوچتا ہوا بڑبڑاتا ہوا اپنے کمرے میں چلا گیا۔

کمرے میں میرے سوا اور کوئی نہیں تھا، یہ بھی اچھا ہوا، میری اہلیہ محترمہ شاید کسی دوسرے کمرے میں برج کھیل رہی تھیں، میں نے کھلی فضا دیکھ کر خود بخود بڑبڑانا شروع کر دیا، آج کل کسی پر اعتبار کرنا گناہِ عظیم ہے۔ مزدور دیانت دار رہتے ہیں، کیا کہنے، شریف ہوتے ہیں مگر اپنا تجربہ تو اُلٹ ہی ہے اپنے قول و فعل کے پکے ہوتے ہیں، کسے انکار ہے۔ اخلاق کے پاسبان ہوتے ہیں، دیکھ لیا ان کا اخلاق۔ میں سوچتے سوچتے اور بولتے بولتے کانپ گیا، جی میں بلند آواز سے باتیں کر رہا تھا، اور آپ بڑے نرم اور شیریں لہجے میں مجھ سے ہم کلام تھے، جیسے آپ کسی کالج کے پرنسپل ہیں، کہاں ہیں وہ رام دیال آزادی اور اخوت کے پرستار! میرے سامنے نہ آئیں، کل چھننی نہیں لایا تو سالے کو جان سے مار دوں گا، کتنی سنجیدگی سے بات کرتا ہے، جیسے آپ کرسی صدارت پر تشریف فرما ہیں۔

سارے محلے کے سامنے بے عزتی کر دوں گا اور بتادوں گا کہ ایک شریف انسان کے ساتھ کیسے دھوکا دیا جاتا ہے، میں اس قسم کی توہین برداشت نہیں کر سکتا، بلڈنگ کے بھنگی، میرا کہانہ مانیں اور مجھے الو بنادیں، کیسا زمانہ ہے۔ ارے بڑے آدمیوں کو تو بددیانتی کرنے اور دوسروں کو الو بنانے کا حق ہے لیکن چھوٹے لوگوں کو مفلس اور نادار انسان کو، بیمار مدقوق لوگوں کو بددیانتی کرنے کا کوئی حق نہیں۔ میں غرّایا۔ میں اس بے عزّتی کا بدلہ لوں گا۔ میرا خون کھول گیا۔ میں جانتا ہوں، وہ کل سے اس بلڈنگ میں نہیں آئے گا، اس کا کیا ہے کسی دوسری بلڈنگ میں جھاڑو دینے چلا جائے گا، مگر میں اس بدمعاش کا پیچھا کروں گا، میں تا قیامت اسے نہیں چھوڑوں گا، میرا ڈیڑھ روپیہ جناب، یہ ڈیڑھ روپے کی

بات نہیں، یہ میری عزّت، شرافت، انا اور شخصیت کا سوال ہے، یہ ڈیڑھ روپیہ ڈیڑھ لاکھ روپے کے برابر ہے، یہ میرے گاڑھے پسینے کی کمائی ہے، میں کسی کو امانت میں خیانت کرنے کا حق نہیں دیتا اور خاص کر اس بھنگی کو۔ میں ٹہلتا ہوا بولتا گیا اور میرا خون کھولتا گیا، اچھا ہوا، اس وقت کمرے میں میرے سوا اور کوئی نہ تھا، نہیں تو اس قسم کے جنونی آدمیوں کو سیدھا پاگل خانہ بھیج دیا جاتا ہے۔

دوسرے دن وہ سیڑھیاں صاف کر رہا تھا۔ اس نے مجھے دیکھا اور اس کے ہاتھ سے جھاڑو گر گیا، گناہ کا احساس، بیچارہ ڈر گیا۔ میری شخصیت کی پرچھائیں کا اثر ہونے لگا تھا، سیڑھیاں اتر کر میرے قریب آیا، اور کہنے لگا کہ یہ لیجئے اپنا ڈیڑھ روپیہ کون اس لپھڑے میں پڑے، منشی کہتا تھا میں خرید کر لاؤں گا، تم نہ لانا اس لئے میں چھنی بازار سے خرید کر نہ لایا، آپ مجھے جھوٹا اور مکار سمجھتے ہوں گے، کوئی بات نہیں۔ اس نے اپنی میلی قمیض کی جیب سے اپنا میلا ہاتھ ڈالا اور میری شفاف ہتھیلی پر ڈیڑھ روپیہ رکھ دیا، جب یہ ڈیڑھ روپیہ میری ہتھیلی پر گرا تو مجھے ایسا محسوس ہوا جیسے کسی سانپ نے ڈنک مارا ہو۔ ایک لمحہ کے لئے سارا جسم لرز گیا، میری بنائی ہوئی قدروں کا محل دھڑام سے نیچے گرا، میں اس وقت اس بھنگی کے سامنے اتنا چھوٹا اور حقیر سا ہو گیا تھا کہ جی چاہتا تھا کہ زمین میں دھنس جاؤں۔

زندگی میں پہلی بار کسی معمولی آدمی نے مجھے شکست کا احساس دلایا تھا، میں بخشش کے طور پر اسے ڈیڑھ روپیہ دینا چاہتا تھا لیکن اس پرخلوص باوقار شخصیت دیانت دار شخصیت کے سامنے مجھ میں اتنی جرات نہ ہوئی کہ میں اسے بخشش دینے کی کوشش کرتا۔ اگر اس نے نا کر دی تو میرا حال کیا ہوگا، میں اپنی خفت اور ندامت کو چھپانے کے لئے سیدھا اپنی بیوی کے پاس پہنچا اور اسے یہ المناک خبر سنائی۔ وہ بھی یہ خبر سننے کے لئے تیار

نہ تھی، ایک لمحہ کے لئے بھونچکی سی رہ گئی۔

"لو یہ ڈیڑھ روپیہ بھنگی نے واپس کیا ہے۔"

"نہ، اسے اپنے ہی پاس رکھو، میں اسے ہاتھ نہ لگاؤں گی۔"

"کیوں؟" میں نے حیران ہو کر پوچھا۔

"اسے بھنگی نے چھوا ہے۔"

"لیکن یہ میرا روپیہ ہے، میں نے اسے دیا تھا۔ اس پر حکومتِ ہند کی مہر ثبت ہے دیکھتی نہیں، یہ باوقار اشوک کا ستون اور اس کے اوپر شیر، یہ میری جیب میں سے گیا تھا۔" میں خفا ہو کر چلایا۔

"آپ کی جیب کی بات اور ہے۔" وہ نرم لہجے میں بولی، جیسے کسی بڑی سچائی کو بے نقاب کر رہی ہو، میری بیوی نے فوراً نوکرانی کو بلایا اور کہا، "اٹھا لے یہ ڈیڑھ روپیہ اور دھو کر لا، یہ گندا ہے۔" میں اپنی بیوی کی طرف دیکھتا ہی رہ گیا، ایک لمحے کے لئے سکتے میں آگیا، میں نے اپنے دماغ کو جھنجھوڑنا چاہا، اچانک میرے ذہن میں یہ خیال بجلی کے کوندے کی طرح لپکا کہ ان سکوں کی میل تو شاید پانی کے دھونے سے اتر جائے لیکن یہ دلوں کی میل کیسے اترے گی۔

***

۱۱

جواں مردی

محمود الظفر

وہ میری بیوی جا رہی، مگر اس کے لبوں پر اس مسکراہٹ کا نام تک نہیں جیسا کہ لوگوں نے میری تسکین قلب کے لیے مجھ سے کہا تھا۔ بس ہڈیوں کا ایک ڈھانچا ہے۔ اس کی بھیانک صورت سے ظاہر ہوتا ہے کہ وہ ایک مہلک بیماری کا شکار ہے اور موت کا خوف اس پر طاری ہے۔ اس کی آنکھوں میں میرے لیے اب لطف اور پیار کی جگہ بیگانگی اور نفرت ہے، میں مستحق ہی اس کا تھا۔ اس نفرت کی وجہ، وہ نازائیدہ بچہ ہے جس کا سر اس کے کولے ف کی ہڈیوں میں اب تک پھنسا دکھائی دیتا ہے جس کی وجہ سے اس کی جان گئی۔ یہ بھلا کسے خیال ہو سکتا تھا کہ میری بیوی کو مرتے وقت مجھ سے نفرت ہو گی۔ میں نے اس کو تکلیف اور موت سے بچانے کے لیے کون سی بات اٹھا رکھی تھی، مگر نہیں۔ میں ہی اس کی موت کا باعث ہوا، میں نے ہی اس کو درد اور دکھ پہنچایا، مردوں کی جہالت اور حماقت کی کوئی انتہا نہیں۔ مگر یہ بھی کہنا صحیح نہیں کہ میں جہالت اور حماقت کا شکار تھا۔ ہاں یہ سراسر غلط ہے۔ دراصل میں غرور کے پنجہ میں گرفتار تھا جس کا مجھے اعتراف ہے۔

ہماری شادی ایسی عمر میں ہوئی تھی جب ہم میں ایک دوسرے کے جذبات سمجھنے کی صلاحیت تک نہ تھی۔ لیکن بعد میں جو حادثہ پیش آیا اس کا الزام میں قسمت، یا ایسے

حالات پر جن پر مجھے کوئی قابو نہ تھا، نہیں رکھنا چاہتا۔

مجھے اپنی بیوی سے کبھی محبت نہیں ہوئی اور ہوتی بھی کیسے؟ ہم دو مختلف دائرہ زندگی میں گرداں تھے۔ میری بیوی پرانے زمانے کی تنگ و تاریک گلیوں میں اور میں نئے زمانے کی صاف اور چوڑی پکی سڑکوں پر۔ لیکن جب میں دوسرے ملکوں میں گیا اور اس سے کئی برس تک جدا رہا تو کبھی کبھی میرا دل اس کے لیے بے چین ہوتا تھا۔ وہ اپنے چھوٹے سے مستحکم پرانے قلعہ میں تھی، اور میں زندگی کی دوا دوش فضول اور بے فیض عشق بازی سے تنگ آ کر کبھی کبھی اس پاک و باوفا عورت کا خواب دیکھا کرتا تھا جو بلا کسی معاوضہ کے مجھ پر سے سب کچھ نثار کرنے کے لیے تیار تھی۔ جب میری یہ کیفیت ہوتی۔۔۔ تو بیتابی کے ساتھ مجھے اس سے ملنے کی خواہش ہوتی۔ ایک دفعہ مجھ پر ایسی ہی کیفیت طاری تھی کہ مجھے اس کا ایک خط ملا۔ میں بیقرار ہو گیا اور فوراً چھ ہزار میل کے فاصلے سے وطن کی طرف چل پڑا۔ اس نے خط میں لکھا تھا،

"میں نے ابھی تکیہ کے نیچے سے آپ کا خط نکال کر پڑھا۔ بہت مختصر ہے۔ غالباً آپ اپنے میں مشغول ہوں گے، مگر خیر مجھے اس کی کوئی شکایت نہیں، بس آپ کی مجھے خیرت معلوم ہوتی رہے اور آپ اچھے رہیں اور خوش رہیں، میرے لیے یہی کافی ہے۔ جب سے میں بیمار ہوں سوائے اس کے کہ آپ کو یاد کروں اور ان عجیب عجیب چیزوں اور نئے لوگوں کا خیال کروں جن سے آپ وہاں ملتے ہوں گے مجھے اور کام نہیں، مجھ سے چلا نہیں جاتا اس وجہ سے پلنگ پر پڑی پڑی طرح طرح کے خیال کیا کرتی ہوں۔ کبھی تو اس میں لطف آتا ہے اور کبھی اس سے سخت تکلیف ہوتی ہے، جب لوگ میری صحت کے بارے میں گفتگو کرتے ہیں اور مجھ سے اظہار ہمدردی کرتے ہیں اور یہ نصیحت کرتے ہیں تو مجھے بڑی کوفت ہوتی ہے، یہ لوگ یہ تک نہیں سمجھتے کہ مجھے کیا روگ ہے۔ انھیں صرف اپنی

تسکین قلب کے لیے میری حالت پر رحم آتا ہے۔ اپنے والدین پر بھی بار ہوں، وہ اپنے جی میں خیال کرتے ہوں گے کہ باوجود میری شادی ہو جانے کے میں ایسی بد نصیب ہوں کہ ان کے گلے پڑی ہوں۔ اس کا نتیجہ یہ ہے کہ میں ہر وقت اس کوشش میں رہتی ہوں کہ بہت زیادہ مایوسی اور رنج کا اظہار نہ کروں اور میرے والدین ایسی کوشش کرتے ہیں جس سے یہ ظاہر ہوتا ہے کہ انھیں میری بیماری کی وجہ سے بڑا تردد اور فکر ہے۔ غرض دونوں طرف بناوٹ ہی بناوٹ ہے۔ میں آپ سے کسی بات کی شکایت کرنا نہ چاہتی اور نہ آپ کے کام میں ہارج ہونا چاہتی ہوں۔ آپ مجھے بھول نہ جائیں اور کبھی کبھی خط لکھ دیا کریں، میرے لیے یہی بہت ہے بلکہ کبھی کبھی تو مجھے یہ خیال ہوتا ہے کہ آپ کا مجھ سے دور ہی رہنا بہتر ہے۔ مجھے ڈر اس بات کا ہے کہ جیسے بیماری کے بعد سے یہاں میں قریب قریب سب سے ناآشنا سی ہو گئی ہوں ویسے ہی میں کہیں آپ کو بھی نہ کھو بیٹھوں۔ دن رات میری بری حالت دیکھ کر کہیں آپ کا دل بھی میری طرف سے نہ ہٹ جائے۔ وہاں سے تو آپ محض اس کا تصور کر سکتے ہیں اور میں آپ کو اپنا وہ کامل دمساز تصور کر سکتی ہوں جس کی میرے دل کو تمنا ہے۔"

جب مجھے یہ خط ملا تو مجھ پر عشق و محبت کی ایک لہر سی دوڑ گئی، گو کہ وہ بیمار تھی اور اسے روگ لگ گیا تھا مگر اس کو سینے سے لگانا میرا فرض تھا، میں یہ ثابت کر دینا چاہتا تھا کہ میری محبت میں کوئی بات حائل نہیں ہو سکتی، میں چاہتا تھا کہ اسے معلوم ہو جائے کہ میں ہی وہ کامل دمساز ہوں جس کی اسے جستجو تھی، میں نے اپنے کو قصوروار اور برا اقرار دیا اور اس کو معصوم اور نرمل، جیسی اس نے میرے ساتھ خاکساری برتی اور میری خدمت گزاری کی، میرا بھی فرض تھا کہ میں اس کے ساتھ ویسا ہی سلوک کروں۔ یہ تہیہ کر کے میں اپنا کام چھوڑ کر گھر کی طرف چل کھڑا ہوا۔

میں ابھی راستے ہی میں تھا میرے جذبات میں تبدیلیاں ہونے لگیں۔ وہ شروع کا سا پاک جذبہ بالکل غائب ہو گیا اور روز مرہ کی چھوٹی چھوٹی باتوں کی طرف میرے خیالات دوڑنے لگے، مثلاً روزی کمانے کی میں کون صورت نکالوں گا اپنے دوستوں مین سے کن کن سے ملاقات جاری رکھوں گا۔ اپنے سسر اور ساس سے کس طرح ملوں گا، ان سے صاف صاف باتیں کروں یا یہ کہ ان کی طرف سے بے رخی برتوں، وغیرہ وغیرہ۔ صرف اپنی بیوی سے ملنے کی پہلے کی سی تمنا باقی نہ رہی، یہ ہی نہیں بلکہ ذرا ذرا سے روزانہ زندگی کے مسئلوں نے میری تمناؤں اور ولولوں کا خاتمہ کر دیا۔ گھر پہنچنے پر یہ مسایل مکروہ حقیقتوں سے بدل گئے جن سے گریز ناممکن تھا۔ پرانے زمانے کی جن جن دلفریبوں کی میں نے اپنے ذہن میں تصویر کھینچی تھی ان کا کہیں پتہ بھی نہ تھا بجائے اس کے میں نے خود کو ایک تنگ و تاریک، گندی، ظلم اور جہل سے لبریز دنیا میں بند پایا، اسٹیشن پر جو لوگ مجھ سے ملنے آئے ان میں اکثر بیہودہ، بد معاش، تنگ نظر اور ناکارہ قسم کے آدمی تھے، ان سب نے بہت خوشی کے ساتھ میرا استقبال کیا، مجھے بٹھایا گیا، مجھ پر فقرے کسے گئے، وہی پرانے ناشائستہ مذاق ہوئے اور دوسروں کی عیب جوئی کی گئی۔ کئی دن تک جلسوں اور دعوتوں کا سلسلہ رہا۔ اس کے بعد کہیں ان لوگوں سے نجات ملی۔ اس درمیان میں میں اپنی بیوی سے صرف تھوڑی دیر کے لیے مل سکا۔ لیکن اس کے تیل سے چپکے ہوئے بال، اس کا لاغر جسم اور زرد چہرہ؛ دعوتوں، رقص و سرود کے جلسوں اور ادھر ادھر بات چیت کے وقت بھی بار بار میری نظر کے سامنے آجاتا تھا۔

جب سب مہمان رخصت ہو گئے تو میں اپنی بیوی کے پاس گیا اور اس کے قریب پلنگ پر جا کر بیٹھا۔ وہ ساکت لیٹی رہی اور میری طرف اس نے نظر اٹھا کر نہیں دیکھا۔ میں تھوڑی دیر تک تو اس کی ہر سانس کے ساتھ اس کے سینہ کا اتار چڑھاؤ دیکھتا رہا۔ پھر

میں نے اس کا نحیف ہاتھ اپنے ہاتھ میں لے لیا اور کچھ دیر تک ہم دونوں یوں ہی خاموش بیٹھے رہے۔ پھر میں بولا،

"لیجیے اب تو میں آپ کے پاس آ گیا، کچھ باتیں کیجیے، آپ اتنی چپ کیوں ہیں؟"

اس جواب دیا، "میں کیا باتیں کروں، خیر آپ آ گئے۔"

میں نے دفعتاً یہ محسوس کیا کہ اس طرح کام نہیں چلنے کا۔ میں نے شروع میں جو تہیہ کیا تھا وہ مجھے یاد آ گیا اور میں نے جلدی سے کہا،

"واہ، آپ کو کہنا تو مجھ سے بہت کچھ ہے، اتنے دن جو میں یہاں نہیں رہا تو آپ کیا کرتی رہیں اور کیسی رہیں سب مجھے بتایئے، آخر اتنے دن تک آپ نے مجھ سے بات چیت نہیں کی اب اس کی کسر نکالیے، یاد ہے آپ کو آپ نے مجھے ایک دفعہ خط میں لکھا تھا کہ آپ کو ایک ہمدم و دمساز کی جستجو ہے۔ میں ہی وہ شخص ہوں اور اب آپ کے پاس اس لیے آیا ہوں کہ ہر وقت آپ کے ساتھ رہوں اور کبھی آپ سے جدا نہ ہوں۔"

مگر میری تمام کوششیں بیکار ثابت ہوئیں۔ میری باتوں سے ظاہر تھا کہ رٹے ہوئے سبق کی طرح اوپری ہیں اور ان سے میری بیوی کی کوئی تسلی نہیں ہوئی۔ کچھ دیر تک مجھے یہ امید رہی کہ اسے اس کا شاید احساس نہیں ہوا۔ مگر وہ گھبراہٹ اور بے چینی سے میری ٹوپی اٹھا کر ہاتھوں سے ملنے دلنے لگی اور پھر ایسی گفتگو شروع کی کہ مجھے اپنی ناکامیابی کا یقین ہو گیا۔

اس نے کہا، "بھلا میں کیا کہوں؟ یہاں تو جیسے دن ویسی رات لیکن آپ کیوں چپ ہیں؟ آپ کو نئے نئے تجربے ہوئے ہوں گے، اہم امور سے سابقہ پڑا ہو گا۔ آپ مجھ سے ان سب باتوں کا تذکرہ کیجیے، وہاں کی عجیب عجیب چیزیں، طرح طرح کی مشین، قسم قسم کے لوگ، نئی زندگی، آپ لکھا کرتے کہ آپ کو ان سب کے بارے میں مجھے لکھنے کا وقت

نہیں، لیکن اب تو آپ میرے پاس ہیں، اب تو آپ کو وقت ہے۔"

یہ اس نے جان کر میری خود بینی پر حملہ کیا۔ اب مجھے معلوم ہو گیا کہ برسوں کی جدائی نے ہمارے تعلقات میں مطلقاً کوئی فرق پیدا نہیں کیا ہم پہلے کی طرح اب بھی ایک دوسرے سے نا آشنا تھے اور ایک دریا کے دو مختلف کناروں پر اجنبی کی طرح کھڑے ہوئے تھے، ہم نے پھر ایک دوسرے کے ساتھ ریاکاری شروع کر دی۔

میں نے کہا، "ہاں ہاں مجھے تو آپ سے بہت سی باتیں کرنی ہیں، ہم دونوں مل کر کیا کیا کریں گے، یہ طے کرنا ہے۔ لیکن پہلے آپ جلدی سے اچھی تو ہو جائیے، جب آپ اچھی ہو جائیں گی تب ہم اس کے بارے میں گفتگو کریں گے، ابھی تو آپ کو خاموشی سے آرام کرنا چاہیے، آپ اپنے دل و دماغ پر زور نہ ڈالیے، میرے آنے کی وجہ سے غالباً آپ کو تکان ہو گیا۔ آپ آرام کیجیے اور زیادہ سوچئے مت، اچھا مس ی اب جاتا ہوں آپ سو جایئے۔"

میں نے اس کا ہاتھ چھوڑ دیا اور وہاں سے اٹھ کر چلا آیا۔

اس کے بعد نہ تو میں نے اس سے زیادہ رابطہ بڑھانے کی کوشش کی اور نہ کسی خاص بات پر زیادہ دیر تک گفتگو ہی کی۔ دن میں ایک دو دفعہ اسے دیکھنے جایا کرتا، دریافت کرتا کہ اس کی صحت کیسی ہے اور ایسی ہی دو ایک باتیں کر کے چلا آتا اور اپنے کام میں مصروف ہو جاتا۔ اتفاق سے میرا کام بھی ان دنوں کچھ اچھا نہیں چل رہا تھا اور مجھے فرصت کافی تھی۔

رفتہ رفتہ میں پھر اپنے پرانے دوستوں کی صحبت میں رہنے لگا اور ان کی لغو اور فضول عادتیں مجھ میں بھی آ گئیں۔ تاش، شراب اور بے سر و پا باتوں کا سلسلہ جاری رہنے لگا۔ ہم اپنے کو موسیقی کا بھی ماہر سمجھتے تھے اور شہر کی نامور گانے والیوں کے سرپرست بن

بیٹھے۔ ایسی حالت میں ظاہر ہے کہ میں نے ایک عورت بھی رکھ لی تھی۔ ہم نے بے معنی اور بے مقصد زندگی بسر کرنے کی یہی ترکیبیں نکالی تھیں۔ ہم میں سے جو لوگ غیر ممالک کا سفر کر آتے تھے وہ اپنی جواں مردی اور عاشقی کی داستانیں دوسروں کو سنا سنا کر ان پر رعب جماتے تھے۔

لیکن مجھے اپنی بیوی سے چھٹکارا پانا ناممکن تھا۔ اس کی صحت کی خرابی کی وجہ سے میرے پاس مزاج پرسی کے لیے خطوط اور دوستوں اور رشتہ داروں کا ایک سلسلہ قایم رہتا۔ کوئی مجھے نصیحت کرتا تو کوئی فضیحت، کوئی دلاسا دیتا تو کوئی اظہار ہمدردی کرتا، ان سب باتوں سے میری زندگی عزاب ہو گئی۔ میرے ساس اور سسر کو میری آزادہ روی بہت کھلتی تھی، وہ ڈرتے تھے کہ کہیں میں ان کی لڑکی کو بالکل چھوڑ نہ دوں۔ ادھر میری والدہ صبح شام مجھ سے دوسری شادی کر لینے پر مصر تھیں۔ خاندان میں دو ایسے گروہ بن گئے جنھیں ایک دوسرے سے سخت عداوت تھی۔ دونوں مجھے اپنی طرف کھینچنے کی ہر وقت کوشش کرتے رہتے تھے۔

لیکن باوجود والدہ کے اصرار کے میں دوسری شادی کرنے پر راضی نہیں ہوا۔ آخر کار لوگوں نے میری مردانگی پر شک کرنا شروع کیا اور طرح طرح کی چہ میگوئیاں کرنے لگے۔ اس پر تو مجھ سے رہا نہ گیا اور میں نے یہ تہیہ کر لیا کہ کچھ نہ کچھ ضرور کرنا چاہیے۔

میں اپنی سسرال گیا اور وہاں جا کر کہا،

"آپ کی لڑکی بیمار ویمار کچھ بھی نہیں، یہ سب خواہ مخواہ اسے اپنے یہاں روکنے کے بہانے ہیں۔ میں اسے اپنے ساتھ لیے جاتا ہوں۔"

اپنی بیوی سے بھی میں نے کہا،

"آپ بالکل بیمار نہیں، کم از کم ایسی بیمار نہیں جیسا یہاں لوگ آپ کو بتانا چاہتے

ہیں، یہ سب آپ کے والدین کی چال ہے، یہ بات کچھ آپ سے چھپی ہوئی نہیں ہے، آپ میرے ساتھ چل کر رہیے تب پتہ چلے گا کہ آپ کو کیا بیماری ہے۔"

پہلے تو میری صاف گوئی اس کی کچھ سمجھ میں نہیں آئی مگر تھوڑی بہت تکرار کے بعد وہ میرے ساتھ چلنے پر راضی ہو گئی۔

ہم دونوں نے ایک لمبا سفر کیا، اور دور پہاڑوں پر جا کر رہنے لگے برفستان کی خشک اور تازہ ہوا میں دور دور ٹہلنے کے لیے نکل جاتے۔

جب تھوڑے دنوں بعد میری بیوی کی صحت ٹھیک ہو گئی تو میں اسے لے کر گھر آیا۔ میرے دوستوں اور رشتہ داروں نے جب ہمیں دیکھا تو میرے لیے یہ بڑے فخر کا موقع تھا۔ مگر ان کے دلوں میں شک باقی رہ گیا وہ پورے ثبوت کے لیے کسی اور چیز کے خواہاں تھے۔ لیکن مجھے اپنی فتحیابی کا پورا یقین تھا۔ ایک مہینے کے بعد دوسرا مہینہ آہستہ آہستہ گزرتا جاتا تھا اور میری بیوی کا پیٹ بڑھتا جاتا تھا۔

میری حالت اس مالی کی سی تھی جو اپنے لگائے ہوئے درختوں پر کلیوں کو کھلتے ہوئے دیکھ کر باغ باغ ہوتا ہے۔ ہر ہر دن، ہر ہر لمحہ کے بعد میری کامیابی زیادہ نمایاں ہوتی جاتی۔ لیکن میری بیوی خاموش رہتی۔ میں سمجھتا تام کہ اس کا سبب غالباً زچگی کی گھبراہٹ اور پریشانی ہے۔ آخر کار اس کو دردزہ شروع ہوا۔ گھنٹوں تک کرب اور بے چینی کا عالم رہا۔ جسم شدت تکلیف سے تڑپ رہا تھا اور کسی پہلو اسے چین نہیں تھا۔ روح تک معلوم ہوتا تھا کہ آہ و فریاد کر رہی ہے۔ لیکن اس کی بیکلی اور تڑپ، اس کی آہ وزاری ان سب سے میری جواں مردی کا ثبوت مل رہا تھا۔

معاذاللہ! میرے کانوں میں ابھی تک اس کا دردناک کراہنا گونج رہا ہے۔ اور اس کے بعد چاروں طرف جو خاموشی چھا گئی اور جس نے میری اکڑ اور شان کو خاک میں ملا

دیا، وہ سماں بھی ابھی تک میری آنکھوں کے سامنے ہے۔ لیکن اس کے مرنے کے بعد جب لوگ مجھ سے یہ کہنے آئے کہ مرتے وقت اس کے لبوں پر مسکراہٹ تھی تو میرے دل کو کچھ سکون ہو گیا۔

***

۱۲

جیون جل

سلیم اختر

"اے ذی وقار شہزادی ! یہ ہے راز کوہ ندا کا"۔

اجنبی ہواؤں کی ذائقہ شناس اور طویل مسافتوں کی دھول میں اٹے حاتم نے کوہ ندا کا تمام ماجرا گوش گزار کیا۔۔۔ مکمل دل جمعی سے!

حاتم کی آمد کا اعلان ہونے کے بعد، ہر چند شہزادی مصر رہی کہ اس نے بہت ہرج مرج کھینچا ہے، پہلے آب خنک و معطر سے جسم سے نادیدہ زمینوں کی دھول صاف کر لے، اعضا سے محنت و مشقت کے پسینہ کی بو دھو ڈالے، تب پاکیزہ پوشاک زیب تن کرنے کے بعد، لذت کام و دہن سے تن کر توانا کر لے۔۔۔ بلکہ یوں ہی چندے لیل و نہار کرے، جب اچھی طرح آسودہ اور مسرور ہو لے تو پھر کسی دن، دیوان خاص میں، تقریب خاص میں، مقربین، مصاحبین اور عمائدین کے روبرو، احوال کوہ ندا کی مہم کا گوش گزار کرے تو مرغوب خاطر ہو گا۔ حاتم نے دست بستہ عرض کی:۔

"اے دانش مند اور زیرک شہزادی! تم جانتی ہو کہ میرا دوست منیر شامی، شربت وصل کے پینے کو تن زار اور دل فگار کے ساتھ خود پہ دن کا آرام اور رات کی نیند حرام کئے ہے۔ لہٰذا جسم کے آرام اور معمولی سی آسائش کے لیے منیر شامی کو تاخیر کے تناؤ اور

تذبذب کے عذاب میں مبتلا کرنا غیر دردمندانہ فعل ہوگا اور دوست بھی ایسا جس کے لیے میں نے یہ ہرج مرج کھینچا"۔

شہزادی، کہ حسن کی بھی شہزادی تھی، مسکرا مسکرا کر اسے میٹھی میٹھی نظروں سے تکا کی، چندے توقف کیا، تب لب لعلیں کو غنچہ سا، یوں وا کیا۔ "آفرین ہے حاتم!"

مطلا حاشیہ سے بنے نقری تاروں والے پردہ کے ادھر شہزادی، ستاروں جیسی خواصوں کے جھرمٹ میں مثل ماہ چہار دہم، ادھر حاتم منیر شامی اور مرحبا! کا غلغلہ بلند کرتے ہوئے چیدہ درباری۔ پردے کے نقری تار مہین و ملائم اور نفیس، اتنے کہ دست تصور سے بھی لرزاں، اور اس دھواں دھواں براق پردہ کے پیچھے حسن جہاں سوز کا شعلہ۔۔۔ لپکتا، دمکتا، جھمکتا! وہ حسن جس نے منیر شامی کے خرمن ہوش و خرد پر بجلی گرائی، گھربار سے بیگانہ کیا اور عاشق حرماں نصیب بنا کر چھوڑا۔

شہزادی حاتم کو جن نظروں سے دیکھ رہی تھی وہ منیر شامی کو ان نظروں سے نہ دیکھ سکتی تھی کہ حاتم بہر حال فاتح مہم جو تھا۔ شہزادی کے گلنار لبوں پر شبنم کی کرنوں نے رخ روشن کو یوں منور کر دیا کہ وہی تار نقاب میں تبدیل ہو گیا۔ ہر چند کے منیر شامی کی حد ادب سے تجاوز کرتی گستاخ نگاہیں، دست طمع کی مانند تار نقاب سے کھیل رہی تھیں۔ شہزادی نے لب لعلیں کو جنبش دی۔

"حاتم! جب ایسے ہو تبھی ایسے بھی ہو"۔ حاتم کورنش بجالایا۔

شہزادی نے جنبش ابرو سے اشارہ کیا، ترت مسند زریں مکلف و پر تکلف، کلابتوں کی ڈوریوں سے مزین، آراستہ کر دی، مودب کنیزوں نے دستر خوان زرنگار سجا دیا، خوش رو باندی جواہر سے جگ مگ کرتا طلائی آفتابہ اور نقشیں چلمچی لے کر ہاتھ دھلانے کو حاضر دوسری دست پوشی کو مستعد۔ نازنینوں نے سرد مشروب اور میوہ ہائے خشک و تر، زریں

مزین دستر خوانوں پر سلیقہ اور قرینہ سے سجا دیئے۔

شہزادی اور حاضرین، حاتم کے ہلتے لب دیکھ رہے تھے۔ جہاں سے الفاظ گویا مانند تصویر ادا ہو رہے تھے۔ حاتم کی تقریر دل پذیر، گویا انگلی تھامے، غیر مانوس، اجنبی مناظر اور نادیدہ زمینوں کی سیر کرا رہی تھی۔ جب بار کلام سے حاتم کا حلق بوجھل ہو جاتا، چنداں توقف کرتا، شربت کا گھونٹ بھرتا، ہمہ تن گوش بنے سامعین پر نگاہ ڈالتا اور پھر گویائی کی ڈور تھام لیتا۔

سب کی نگاہوں میں حاتم کے ہلتے لب تھے۔ صرف منیر شامی کا تن ناتواں، چشم بیدار میں تبدیل ہو چکا تھا۔ پلکیں جھپکائے بغیر شہزادی کو تکے جا رہا تھا۔ نقرئی مہین تاروں کے پردے میں کچھ چھپی کچھ دکھائی دیتی شہزادی، روشنی کی مانند منیر شامی کی آنکھوں کی راہ دل میں چاندنی بکھیر رہی تھی۔ اب یہ مغرور حسینہ میری ہے، آج یہ مشکل پسند دوشیزہ میری سیج آباد کرے گی، سنگ ہجر سے شکستہ تن داغ داغ، وصل سے شاد کام ہو گا۔ وہ اس تصور ہی سے لرز گیا کہ یہ لامبی سیاہ ناگنیں اس کے بازو پر کھلیں گی اور نین میں لرزش پیدا کریں گی، یہ غنچہ دہن میرے لبوں پر پھول کھلائے گا۔ تن نگار گلزار میں تبدیل ہو گا۔ منیر شامی میں اسے سے زیادہ سوچنے کی تاب نہ تھی تاہم نظر کی پیاس چشمہ حسن سے سیراب ہوتی رہی۔۔۔ اگر اختلاط بالنظر ممکن ہوتا تو منیر شامی پر غسل واجب ہو چکا ہوتا۔

"اے ذی وقار شہزادی! یہ ہے راز کوہ ندا کا"۔

حاتم خاموش!

شہزادی مانند تصویر، اہل محفل مانند دیوار۔

چنداں خاموشی کی رواتنی رہی۔

بارے شہزادی، حسن کے تخت طاؤس سے شاخ گل کی مانند جھوم کر اٹھی۔ نازک کلائیوں سے پردہ اٹھایا جو کہ آتش حسن سے خود ہی بھسم ہو تا جا رہا تھا۔ محفل میں چاند اتر آیا، آہستہ خرام، قدم قدم، حاتم کی جانب رواں، پھر وہ سرو قد، گھٹنوں کے بل حاتم کے سامنے جھک گئی، وہ حاتم یا کسی اور کی جانب نہ دیکھ رہی تھی، نگاہیں حاتم کی گرد آلود نعلین پر مرکوز تھیں۔

"آفرین! صد آفرین!!"

حاتم صرف مسکرا دیا۔

"اے قبیلہ طے کے جری فرزند! تو نے جو قول دیا، اسے پورا کر دکھایا"۔

حاتم نے جواب دیا" قول مرداں جان مرداں"۔

"بجا فرمایا" شہزادی اب سرو قد تھی۔ حاتم نے نظریں اٹھا کر حسن بے نقاب کو دیکھا مگر رخ روشن کی تاب نہ لا سکا۔ گلشن حسن میں جوانی نے انگارے بھر دیئے تھے نظریں پکاریں۔۔۔ صاحب پرے! پرے!!

شہزادی نے غنچہ ساں دہن وا کیا" اے بہادر اور فیاض حاتم! تو نے میری شرط پوری کر دی اب میں تیری شرط پوری کروں گی۔ خوشی سے۔! دل جمعی سے!!"

شہزادی حاتم کو جن نظروں سے دیکھ رہی تھی شاید ہی کسی شہزادی نے ایسی نظروں سے کبھی کسی شہزادہ کو بھی دیکھا ہو گا، نظر مانند دست سبک۔ حاتم کے چہرہ کے نقوش ٹٹول رہی تھیں۔ حاتم، ریڑھ کی ہڈی کے نچلے حصے سے، خون کو چہرہ کی جانب رواں محسوس کر سکتا تھا۔ فشار خون، دل کی دھڑکنوں کا آہنگ بے ترتیب کر رہا تھا۔

شہزای لب خاموشی سے گویا ہوئی۔

"تو میرے تن کی سلطنت کا مختار ہے، میں تیرے تصرف میں ہوں، جو چاہے کر، تو

میرا آقا ہے"۔

دونوں بازو پھیلائے، سر جھکائے، خود سپردگی کی مکمل تصویر!

منیر شامی کہ عاشق تھا اس پر صاعقہ ءجمال گرنی ہی تھی خود حاتم ٹھٹھک کر رہ گیا، لاریب! وہ پہلے سے بھی کہیں زیادہ پر جمال، پر کشش اور پر ترغیب بن چکی تھی۔

شہزادی نے ایک مرتبہ پھر حاتم کے چہرہ کو نظر بھر کر دیکھا۔ سفر کی صعوبتوں نے چہرہ کی لکیروں میں مہمات کی داستان رقم کی تھی، اس کے قد بالا کے سامنے وہ خود کو کوتاہ محسوس کر رہی تھی، گویا وہ بچی ہو۔ وہ اس کا پر مشقت جسم تک رہی تھی جس میں سے مردانگی کی مہک مشک کے مانند خارج ہو کر اعصاب پر نشہ طاری کر رہی تھی۔ وہ اس کے فولادی بازوؤں کی ریشمی مچھلیوں کی حقیقت جاننا چاہتی تھی اور مضبوط ہاتھوں کی قوت آزمانا!

شہزادی کا تن نازک بولا "میں مفتوح!"

منیر شامی کہ مہم جو نہ تھا، محض عاشق تھا۔۔۔ عالم ہراس میں! حاتم کی کشادہ پیشانی پر سوچ کی گہری لکیریں تھیں اس نے میزان نظر سے آمادگی کی تصویر بنی شہزادی کو تولا تو سیر کی سوا سیر پائی، شہزادی سیاہ آنکھیں پوری طرح کھولے اسی کو تک رہی تھی، اس کی آنکھیں بھید کھول رہی تھیں کہ چھپا رہی تھیں؟ کوندا سے بھی زیادہ بھید بھری بجھارت! حاتم ان سوالات کا جواب دینے کی خود میں سکت نہ پا رہا تھا۔ ایسے میں جبکہ نگاہیں سوال جواب کر رہی تھیں، پل صدیوں میں اور صدیاں پلک جھپکتے لمحات میں تبدیل ہو رہی تھیں تو نیکوکاروں کا ازلی دشمن شیطان مردود، حاتم کے دل میں وسوسے پیدا کر رہا تھا۔

حاتم! یہ ارمغان حسن کے باعث دلکشی، شبستان شاہی ہے۔ تو اسے اس اس ناکارہ منیر شامی کے حوالے کر دے گا؟

حاتم ڈگمگایا، منیر شامی کا دل لرزا، شہزادی کا دل مزید دھڑکا، دیکھ آنکھیں کھول کر دیکھ! کیا تو نے اپنی تمام مہمات میں ایسا طلسمی حسن دیکھا؟ نہیں ناں! تو کیسے دیکھ سکتا تھا کہ کائنات میں حسن کا یہ کامل نمونہ واحد ہے۔۔۔ دیکھ حاتم دیکھ! اس کا قدرعنا کمان جیسا جسم دیکھ اور یہ ہونٹ اور وہ سب کچھ بھی جو تو نہیں دیکھ سکتا"۔

شیطان مزے لے لے کر حاتم کی آنکھوں کو شہزادی کے ایک ایک عضو پر لے جارہا تھا، گویا شیشے میں سے دکھا رہا ہو، شیطان کا لہجہ پر ترغیب تھا۔

"سن حاتم! تو نے عمر عزیز دوسروں کے لیے بسر کر دی، تجھے کیا ملا؟ خاک دھول پسینہ؟ اور ذرا سی نیک نامی؟ بے معنی شہرت؟ تو نے آنکھوں سے اس لیے کانٹے چنے کہ نامرد اور نکما منیر شامی ثمر حسن سے کیف آگیں ہو؟ تجھے کیا ملے گا؟ مرحبا اور شاباش! تو شاد آفریں اور شاد باد جیسے مردہ لفظوں کی مالا بنا کر گلے میں پہن لینا جبکہ شہزادی کے ملائم بازو منیر شامی کے گلے کا ہار ہوں گے"۔

حاتم، شہزادی، منیر شامی سبھی دھڑکن کی زد پر!

حاتم خود کو کسی طلسمی دوراہے پر ڈانواڈول محسوس کر رہا تھا، شہزادی کو مستقبل تیز آندھیوں میں چراغ کی مانند نظر آرہا تھا جبکہ منیر شامی غیر مرئی دلدل میں نیچے نیچے اور نیچے۔

شیطان اپنے دلائل کا اثر دیکھ رہا تھا۔ اس نے آخری وار کیا، "اور آخری بات سن! اے حاتم! منیر شامی کی نسل چلے گی، اب اس کی آل وارث تخت ہو گی۔ منیر شامی جیسے بزدل کو دیکھ اور خود کو بھی۔۔۔ تیری قوت تسخیر اور شہزادی کے حسن جہاں سوز سے بچے جنم لیں گے وہ جریدہء عالم پر اپنا، تیرا اور قبیلہ طے کا نام ثبت کر دیں گے اور منیر شامی! سن! اس کی رانوں میں تجھ ایسی قوت کہاں؟"

حاتم جیسے چکرا کر گرنے کو ہو۔ شہزادی نے اس کا ہاتھ تھام لیا، دوسرا ہاتھ منیر شامی نے دونوں کے گرم اور سرد لمس نے، حاتم کے اعصاب کو جھنجھوڑ ڈالا، اس نے جھر جھری لی فیصلہ کی گھڑی آن پہنچی تھی، فیصلہ اٹل تھا، کارکنان قضا و قدر بہت پہلے ہی حاتم کے لیے مہم جوئی اور منیر شامی کے لیے شہزادی لکھ چکے تھے۔ صاحب قول حاتم فیصلہ بدلنے کا مجاز نہ تھا، فیصلہ درست ثابت کرنے کے لیے اسے باعمل ہونے کی اجازت تھی مگر عمل کا حاصل تبدیل نہ ہو سکتا تھا۔ فیصلہ انتخاب سے اور انتخاب بھی مقدر۔ لہٰذا خوشی خوشی بلا کسی جبر و کراہ کے اس نے دونوں کے ہاتھ ایک دوسرے کے ہاتھ میں دے دیئے۔ منیر شامی کی آنکھوں میں خوشی کے آنسو تھے ویسے آنسو شہزادی کی آنکھوں میں بھی تھے۔

مرحبا! شاد باد! شاباش! کے نعروں کی گونج میں شیطان ملعون بڑبڑاتا جا رہا تھا۔

"احمق! احمق حاتم! بالکل پاگل اور بے وقوف۔۔۔ عاقبت نا اندیش حاتم!"

افق کے کنارے پر پھٹے بادبان والی کشتی جیسا چاند۔ ہوا کا دست خنک حاتم کی پیشانی سہلا رہا تھا گویا نرم انگلیاں نرم لمس دے رہی ہوں منقش ستون کے ساتھ ٹیک لگائے حاتم کی آنکھوں میں نیند کسی طلسمی تحیر کی مانند تھی۔ نقرئی کٹورہ میں معطر آب خنک پیتا رہا مگر سکون نا آشنا رہا۔ یہ گرمی کی تشنگی ہے یا تشنگی کی گرمی؟ اپنا سینہ آتش فشاں کا سینہ محسوس ہو رہا تھا مگر اس فرق کے ساتھ کہ آتش فشاں کی آگ اور دھواں نظر بھی آتا ہے۔

حاتم نے بے بسی سے سوچا یہ مجھے کیا ہوتا جا رہا ہے۔ وہ یہ سوچ کر لرز گیا کہ کہیں انجانے میں وہ کسی نادیدہ طلسم کا اسیر تو نہیں ہو گیا۔ گرم خون اور تنے عضلات والا جسم جیسے بتدریج پتھر میں تبدیل ہوتا جا رہا تھا۔ تو کیا حرکت و عمل کی زندہ تصویر اور مہم جو محض پتھر کا مجسمہ بن کر رہ جائے گا؟

اس نے خود کو جھنجھوڑ کر وسوسوں کے بھنور میں مزید ڈوبنے سے بچانے کی سعی کی۔

اگرچہ کامیاب مہم کی وجہ سے اس کا قلب طمانیت سے یوں معمور تھا جیسے پیالہ شراب سے۔۔۔ مگر سوال کا درست جواب حاصل کر لینے کے بعد، انعام میں جو اعصابی سرشاری ملتی تھی اس مرتبہ خود کو اس سے محروم پا رہا تھا۔

گرم سینہ سے سرد آہ نکلی۔

کوہ ندا کی مہم کا احوال سننے کے بعد، جب شہزادی بازو پھیلائے، خود سپردگی کے اسلوب میں، بے نقاب ہوئی تو حاتم نے ایک نظر حسن پر ڈالی جو خود ہی اپنا محافظ تھا۔ حاتم کا دل دھڑکا کہ دھڑکن بھولا؟ احساس نہ تھا۔ نظریں گریں، اٹھیں، ٹھٹھکیں، بھٹکیں؟ خبر نہ تھی۔۔۔

خواب تھا یا خیال تھا کیا تھا؟

حاتم کی نظروں کے سامنے، محل کا وہ حصہ تھا جہاں شہزادی اور منیر شامی شب باش تھے۔ پردے گرائے جا چکے تھے، مومی شمعیں گل کی جا چکی تھیں۔ شبستان ناز بھید بھری تاریکی میں اور حاتم کی نظریں نقب زن۔

منقش ستون سے سر ٹکائے وہ خوابیدہ تھا یا بیدار؟ علم نہ تھا۔ بس تھا۔ شاید وہ بھی نہ تھا، اس کا سایہ منقش ستون کی پرچھائیں بن چکا تھا۔ کون جانے؟

حاتم بستر پر ڈھے گیا۔ نیند گویا کسی طلسمی غار میں بند تھی جس کے باہر، دیو پلید کی صورت میں بخت نارسا پہرہ دار تھا۔ مگر وہ اس پر قوت دیو کو تسخیر کرنے والی قوت گنوا بیٹھا تھا۔

فجر کی اذان کے ساتھ اٹھ بیٹھا، سرد پانی سے وضو کیا تو شب بیداری کی کسل مندی میں کمی محسوس کی، خدا کے حضور سر بسجود ہو کر دعا مانگی۔ سکون کی! طمانیت کی! طالب عفو

ہوا ناکردہ گناہ کی خواہش سے، بے لگام سوچ سے۔ آوارہ خیالات سے، فاسد خواہشات سے۔ شہزادی اب منیر شامی کی ہو چکی ہے۔

لاحول پڑھ کر شیطان ملعون کو دور کیا مگر وہ ملعون تو گویا خون کی گردش میں شامل ہو گیا تھا، رگوں میں دوڑتا نعرے لگا رہا تھا۔

"احمق حاتم! احمق حاتم!"

حاتم سجدہ ہائے سہو کر رہا تھا۔ شیطان کے طعنے سنے بغیر!

پر تعیش زینت حاتم کو خوش نہ آرہی تھی!

خوش گلو مغنیہ کی موسیقی بہرے کانوں کی تان ثابت ہوئی، داروغہ، مطبخ انواع و اقسام کے لذیذ کھانے تیار کرتا، مودب کنیزیں، وسیع دستر خوان پر، چاندی کے باسینوں میں خوش رنگ اور خوش ذائقہ پکوان چن دیتیں مگر حاتم خوش دلی سے نہ کھا پاتا، چند نوالے بے دلی سے لیتا اور ذائقہ کا احساس کئے بغیر چباتا جاتا۔ دست سبک والی باندیاں، آب خنک و معطر سے غسل کراتیں، مشاق انگلیوں سے گدگدی کرتیں مگر ٹھنڈے پنڈے میں حرارت نہ پیدا کر پاتیں، جس پر وہ خود بھی حیرت زدہ تھیں۔ جب دیکھا آب خنک محض معطر پانی ہی ثابت ہو رہا ہے تو پانی میں اوویاء ملا کر غسل شروع کر دیا مگر حاتم کا بت پھر بھی ٹھنڈا ہی رہا۔

رات کو انگاروں بھرے بستر پر، کباب سیخ کی مانند کروٹیں بدلتا، پہلو پہ پہلو بدلتا!

منیر شامی شبستان ناز سے بر آمد نہ ہوا کہ آکر حاتم کا حال دریافت کرتا۔

وہ وحشت زدہ سے محل سے نکل جاتا۔ جنگل کی راہ لیتا جہاں خرام ہوا سے شجر کلام کرتے۔ حاتم ویرانوں میں سکون کا گمشدہ دفینہ تلاش کرتا، مگر افسوس حاصل کا!

مہمات سر کرنے والے حاتم کو اپنا جسم کسی طلسمی جال میں پھنسی مردہ مچھلی جیسا

محسوس ہوتا، سخت کوش حاتم آرام کی زندگی سے تنگ آچکا تھا۔ جب کرنے کو کچھ نہ رہا تو زندگی سے اچنبھا ختم ہو گیا۔ نادیدہ خطرات میں تحیر تھا جو محل کی زندگی میں عنقا ہو گیا۔ نہ جن بھوت، نہ پریاں اور پچھل پائیاں، نہ طلسم کے کارخانے اور جادو کے شلے، نہ مافوق الفطرت مخلوقات نہ خارق عادات واقعات۔ سورج نے وقت پر طلوع ہونا ہے، اتنی کنٹری پر کھانا اتنی گھڑیوں بعد رات کی آمد اور پھر مانوس کمرہ میں مانوس بستر۔ خواب راحت کی لذت سے عاری! شاید یہ سب غیر مرئی قفس میں قید کیا جاچکا ہے۔

یا مظہر العجائب!

وہ بے کسی سے سوچتا۔ کیا روئے عالم سے حسن جہاں سوز کی حامل شہزادیاں رخصت ہو گئیں کہ منیر شامیوں نے شیوۂ عشق ترک کیا؟ حاتم تو حاضر تھا مگر متجسس ذہن والی کوئی شہزادی نہ تھی جو سوالات کے جوابات کی متلاشی ہوتی۔ شرط وصل نہ سہی جذبہ تجسس کی تسکین کی خاطر، ذوق تحقیق کی تشفی کے لیے!

حاتم ہراساں ہو کر سوچتا جب زندگی میں سے سوالات ختم ہو جائیں تو کرنے کو کیا رہ جاتا ہے۔ یہ سوال ہی تو ہے جو ذہن کو بیدار، روح کو مخبر اور بشر کو سرگرم عمل رکھتا ہے، سوال کے بغیر زندگی خالی برتن میں تبدیل ہو جاتی ہے۔

حاتم کی زندگی سوالات کے جوابات کی تلاش میں گزری تھی لہٰذا سوالات کے بغیر زندگی بے مقصد محسوس ہو رہی تھی اور پھر سوالوں کا ایک سوال۔ نہ جانے اب شہزادیوں کو سوال کی حاجت کیوں نہیں محسوس ہوتی؟ کیا واقعی وہ اتنی دانش مند ہو گئی ہیں کہ ہر سوال کا جواب جان چکی ہیں؟ اور سرائے عشق میں خاک اڑانے والے منیر شامی کہاں گم ہو گئے؟

اب حاتم کیا کرے؟ سوالات سے زندگی مشروط تھی، اب بنا سوال وہ کیسے زیست

کرے؟

بیضوی قطع کا آئینہ جلی اسے گریزاں عمر کا احساس کراتا اور پھر سوال کرتا۔ ایسا سوال جس کا جواب حاتم کے پاس نہ تھا کہ یہ سوال عمر رائیگاں کے بارے میں نہیں بلکہ مستقبل کے بارے میں تھا۔

چندے یہی لیل و نہار رہے تو میں صحت مند سے مریض حاتم میں تبدیل ہو جاؤں گا۔ اسے وہ شہزادہ یاد آرہا تھا جو ممنوعہ کھونٹ میں آباد شہر سنگ میں، پیچھے مڑ کر دیکھنے کی پاداش میں پتھر کے مجسمہ میں تبدیل ہو گیا تھا اور حاتم بھی خود کو پتھریلا محسوس کر رہا تھا۔ گو جسم پتھر کا نہ تھا مگر اعصاب و احساسات کا بوجھل پن سنگی ہی تھا۔

وقت غسل کیونکہ کنیزوں کے گدگداتے ہاتھ جل میں جوالا جگانے میں ناکام رہے تھے اس لیے تنگ آکر انہوں نے اسے پتھریلی نظروں سے غسل کرانا شروع کر دیا مگر خود میں گم حاتم کو تو اپنی سدھ بدھ نہ تھی کنیزوں کی نظروں کی سنگساری نے اس پر کیا اثر کرنا تھا۔

حاتم عالم بدمزگی میں، خود کو بہلانے کے لیے، دارالحکومت کی سیر کو نکل گیا، یونہی دل گرفتہ سا کوچہ و بازار میں بے مقصد گھومتا نہ دیکھنے والی آنکھوں سے افراد اشیاء کو تکا کیا اور چلتا گیا تکان کے ہتھوڑے سے جسم کے پتھر توڑنے کے لیے، دارالحکومت میں سب اسے پہچانتے تھے لہٰذا احتراماً راستہ چھوڑ کر تعظیم دیتے مگر وہ یوں ہی بے خیالی میں سر ہلا دیتا، نرم کولہوں اور سخت چھاتیوں والی زن ناہنجار نے معنی اسلوب میں کھانس کر اپنی جانب متوجہ کرنا چاہا مگر حاتم گویا نابینا ہو چکا تھا۔

بے مقصد چلتے چلتے اس نے خود کو کارواں سرائے کے سامنے پایا جہاں اطراف و جوانب کے تجار اور سیاح دور و نزدیک کے قیام پذیر تھے، سب کے جدا جدا الباس اور جدی

جدی بولیاں۔ اونٹ، گھوڑے، خچر، گدھے، غلام، مردوں کا انبوہ کثیر، حاتم یوں ہی دیکھتا رہا، کسی خاص شے یا چہرہ پر نظریں ڈالے بغیر!

متحیر حاتم ٹھٹھکا۔۔۔ یا مظہر العجائب! کیا جانور؟ انسان نہیں مگر انسان سے مشابہہ، پچکے گالوں اور اندر دھنسی زرد آنکھوں کے باعث وہ خاصہ معمر دکھائی دے رہا تھا۔ جس مرد کے کندھے پر دم لٹکائے بیٹھا تھا وہ بھی نرالی وضع کا سیاہ تن اوپر تک برہنہ، منڈے سر پر بالوں کی چھوٹی سی چوٹی لٹک رہی تھی، بالوں سے خالی سیاہ سینہ پر سفید دھاگہ لپٹا، منڈے سر کے نیچے پچکے گالوں پر گویا چمڑا مڑھ دیا گیا ہو، باریک لبوں پر، نیچے کو لٹکی مونچھیں، سوکھے بازوؤں پر رگوں کا جال اور مرجھائے ہاتھوں کے آر پار دیکھا جا سکے۔ پاؤں میں لکڑی کی عجب وضع کی جوتی۔ سیاہ ماتھے پر تین سفید لکیریں! حاتم اس کی جانب لپکا اور اپنائیت سے ہاتھ تھام کر اس کا احوال دریافت کیا۔ حاتم نے جیسے ہی اسے چھوا اسے اندازہ ہو گیا کہ یہ کوئی معمولی انسان نہیں اور جب اس نے حاتم کی آنکھوں میں آنکھیں ڈال کر دیکھا تو انکی آگ کی تاب نہ لا سکا۔ ایک دم لرز کر ہاتھ چھوڑ دیا۔

حسن اتفاق سے وہ مرد حاتم کی زبان سمجھ سکتا تھا لہٰذا دونوں میں گفتگو شروع ہو گئی وہ بتا رہا تھا۔

"یہاں سے کئی سو سورج اور کئی سو چاند کی مسافت پر میرا دیس ہے۔ اہل دنیا اسے ہندوستان کے نام سے پکارتے ہیں"۔

حاتم نے اس ملک کا نام نہ سنا تھا مارے اشتیاق کے بولا "کچھ اور بتاؤ اس کے بارے میں"۔

وہ بولا "میرا دیس اتنا بڑا ہے کہ چلتے چلے جاؤ، چلتے جاؤ، میدانوں اور صحراؤں میں سے چلتے جاؤ، دریا عبور کرتے جاؤ پربت چڑھتے جاؤ مگر ملک ختم نہ ہو گا، ہمارا پوتر دریا گنگا

ہے جو ہمارے مہان دیوتا وشنو کی جٹاؤں سے نکلا ہے اس کے کنارے بڑے بڑے تیر تھ ہیں۔ گنگا جب پہاڑوں سے میدانوں میں اترتی ہے تو دو حصوں میں بٹ جاتی ہے اور ایک گنگا اور ایک مندا کنی۔ میں مندا کنی کے کنارے، ایک مٹھ میں، اپنے گرو کے ساتھ رہتا ہوں۔ گیان دھیان اور پوجا پاٹھ میں مگن رہتا ہوں یہ میرے کندھے پر جو جناور ہے اور جو تجھ اجنبی کو دیکھ کر خاموش ہو گیا، میرا سنگی ہے، اگرچہ لوگ اسے بندر کہتے ہیں مگر ہمارے لیے یہ دیوتا مہان ہے۔ جے بجر نگ بلی!"

تب حاتم نے جانا یہ مرد بت پرست ہے۔ حاتم نے سوالات کی مہمات کے سلسلہ میں دنیا دیکھی تھی ہر وضع کے لوگوں سے ملا تھا اور یہ جان لیا تھا کہ تمام دنیا ویسی نہیں جیسی کے ہم عادی ہوتے ہیں۔ دنیا کا تنوع غیر مانوس اشیاء تحیر خیز واقعات اور اجنبی افراد سے معمور ہے۔ بلکہ اسی میں اس کا اپنا پن مشہور ہے لہٰذا افراد، وقوعات، اشیاء، عجائبات کو اپنی فہم کی روشنی میں دیکھنے کی بجائے، انہیں ان کی اصل سمت تسلیم کر کے قبول کر کے، سمجھنا چاہیے، سو بت پرستی کی وجہ سے نفور نہ ہوا۔ احترام سے ہاتھ تھام کر گویا ہوا۔

"میرے مہمان بن کر چنداں غریب خانہ پر قیام فرماؤ سفر کی کلفت دور کرو، مجھے خدمت کا موقع دو اور جب تک جی چاہے دل جمعی سے قیام کرو"۔

اس نے کچھ تامل کے بعد حاتم کی درخواست قبول کرلی، حاتم خوش خوش اسے لے آیا۔ ہر دم اس کی خدمت میں مستعد رہتا اور اس سے اس کے عجیب و غریب ملک کے بارے میں سوالات کرتا رہتا۔ کمال ہے! ایک دن حاتم نے عجب احساس سے سوچا، میں کہ سوالات کے جوابات تلاش کرتا تھا، آج خود سوالات کر رہا ہوں۔ تو کیا میری زندگی سوالات سے مشروط ہو چکی ہے؟ میں سوالوں کے جواب تلاش کرتا ہوں یا پھر جوابات کے لیے سوالات!

حاتم خوش تھا کہ اب وہ پژمردگی، بیزاری، اضمحلال اعصابی تھکن، دروں بین، مایوسی اور دل شکستگی کے حجرۂ ہفت بعد سے بچ نکلا تھا۔

ایک رات دونوں، زندگی، اس کی حقیقت اور اہمیت کے بارے میں گفتگو کر رہے تھے، حاتم نے سوال کیا۔

"تمہارے مرشد نے زندگی کے بارے میں کیا بتایا ہے"۔

وہ بولا "سن حاتم! یہ گپت ودیا ہے، بڑے بڑے بدھی مانوں اور وددانوں ن اسے سمجھنے کے لیے عمریں بتادیں مگر اس ساگر کا اور چھور نہ پا سکے لیکن اے حاتم! تو سوال کرتا ہے اور اسی لیے تو اچھا لگتا ہے کہ تو بھی ودیار تھی ہے تو شکشا چاہتا ہے، تو سمجھنا اور جاننا چاہتا ہے اور یہی ایک سچے شکشک کا کرتیے ہونا چاہیے"۔

حاتم نے انکساری سے سر جھکا کر کہا "زندگی مختصر اور سوالات بہت زیادہ ہیں"۔

ہندوستانی نے انگلی اٹھا کر تصدیق کی پھر بولا۔

"میں کل ودیا تو نہیں دے سکتا البتہ تجھے اس کے کچھ رنگ بتاتا ہوں۔ ہمارے گن دانوں نے جیون کی بھاؤناؤں کے لیے رس ودیا دی ہے"۔

"اور رس کیا ہے؟" حاتم نے سوال کیا۔

"پرتش اور استری کی بھاؤناؤں کو نو رسوں میں بانٹ دیا ہے"۔

"اور وہ نو۔۔۔؟"

"وہ ہیں" ہندوستانی اسے سمجھا رہا تھا، عجب الفاظ، عجب مفہوم "سن اے حاتم! وہ ہیں شرنگارا (محبت، جنس) شانتی (سکون) رودرا (غصہ) ویرا (شجاعت) اوبھاشا (استعجاب) ہنسیا (مزاح) کرونا (رحمدلی) بھیانکا (خوف) اور ردھ بھوتا (تحیر خیزی)۔

حاتم کی پیشانی پر سوچ کی گہری لکیریں۔

وہ بتا رہا تھا" آکاش اور پرکاش، پرتھوی اور پراکرتی بیچ جو انیک رنگ دکھائی دیتے ہیں، سب اسی کارن ہیں، ان سے باہر کچھ نہیں"۔

"اور اگر ہو تو۔۔۔؟"

"مایا ہے"۔

حاتم کچھ دیر تک سر جھکائے اس گن دانوں کی باتوں پر غور کرتا رہا، پھر سوال کیا "یہ رس اور ان کے نو روپ مگر ان کا کوئی مرکز یا بنیاد بھی تو ہوگی وہ کیا ہے؟"

ہندوستانی نے توصیفی نظروں سے دیکھتے ہوئے کہا" جے ہو! تو واقعی بدھی مان ہے، جس سوال تک پہنچنے میں مجھے یگ بیت گئے تو چند چھنوں میں وہاں پہنچ گیا"۔

تعریف سے خوش ہونے کے بجائے حاتم سنجیدہ نظر آرہا تھا۔

ہندوستانی نے سر جھکا لیا، اس کے ٹکلے سر پر پسینہ کی بوندیں چمک رہی تھیں، ایک دو مرتبہ بے چینی سے سر کی چوٹی کو چھوا، اس کی آنکھوں میں تشویش تھی یا جھجک؟ وہ خوفزدہ تھا کہ ہیجان زدہ، حاتم اسے عجب نظروں سے تک رہا تھا۔

ہندوستانی جب بولا تو بہت ہی دھیمی آواز میں گویا ہوا، کہیں دور سے، سرگوشی آرہی ہو۔

"میں دبدھے میں ہوں۔ وہ رکا گویا بھاگتا سانس لینے کو رکے "بہتر ہوتا میں نے کچھ نہ کہا ہوتا نہ تم نے کچھ سنا ہوتا، اچھا ہوتا تیرے گھر نہ آتا، بہت ہی اچھا ہوتا، میں اس کھونٹ آیا ہی نہ ہوتا" وہ پھر رکا، گویا سینہ میں سانس بھر کر غوطہ لگانے کو ہو"۔ ہونی ہو کر رہتی۔ کیسی چنتا اور کیسی دبدھا" حاتم کو اس کی جلتی آنکھیں اعصاب سلگاتی محسوس ہو رہی تھیں وہ کہہ رہا تھا۔

"نہیں حاتم! میرے گرو نے مجھے بتایا اور میرے گرو کو اس کے گرو نے بتایا۔۔۔

اور میں تجھے بتا رہا ہوں اصل طاقت جیون جل میں ہے"۔

حاتم نے یہ نیا لفظ سنا بلکہ اس غیر ملکی سے گفتگو کے دوران اس نے بہت سے نئے الفاظ سنے تھے، کچھ کے معنی بوجھے تو کچھ کے پوچھے "یہ۔۔۔یہ جیون جل کیا ہے"۔

تمہاری بھاشا میں ایک شبد ہے آب حیات، جیون دینے والا پانی، مرتیو سے مکت کرنے والا"۔

"ہے تو، مگر اس کا جیون جل سے کیا تعلق؟"

"غور نہیں کیا حاتم" وہ پرجوش لہجہ میں بولا "غور کرو، ہماری بھاشا میں یہی جیون جل ہے"۔

"اوہ! حاتم بولا، یہ تو نئی مہم شروع ہو گئی"۔

"نہیں"۔

"کیوں نہیں"۔

"اس لیے کہ ہر جیو کے پاس جیون جل ہے"۔

"مگر۔۔۔۔"

"وہ حاتم کے کان کے پاس منہ لے جا کر بولا "جب پرش اور استری بھوگ کرتے ہیں تو دونوں بیچ جو فوارہ اچھلتا ہے وہی جیون جل ہے"۔

وہ حاتم کی سنے بغیر اپنی دھن میں مست بولے جا رہا تھا "یہی جیون جل منش کو پھر جنم دیتا ہے مگر اولاد کی صورت میں۔ مرنے کے بعد تم زندہ رہو گے مگر اپنی سنتان کے روپ میں۔ یہ ہے جیون جل، جیون شکتی کا اٹل کارن۔۔۔ اس لیے ہم شیولنگ پوجتے ہیں"۔

پھر نیا لفظ مگر حاتم نے اسے نہ ٹوکا جو اپنی رو میں بہے جا رہا تھا۔

"جیون کی طرح یہ گیان دھیان کا بھی کارن ہے، اس سے کون کس طرح کا کام لیتا ہے اسی سے جیون کتھا میں رنگ بھرا جاتا ہے یہی تانترک ودیا ہے"۔ دونوں خاموش تھے، بار نے حاتم سے سوال کیا۔

"اے مرد دانا! یہ بتا، تیری نسل میرا مطلب تیری سنتان تو بہت ہو گئی"۔

وہ پھیکی ہنسی ہنسا "یہ آخری بھید ہے حاتم! گیان دھیان کی ڈگر پر چلنے والوں کو یہ سب تیاگ کرنا پڑتا ہے"۔

"یعنی۔۔۔؟"

"یہ انمول شکتی یوں ہی استری پر ضائع نہیں کی جاسکتی، اس کی رکھشا کرنی ہوتی ہے"۔

"تو؟"

"ہاں! اے حاتم ہم سب سے پہلے اسی کی بلی دیتے ہیں"۔

باہر رات دبے پاؤں گزر رہی تھی۔ اندر خاموشی کی چادر میں لپٹے وہ دونوں خاموش، آلتی پالتی مارے، اپنے آپ میں گم۔

تب حاتم کے سینہ سے سرد آہ نکلی۔ تو کیا میری زیست کارزیاں میں رائیگاں گئی، اس نے خود سے آخری سوال کیا۔

جواب میں ہوا خاموش!

***

۱۳

دستکیں

سلیم آغا قزلباش

شہاب الدین کا کاروبار اتنا چمکا کہ اُس کے لشکارے بیرونِ ملک بھی پہنچ گئے۔ اب وہ وقت شاید زیادہ دور نہیں تھا کہ اُس کا شکار بھی بڑی مچھلیوں میں ہونے لگتا۔ بس ایک تاؤ کی کسر باقی تھی کہ وہ اُس غیر معمولی صورتِ حال سے دوچار ہو گیا۔ وہ جو ہمیشہ سے اپنی راہ میں حائل ہر رکاوٹ کو نوکِ پا سے ٹھکرا دیا تھا اب مکڑی کے جالے میں پھنسی مکھی کے مانند بے دست و پا ہو کر رہ گیا تھا۔ اُس کی جگہ کوئی دوسرا ہوتا تو شاید وہ زیادہ دنوں تک اُن حالات کا مقابلہ نہ کر سکتا اور اگر کوئی ہمت والا اُن سے نپٹنے کے لئے کمربستہ ہو بھی جاتا تو لڑتا بھڑتا انہیں لوگوں کی صف میں آن شامل ہوتا جو انجام کار ہتھیار پھینک دیتے ہیں۔ بہر حال وہ سب حالات اُس کے لئے انتہائی سنگین روپ اختیار کر چکے تھے۔

پہلی بلائے ناگہانی کا نزول ایک سبز قدم صبح طلوع ہونے پر ہوا۔ حالاں کہ جب وہ بیدار ہوا تو بظاہر سب کچھ معمول کے مطابق تھا۔ مگر چند ثانیوں کے بعد ہی اُسے کمرے کی تمام اشیاء بلیک اینڈ وہائٹ میں لتھڑی دکھائی دینے لگیں۔ یہ دیکھ کر اُس نے چند بار اپنی آنکھیں جلدی جلدی سے جھپکیں لیکن اِس کے باوجود کمرے میں موجود کسی چیز نے اپنے اصلی رنگ ظاہر نہ کئے۔ گھبرا کر وہ اٹھ بیٹھا، آنکھوں کو ہتھیلیوں سے دو تین مرتبہ ملا۔

یہ سوچتے ہوئے کہ شاید نیند پورے طور پر آنکھوں سے جدا نہیں ہوئی۔ مگر ایسا کرنے کے باوجود پیش منظر میں کوئی تبدیلی رونما نہ ہو سکی۔ لٰہذا وہ لپک کر غسل خانے میں گیا اور بیسن پر جھک کر ٹونٹی سے لپ لپ نکلتی پانی کی دھار کو چلو میں بھر کر اُس کے چھینٹے باری باری دونوں آنکھوں میں زور زور سے مارنے لگا۔ اِس مرحلے کے بعد جب اُس نے آئینے پر نگاہ ڈالی تو چکرا گیا۔ رنگ گم ہو چکے تھے۔ کلر بلائینڈ ہونے کے عارضے کے متعلق تو اُس نے سن رکھا تھا، مگر بصارت کے رنگوں سے یک مشت اور یک لخت بغیر کسی خاص وجہ کے ہاتھ دھو بیٹھنا اُس کے لئے ناقابل فہم تھا۔ وہ اِس حادثے کو تسلیم کرنے پر آمادہ نظر نہیں آتا تھا۔ کمرے میں واپس آکر وہ اپنی مخصوص بازوؤں والی کرسی پر ٹانگیں پسار کر بیٹھ گیا اور کئی لمحوں تک ساکت و صامت بیٹھا رہا۔ تھوڑی دیر کے بعد دونوں آنکھوں کو میچ کر خود سے ہم کلام ہوا کہ جب میں ایک۔ دو۔ تین۔ تک گنتی گننے کے بعد آنکھیں دوبارہ کھولوں گا تو سب کچھ ٹھیک ہو جائے گا اور جب اِس ترکیب پر عمل پیرا ہوتے ہوئے آنکھوں کو وا کیا تو اُس کو زور کا ایک جھٹکا لگا جیسے سینہ پر کسی نے زور سے گھونسا مار دیا ہو۔ کرسی کی ہتھی پر اُس کی انگلیوں کی گرفت پل بھر کے لئے مضبوط ہوئی اور پھر ڈھیلی پڑ گئی۔ مانو اس کے جسم سے جان نکل گئی ہو، کیوں کہ رنگ واپس نہیں آئے تھے۔ لیکن اُس کا دل مانتا نہ تھا کہ یہ سب کچھ جو وہ کھلی آنکھوں سے دیکھ رہا تھا اُسی کے ساتھ پیش آرہا تھا۔ پھر نجانے کیا سوچ کر اُس نے اُٹھ کر کمرے کے کونے میں رکھے ہوئے ٹیلی ویژن کو آن کر دیا۔ صبح کی نشریات کا آغاز ہو چکا تھا، مگر سکرین پر سب کچھ بلیک اینڈ وہائٹ میں متحرک تھا۔ اُس نے خود کو ایک بار پھر طفل تسلی دی کہ ممکن ہے کسی فنی خرابی کے باعث تصویر بغیر رنگوں کے آرہی ہو۔ تاہم کمرے کی جملہ اشیاء تو ٹیلی ویژن اسکرین کا جزو بدن نہیں تھیں وہ اپنے رنگ کیوں اُجاگر نہیں کر رہی تھیں! یہ خیال در آتے ہی ایک بار پھر

اُس کے دل و دماغ میں کھینچا تانی شروع ہوگئی۔ حالاں کہ سچ آخر سچ ہے، چاہے کوئی مانے یا نہ مانے آخر کو تو ماننا ہی پڑتا ہے۔ اس سب کے باوجود اُس نے ایک آخری داؤد آزمانے کی کوشش کی اور آگے بڑھ کر سورج کی جانب کھلنے والی دبیز شیشے کی کھڑکی کے سامنے لٹکے ہوئے پردے کو ایک جھٹکے کے ساتھ ایک جانب کو سرکا دیا۔ باہر تا حد نگاہ وسیع لان کی کیاریوں میں جھومتے لہلہاتے ہوئے پھول بوٹے، لان کی مخملیں سبز گھاس، یوکلٹپس کے دراز قامت درخت، سڑک کا ٹریفک، آسمان کا سائبان اور صبح کی جوان دھوپ، غرضیکہ ہر شے اپنا قدرتی رنگ لٹا بیٹھی تھی اور فقط بلیک اینڈ وہائٹ کے پھیکے، اکھرے یکسانیت آمیز رنگ میں رنگی ہوئی تھی۔ آج غالباً پہلی مرتبہ اُسے بیڈ ٹی منگا کر پینا بھی سرے سے یاد نہیں آیا تھا۔ بیٹھے بٹھائے خوشی اس طور منہ کالا کر کے کہیں جا سکتی تھی اُس نے بھول کر بھی اِس پہلو سے نہیں سوچا تھا۔ حالاں کہ کل کی شام کتنی یادگار تھی۔ اُس کے عالیشان بنگلے کا چپہ چپہ رنگوں، خوشبوؤں، قہقہوں اور ذائقوں سے بھرا پڑا تھا۔ عمائدین اور معززین شہر کی بہت بڑی تعداد اُس کے بنگلے میں موجود تھی اور وہ خود گھمنڈ اور طاقت کے نشہ میں سرشار سب مہمانوں کا سواگت کر رہا تھا، اُن سے باری باری مل رہا تھا اور کل شام وہ خوش بھی تو ضرورت سے زیادہ ہی تھا اور کیوں نہ ہوتا! اُس کو ملکی سطح پر ایک اعلیٰ سول اعزاز ملنے کی خبر کا اعلان جو ہوا تھا۔ ہر چند کہ کل کی شام اور آج کی صبح کے بیچ فقط چند گھنٹوں کا فاصلہ حائل ہوا تھا، تاہم اس دورانیہ میں کوئی غیر مرئی ہستی اُس کی آنکھوں کے رنگوں کو پانی میں گھول کر غٹاغٹ پی گئی تھی۔ از سر نو ایک تشنج آمیز کیفیت اُس کو بلونے لگی اور اُس کا انگ انگ تناؤ کی زد میں آگیا اُس نے سگار سلگا کر اپنے شیرازے کو سمیٹنے کی ایک بار پھر سعی کی۔ کافی دیر تک وہ خیالوں کی دنیا میں گم کمرے میں بے قرار سے سے ٹہلتا رہگا۔ شاید خیالوں ہی خیالوں میں رنگوں کو کھوجتا رہا تھا اور جب وال کلاک

نے ٹنٹناتے ہوئے نو بجے کی آمد کا گھنٹہ بجایا تو وہ حقیقت کی سفاک دنیا میں واپس آ گیا۔

جیسے تیسے خود کو پکڑ دھکڑ کر وہ تیار ہو کر ناشتے کے لئے نچلی منزل پر آیا تو اُس نے دیکھا کے ہال کمرے کی دیواروں پر ٹنگی قد آدم روغنی تصاویر اپنے تمام رنگوں سے دست کش ہو چکی تھیں۔ چلتے چلتے رُک کر اُس نے ہونٹوں کو بھینچ لیا تا کہ اندر سے نکلنے والی کراہ کو دبا سکے۔ چوں کہ وہ نہیں چاہتا تھا کہ کسی دوسرے کو اُس کی اُس کی ذہنی ابتری کا ہلکا سا بھی شائبہ ہو لہٰذا وہ اپنے چہرے پر زبردستی کا خوشگوار تاثر چپکائے ڈائننگ روم میں داخل ہوا اور ناشتہ زہر مار کرنے کے بعد دفتر کو روانہ ہو گیا۔ اپنے پرائیویٹ آفس کے شاندار کمرے میں طویل عرصہ تک بیٹھے رہنے کے باوجود وہ جم کر کوئی کام نہ کر سکا۔ سارا وقت اکھڑے اکھڑے انداز میں ہر معاملے کو سلجھانے کی کوشش کرتا رہا۔ الفاظ اور یادداشت اُس کا ساتھ بار بار چھوڑ جاتے تھے۔ ایک مرتبہ اُس نے اپنے اسسٹنٹ کو آفس میں طلب کیا مگر اُس کی آمد کے بعد وہ بات ہی سرے سے بھول گیا جس کے لئے اُسے بلایا تھا۔ سو مارکیٹ اور اسٹاک ایکسچینج کے اتار چڑھاؤ کے بارے میں فروعی استفسارات کرنے کے بعد اُسے جانے کا اشارہ کر دیا۔ اُس کی غیر حاضر دماغی یہاں تک جا پہنچی کہ سامنے کھلی پڑی فائل کو میز کے مختلف خانوں میں تلاش کرنے لگا اور عدم دستیابی پر سٹپٹا کر میز کے خانوں میں موجود کاغذات کو بے دردی سے اُتھل پتھل کرتا چلا گیا اور ایسا کرتے ہوئے معاً اُس کی نظر انگریزی کے ایک رسالے پر پڑی۔ اُس نے غیر ارادی طور پر اُس کو اٹھا لیا اور پھر اس کی ورق گردانی میں مصروف ہو گیا۔ چند ورق اُلٹے پلٹے تو یکایک اُس کی نگاہ سرجری کے موضوع سے متعلق ایک مختصر سے مضمون پر جا ٹکی اور پھر اُس کے مندرجات پر پھسلتی چلی گئی۔ مضمون کا لب لباب یہ تھا کہ پیوندکاری کے آپریشن کے بعد جسم میں ریجیکیشن کا عمل شروع ہو جاتا ہے جسے بعض خاص ادویہ کے ذریعہ قابو میں

رکھنا پڑتا ہے تاکہ جسم نئے مہمان عضو کو اپنا جگر گوشہ بنانے پر آمادہ ہو جائے۔ یہ مختصر مضمون پڑھنے کے بعد اُس کے اندر کھلبلی مچ گئی، نئے نئے اندیشوں اور وسوسوں نے اُسے اپنے نرغے میں لے لیا۔ اپنے آفس میں بیٹھے ہوئے یہ روح فرسا اندیشہ اُس کے دل و دماغ میں کڑوا دھواں بن کر پھیلنے لگا کہ کہیں ایسا تو نہیں کہ معاشرے نے اس طبقہ کے خلاف ریجکیشن کا عمل شروع کر دیا ہو جس سے وہ خود وابستہ تھا اور یہ جو کچھ اُس کی بصارت کے سلسلے میں حادثہ پیش آیا تھا وہ بھی شاید اِسی عمل معکوس کا نتیجہ ہو جو جسم کی سطح پر اپنا اظہار کرنے لگا تھا۔ اگر یوں تھا تو اِس کے معنی یہ ہوئے کہ اس خاص طبقہ سے تعلق رکھنے والی دیگر چھوٹی بڑی مچھلیوں کو بھی اِسی سے ملتا جلتا کوئی نہ کوئی عارضہ لاحق ہو گیا ہو گا۔ یہ سوچ کر اُس کی ڈھارس بندھی۔ چنانچہ اگلے دو چار روز میں اُس نے مختلف نوعیت کی ٹی پارٹیوں، محفلوں اور میٹنگوں میں شرکت کرنے والے اپنے کاروباری دوست احباب اور جان پہچان کے لوگوں سے باتوں باتوں میں بالواسطہ یا بلاواسطہ آنکھوں کی تکالیف سے متعلق استفسارات کئے اور یہ معلوم کر کے سخت مایوسی ہوئی کہ اُن میں سے اکثریت، مزید دولت نہ سمیٹ سکنے، بعض کنٹرکیٹوں کے ہاتھ سے نکل جانے، مرضی کے مطابق ٹیکس چوری نہ کر سکنے کے غم میں بلڈ پریشر اور معدے کے السر میں تو مبتلا تھی مگر اُس کے روگ جیسی ایک معمولی سی علامت بھی اُن میں سرے سے موجود نہیں تھی۔ یہ سب کچھ جان کر اُس کے دماغ میں یہ سوال ٹھپر ٹھپرانے لگا کہ آخر اُسے ہی کیوں یہ سب کچھ سہنے کے لئے چنا گیا ہے۔ اُس کی جگہ کوئی دوسرا بھی تو ہو سکتا تھا جو اِس اذیت میں مبتلا ہو جاتا۔ مگر یہ زاویہ نگاہ اپنے طور پر ایسا گورکھ دھندہ تھا جو سلجھائے نہیں سلجھ سکتا تھا۔

بصارت کی ٹیکنی کلر دنیا کے معدوم ہو جانے کا زخم ابھی ہرا تھا کہ پے در پے آفتیں

بھوکے گدھوں کی طرح اُس کے وجود پر ٹوٹ پڑیں اور اس کو بری طرح نوچنے کھسوٹنے لگیں۔ ان آفتوں کی شروعات ناشتہ کی میز پر سے ہوئی۔ اُس نے جب دیے کا پہلا ہی چمچ منہ میں ڈالا تو اُسے یک دم ابکائی سی آئی جیسے اُس نے غلطی سے کیچڑ نگل لیا ہو۔ عجلت سے اُس نے پلیٹ کو پرے سر کا کر چائے کا گھونٹ بھرا تو وہ گرم پانی جیسا بے ذائقہ لگا۔ بمشکل خود پر قابو پاتے ہوئے اُس نے ہاتھ بڑھا کر آملیٹ کا ایک ٹکڑا کانٹے میں پرو کر منہ میں ڈالا تو وہ بھی بے ذائقہ نکلا۔ یک بیک غصے سے اُس کا پارہ چڑھ گیا۔ اُس نے بلند آواز سے ملازم کو بلایا۔ نوکر بوکھلا کر دوڑا آیا اور "یہ کیا ہے؟ یہ کوئی طریقہ ہے، آخر تمہیں ہو کیا گیا ہے" اتنے میں اُس کی بیوی آنچل سنبھالتی ہوئی آگئی اور بولی: "کیا ہوا، کیوں ناراض ہو رہے ہو" اُس نے جواباً کہا" ہر چیز بے مزہ ہے تم خود چکھ کر دیکھ لو" اُس کی بیوی نے آملیٹ کا ایک ٹکڑا چکھا اور بولی: "ارے اِس میں تو نمک کچھ زیادہ ہی کمبخت نے ڈال دیا ہے۔ میں ابھی اُس کی خبر لیتی ہوں" اور پھر قدرے توقف سے اپنے شوہر سے مخاطب ہوئی: "تمہاری طبیعت کچھ ٹھیک نہیں لگتی، رات تم بتا رہے تھے کہ کل سارا دن تم بہت ہی مصروف رہے۔ میری مانو تو آج آفس نہ جاؤ اور گھر پر ہی آرام کرو" اُس نے بیوی کی باتوں کو بغیر کسی تاثر کے سنا اور پھر اوکے، اوکے کہتا ہوا وہاں سے اُٹھ کر چل دیا۔ کمرے میں پہنچ کر وہ چند لحظوں تک خالی الذہن کھڑا رہا۔ معاً اس نے سوچا چلو ذرا موسیقی سن کر دل بہلایا جائے۔ ریکارڈ پلییئر کو چلا کر ابھی وہ پلٹا ہی تھا کہ ریکارڈ سے عجیب بے ہنگم خرخراتی نامانوس آوازیں ابلنا شروع ہو گئیں۔ انہیں قدموں پلٹ کر اُس نے ریکارڈ تبدیل کیا اور اپنی نشست پر آبیٹھا۔ دوبارہ بالکل پہلے جیسی بے ہنگم، سمع خراش آواز اُس کے کانوں کے پردوں سے آ ٹکرائی۔ زچ ہو کر اُس نے یکبارگی ریکارڈ پلییئر کو بند کر دیا اور اس کے بعد ٹرانسٹر کو آن کر کے اس کی سوئی کو گھما پھرا کر کوئی اسٹیشن ڈھونڈنے لگا۔

ایک دو جگہ پر کچھ نشر ہو رہا تھا، لیکن بولنے یا گانے والے کی آواز شہد کی مکھیوں کی سی بھنبھناہٹ بن کر اُس کے کانوں میں بھرتی جا رہی تھی اور عین اُس وقت اس کے دل میں یہ ڈراؤنا خدشہ دھڑکنے لگا کہ کہیں خرابی ریڈیو اور ریکارڈ پلییئر کے بجائے اُس کی ذات کے ریسونگ سیٹ میں تو نمودار نہیں ہو گئی! چنانچہ اُس نے اِس خدشے کو جھٹلانے کی خاطر اپنے آفس منیجر کو فون کیا اور یہ سن کر اس کے پاؤں تلے سے زمین نکل گئی کہ ٹیلی فون ریسورس سے معانی سے تہی، اجنبی لفظوں کی بھنبھناہٹ اُس کے کان میں پگھلے ہوئے سیسہ کی طرح اُترتی جا رہی تھی۔ اُس نے ریسور میں سے سنائی دینے والی بھنبھناہٹ کو بعجلت چند ایک ضروری باتیں بتائیں اور بات ختم کر دی۔ یہ مجھے کیا ہوتا جا رہا ہے، کہیں میرا دماغ، نہیں نہیں ایسا سوچنا بھی حماقت ہے، مگر آنکھوں میں بے رنگی، زبان پر بے ذائقگی اور کانوں میں بے معنی الفاظ کی بھنبھناہٹ۔ آخر اِن سب باتوں کا مطلب کیا ہے؟ اِسی ادھیڑ بن میں وہ کمرے میں بے قراری کے عالم میں گھومنے لگا۔ اتنے میں نوکر نے کمرے میں داخل ہو کر تازہ اخبار اور ڈاک سامنے میز پر لا کر رکھ دی اور پھر اس کی طرف منہ موڑ کر کچھ کہا جسے وہ بالکل نہ سمجھ سکا۔ اُس کو یہی سنائی دیا کہ اوٹ پٹانگ، بے معنی بھنبھناتے لفظوں کی گردان پڑھی جا رہی ہے، چند ثانیوں تک وہ اُس کی جانب یوں تکتا رہا جیسے کسی اجنبی مخلوق کو دیکھ رہا ہو اور پھر دیوار کی جانب رُخ موڑ کر قدرے اونچی آواز سے نوکر سے کہا "ٹھیک ہے تم جاؤ" نوکر کے جانے کے بعد وہ تادیر کھویا کھویا سا کھڑکی کے سامنے کھڑا رہا۔ وہ اِس بات پر سخت متعجب تھا کہ دوسروں کو تو اُس کی تمام باتیں سمجھ میں آ رہی ہیں مگر اُن کی کوئی بات بھی اُس کے پلے نہیں پڑ رہی تھی۔ اس مسئلہ پر سوچ سوچ کر اُس کا سر اتنا بوجھل ہو گیا تھا کہ مزید کھڑا رہنا بھی اُس کے لئے دوبھر ہو گیا۔ مانو کسی غیبی قوت نے اُس کے سر پر آہنی خود چڑھا دیا ہو۔ لہٰذا وہ ڈگمگاتے قدموں سے بستر پر

جا کر ڈھیر ہو گیا۔

نجانے کتنی دیر تک وہ بے سدھ پڑا رہا۔ پھر آہستہ اُس کے اوسان قدرے بحال ہوئے۔ وال کلاک پر اچٹتی نگاہ ڈالی تو اندازہ ہوا کہ وہ تین چار گھنٹے نیم بے ہوشی کی حالت میں بستر پر لیٹا رہا تھا۔ وہ اُٹھ بیٹھا۔ اُس نے غسل کر کے طبیعت کی کسلمندی کو دور کرنے کا سوچا، اِس اُمید کے ساتھ کہ ممکن ہے غسل کرنے سے ڈرامائی تبدیلی رونما ہو جائے اور اس عذاب مسلسل سے گلو خلاصی کی کوئی نہ کوئی سبیل نکل آئے۔ شاور تلے کھڑا ہو کر جب اس نے پانی کی تیز بوچھار کو اپنے بدن پر گرتے پھسلتے دیکھا تو اسے سخت اچنبھا ہوا اور پھر حیرت کے مارے وہ دم بخود سا ہو کر رہ گیا کیوں کہ اُس کا جسم پانی کی خنکی کو محسوس نہیں کر رہا تھا۔ جلدی سے اُس نے ٹھنڈے پانی کو بند کر کے گرم پانی کا والو گھمایا تو دھواں دھار پانی شوکتا ہوا اُس کے جسم پر جھپٹا مگر اس بار بھی اس کے بدن نے کسی قسم کے رد عمل کا کوئی مظاہرہ نہ کیا۔ گرم اور سرد کا فرق بھی غائب ہو گیا تھا اور جب کھڑے کھڑے کافی دیر ہو گئی تو وہ شاور کو بند کر کے بدن پر تولیہ لپیٹ کر باہر آ گیا۔ زندگی کے لذائذ صابن کی چکنی ڈلی کے مانند اُس کے ہاتھ سے پھدک کر نکلتے چلے جائیں گے یہ اس کے خواب و خیال میں بھی نہیں تھا۔ لیکن اب یہ سب کچھ ایک ننگی سچائی بن گیا تھا۔ کپڑے پہنتے ہوئے اُسے بار بار یہی گمان ہوا کہ وہ کسی بے جان کاٹھ کے پتلے پر لباس کھینچ تان کر چڑھا رہا ہو۔ اِس عمل سے فراغ پا کر وہ تھکے تھکے بوجھل قدموں سے سیڑھیاں اُتر تا نچلی منزل میں آیا اور خود کو تقریباً گھسیٹتے ہوئے ڈائننگ روم میں لے گیا۔ کھانے کے لوازمات میز پر چن دیئے گئے تھے۔ اُس وقت اُس کی بیوی ریفریجریٹر میں سے کچھ نکال کر ملازم کے حوالے کر رہی تھی۔ اُسے آتا دیکھ کر وہ مسکرائی اور کہا: "ڈیر اب کیسی طبیعت ہے!" مگر اس کو بے معنی لفظوں کی بھنبھناہٹ کے سوا کچھ سنائی نہ دیا۔ اُس نے قدرے

ہکلاتے ہوئے محض اندازے سے جواب دیا "ٹھیک ہوں" اور یہ کہتے ہوئے ڈائننگ چیئر پر جا کر بیٹھ گیا۔ میز پر ترتیب اور قرینے سلیقے سے رکھے ہوئے سالن کے ڈونگوں میں اُس کی من پسند اشیا موجود تھیں۔ تاہم صبح کا تجربہ تا حال اُس کے ذہن پر جوں کا توں مرتسم تھا۔ یہی وجہ تھی کہ اُس نے ڈرتے ڈرتے کانٹے سے ایک سیخ کباب اٹھا کر پلیٹ میں ڈالا اور پھر اس کا ایک گوشہ کاٹ کر دانتوں تلے چبایا تو اُسے یقین ہو گیا کہ وہ ربڑ کی بنی کسی لجلجی بے ذائقہ چیز کو چبا رہا ہے۔ اِس احساس کے غلبہ کے باوصف اُس نے چند ایک دوسری چیزوں کو بھی چکھنے کا فیصلہ کیا اور باری باری چند ایک ڈونگوں میں سے ایک ایک چمچ اپنی پلیٹ میں ڈھالا اور پھر اُن کو چباتا نگلتا چلا گیا۔ تمام لوازمات کا ذائقہ جواب دے چکا تھا اور کافی دیر تک منہ میں چبائے پپولے گئے چیونگم جیسا بے رس، بے ذائقہ لجلجا احساس باقی رہ گیا تھا جو تھوڑی بہت اُمید اُس کے دل میں تھی کہ ذائقہ ابھی قائم ہے وہ بھی جاتی رہی۔ مزید آزمائش کی سکت اُس میں نہ تھی۔ ایکا ایکی اُس کا دل ڈوبنے لگا۔ اُس کی بیوی نے اُس کی ناسازی طبع کو بھانپتے ہوئے اُس سے کچھ کہا۔ بے معنی لفظوں کی بڑبڑاہٹ کے سوا اِس بار بھی اُس کے پلے کچھ نہ پڑا۔ اُس نے دوبارہ خود کو سنبھالا دے کر اندازے سے جواب دیا "میری طبیعت پوری طرح سنبھلی نہیں ہے، میں ابھی کچھ دیر اور آرام کروں گا۔" اتنا کہہ کر وہ نیپکن سے ہاتھ پونچھتا ہوا اپنی نشست سے اُٹھ کھڑا ہوا۔ اُس کی بیوی نے بیٹھے کی ایک قاش پلیٹ میں ڈھال کر جلدی سے اُس کی جانب بڑھائی تو اس نے ہاتھ کے اشارے سے اُسے منع کر دیا اور رُخ موڑ کر لمبے لمبے ڈگ بھرتا ہوا سیڑھیوں کی جانب چل دیا۔ کمرے میں پہنچ کر اس نے سگار سلگا کر ایک گہرا کش لیا، لیکن اُسے قطعاً کوئی لطف نہ آیا۔ ایسے میں آپ ہی آپ اس کی نگاہ گلدان میں سجے سنورے پھولوں کے گلدستے پر جا ٹکی اور کسی انجانے جذبے سے سرشار ہو کر وہ آگے بڑھا اور اپنا

ناک پھولوں کے پاس لاکر ان کی خوشبو کو سونگھا، مگر خوشبو کا معمولی سا لہریا تک اُس کے نتھنوں سے نہ ٹکرایا۔ اس نے دوبارہ ایک دو مزید گہرے گہرے سانس اندر کھینچ کر پھولوں کی بھینی بھینی خوشبو سے خود کو تازہ دم کرنے کی کوشش کی جو بے سود ثابت ہوئی۔ اس نے سوچا یہ مصنوعی پھولوں سے بنایا گیا گلدستہ ہے جبھی تو اس میں سے کوئی مہک نہیں آرہی۔ اس کے بعد اس نے اپنے شک کو رفع کرنے کی خاطر بے اختیار ہو کر پھولوں کو انگلیوں سے ٹٹولا سہلایا، قطعاً اندازہ نہ ہو سکا کہ اصلی ہیں یا نقلی کیوں کہ چھونے کی حس تو پہلے ہی ہاتھوں سے نکل چکی تھی۔ البتہ اُس کی انگلی کی پور میں سے خون کی ایک سیاہی مسائل بوند ضروری اُبھر آئی۔ غالباً گلاب کی شاخ کا کوئی تیز دھار کانٹا اُس میں چبھ گیا تھا۔ یہ دیکھ کر اُس کے حلق میں بھی کانٹا سا اٹک گیا۔ تو کیا یہ بھی میرا ساتھ چھوڑ گئی! یکدم وہ سراسیمہ ہو کر الٹے قدموں پیچھے ہٹا اور صوفے سے ٹکرا کر بے دم سا ہو کر اُس پر ڈھیر ہو گیا۔ اُس کا چہرہ ہلدی ہو رہا تھا اور اس اذیت ناک سوچ نے اُسے اپنے پنجوں میں جکڑ لیا تھا کہ اب فقط چھٹی حس پر انحصار کرتے ہوئے اُسے محض اندازوں سے کام چلانا ہو گا۔ مضبوط اعصاب کا مالک ہوتے ہوئے بھی اُس کے دماغ کے بخیے ادھڑنے لگے تھے، بلکہ ای ہ کے لئے اِس اندوہناک احساس سے چھٹکارا پانا ممکن نہیں رہا تھا کہ وہ کم و بیش تمام عناصر خمسہ سے محروم ہو چکا ہے۔ شاید اُس کے اندر کے دفاعی نظام نے کسی نادیدہ خطرے کو بھانپ کر یا پھر کسی شدید فہمی کی بنا پر خود کو تباہ و برباد کرنے والے خودکار آلہ کا بٹن داب دیا تھا جب کہ وہ خود بے دست و پاک ہو کر فقط اس انتظار میں مربہ لب بیٹھا تھا کہ دیکھوں کب دھماکہ ہوتا ہے اور میری دھجیاں اڑتی بکھرتی نظر آتی ہیں۔ بظاہر ایسی کوئی وجہ تو نہیں تھی کہ اُس کے اندر کا خودکار نظام اُس کے جسم کو تباہی و بربادی کے دہانے پر لا کھڑا کرتا۔ مگر ایسا ہو چکا تھا۔ اُس کو باہر کی دنیا سے وابستہ حسیات سے محروم کر

دیا گیا تھا۔ ہر چند کہ یہ بات بڑی ناانصافی تھی تاہم اِس کی شنوائی اندر کی عدالت کے سوا اور کہیں بھی ممکن نہیں تھی اور فی الحال اندر کے تمام دروازے مقفل تھے اور باہر کے تمام راستوں پر پہرا بٹھا دیا گیا تھا اور وہ نہ اندر رہا تھا نہ باہر، صرف بیچ کسی تنگ و تاریک راہداری میں ایک شپرک کی طرح بھٹک رہا تھا، ہانپ رہا تھا، بے در دیواروں سے سر پھوڑ رہا تھا، چلا رہا تھا، آزادی کی بھیک مانگ رہا تھا، مگر جواب میں ایک اندھی، بہری، گونگی، بے حس خاموشی کی بے انت گونج کے سوا اور کچھ اُسے سنائی نہیں دے رہا تھا۔

عمر کے اعتبار سے اُس نے بمشکل پچاسویں سال کو عبور کیا تھا اور صحت اُس کی اس قدر قابل رشک تھی کہ دیکھنے میں اپنی عمر سے کہیں چھوٹا نظر آتا تھا۔ بینائی بھی اُس کی ہمیشہ سے اِس قدر اچھی تھی کہ عمر کی نصف سنچری مکمل کرنے کے بعد بھی اُسے چشمہ لگانے کی ضرورت پیش نہیں آئی تھی اور دیگر حسیات کے سلسلے میں بھی اُس کا جسم بڑا حساس تھا، رنگوں، خوشبوؤں اور ذائقوں کے نازک سے نازک فرق کو وہ بڑی خوبی سے جان لیتا تھا۔ سو اس پہلو کا تو سرے سے کوئی امکان نہیں تھا کہ اُس کی موجودہ حالت کسی سابقہ عارضے کا باعث تھی۔ اِس سب کے باوجود وہ اس پراسرار بیماری کے چنگل میں پھنس گیا تھا اور اِس ابتلا کا درماں نجانے کس کے پاس تھا! اس کے لئے اب مزید انتظار کرنا لاحاصل تھا، چنانچہ اُس نے اپنے ایک نہایت بااعتماد قریشی دوست سے مشورہ لینے کا فیصلہ کیا جو سوئے اتفاق سے ایک ماہر اعصاب ڈاکٹر بھی تھا۔ کپڑے کر کے وہ خاموشی سے نیچے آیا اور کسی کو کچھ بتلائے بغیر خود ہی کار ڈرائیور کر کے بہ ہزار دقت اپنے دوست کے ہاں جا پہنچا۔ اُس دوست اس کی بے وقت آمد پر پہلے تو حیران ہوا اور پھر اس کے چہرے کی اڑی اڑی رنگت اور پپڑی جمے ہونٹوں کو دیکھ کر پریشان ہو گیا۔ بہر حال اُس نے آگے بڑھ کر گرم جوشی سے اُس سے مصافحہ کیا اور پھر اس کے شانے پر ہاتھ رکھتے

ہوئے پوچھا: "کیا بات ہے؟ خیریت سے تو ہو نا!" وہ گم صم کھڑا رہا۔ اُس کا ڈاکٹر دوست اس کا ہاتھ پکڑ کر اُسے ڈرائینگ روم میں لے گیا۔ صوفے پر بیٹھتے ہی اُس نے سر جھکا لیا اور ایک ٹھنڈا سانس بھر کر جیب میں سے تہ شدہ ایک کاغذ نکال کر اپنے دوست کے ہاتھوں میں تھما دیا۔ اُس کاغذ پر مختصراً اُس کی ساری کیفیت درج تھی۔ اُس کا ڈاکٹر دوست کئی منٹ تک اُس کا بغور مطالعہ کرتا رہا اور پھر نہایت متفکر نظروں سے اُس کی جانب دیکھتے ہوئے بولا: "یہ کیا ہو گیا ہے تمہیں! میں نے اس قسم کی بیماری کا نا تو کسی میڈیکل کی کتاب میں پڑھا ہے اور نہ ہی اس نوعیت کی علامات کا کوئی کیس ہی میرے مشاہدے میں آیا ہے۔" تب تھوک نگلتے ہوئے کہنے لگا! "گھبرانے کی ضرورت نہیں حوصلہ رکھو، دیکھتے ہیں کیا ہو سکتا ہے!" پھر اٹک اٹک کر گویا ہوا: "پہلے تو میں تمہارے کئی قسم کے ٹیسٹ کراؤں گا اور پھر کسی حتمی نتیجے پر پہنچ سکوں گا۔" وہ اپنے ڈاکٹر دوست کے منہ سے نکلنے والی بے معنی غراہٹوں، بھنبھناہٹوں کو منہ کھولے سنتا جا رہا تھا اور تب اس کے ڈاکٹر دوست کو اپنی غلطی کا احساس ہوا کہ وہ تو اُس کی باتوں کو سننے سے عاری ہو چکا ہے۔ لہٰذا اس نے پیڈ کے صفحے پر شکستہ انداز میں اپنی رائے لکھ دی۔ اُس نے ڈاکٹر کی تحریر پر سرسری نظر ڈال کر گلوگیر لہجے میں جواب دیا: "میں سمجھ گیا" اِس کے بعد ڈاکٹر نے پیڈ کے دوسرے ورق پر یہ لکھ کر اُسے بتایا یہ سب ٹیسٹ آج ہی رات تک ہو جانے چاہئیں تا کہ جلد از جلد کوئی مناسب قدم اٹھایا جا سکے۔

اگلے روز جب وہ معائینہ رپورٹیں لے کر اپنے ڈاکٹر دوست کے پاس پہنچا تو اسے یہ جان کر سخت تعجب اور پھر عجب سی خوشی ہوئی کہ اُس کی جملہ معائینہ رپورٹیں سو فی صد درست تھیں۔ لیکن دوسرے ہی پل گھنگور سوچوں کے گھرے بادل اُس پر دوبارہ چھا گئے۔ یہ بات اُس کی سمجھ سے بالا تھی کہ سب رپورٹیں ٹھیک ہیں تو پھر یہ خرابی کیوں

ہے! کافی دیر تک وہ اپنے ڈاکٹر دوست سے اِس طور مصروف گفتگو رہا کہ ڈاکٹر اپنی بات کاغذ پر لکھتا اور وہ اُسے پڑھ کر جواب زبانی دیتا اور کبھی وہ زبانی سوال پوچھتا اور ڈاکٹر اس کا جواب کاغذ پر لکھ دیتا۔ آخر اُس کے دوست نے اسے مشورہ دیا کہ وہ جلد از جلد بیرونِ ملک جا کر اس سلسلے میں اپنا علاج کرائے۔ چنانچہ اگ لے چند دنوں میں اُس نے بیرونِ ملک جانے کے انتظامات مکمل کر لئے۔ گھر میں اُس کے رویے اور مزاج کی تبدیلی کے باعث سخت فکر مندی کی فضا چھائی ہوئی تھی۔ بہر حال جانے سے پہلے اُس نے اپنی بیوی کو علیحدگی میں سب حالات سے تفصیلاً آگاہ کر دیا تھا۔ پہلے تو وہ یہ سب کچھ سن کر سناٹے میں آگئی تھی اور پھر نڈھال سی ہوگئی تھی۔ لیکن اُس نے ہمت کر کے خود کو سنبھال لیا تھا۔ بیوی کو حالات سے باخبر کر کے اُسے یک گونہ اطمینان قلب حاصل ہوا تھا۔

غیر ملکی ڈاکٹروں نے اُس کا تفصیلی طبی معائنہ کرنے کے بعد یہ فیصلہ صادر کیا کہ وہ ایک غیر معمولی نوعیت کے سینڈروم کا شکار ہو چکا ہے اور اس مرض کا علاج کسی خاص دوائی سے ممکن نہیں ہے بلکہ اس ضمن میں اسے اپنی قوتِ ارادی سے کام لینا ہوگا اور ہو سکتا ہے وہ بتدریج اپنی حسیات کی بغاوت پر غلبہ پانے میں کامیاب ہو جائے۔ اس قسم کی تشفی کے باوجود اُس کا ذہنی خلفشار کم نہ ہوا۔ الٹا اُس کے بھیجے میں طرح طرح کے اندیشوں اور وسوسوں کی غراہٹیں جاگ اُٹھیں۔ جو روگ اُس کو لگ گیا تھا اُس کا خاطر خواہ تدارک نہ ہو سکتا تھا اور یوں وہ گڈمڈ سوچوں، بکھرے ہوئے اعصاب اور شکستہ دل کے ساتھ وطن واپس آگیا۔ مگر اِس بار اُسے وطن کی سرزمین بھی بے رنگ، بے حس اور مہک سے عاری محسوس ہوئی گویا اُسے بھی اندر ہی اندر کوئی روگ لگ گیا ہو۔ ڈاکٹروں کا یہ مشورہ اُسے نہایت بھونڈا اور مضحکہ خیز معلوم ہوتا تھا کہ وہ رنگوں، خوشبوؤں، آوازوں اور ذائقوں کی عدم موجودگی کے احساس پر توجہ دینا ہی چھوڑ دے۔ کاش کوئی انہیں بتلاتا

کہ جب زندگی بے رنگ، بے ذائقہ، بے آواز، بے خوشبو اور بے حس ہو جائے تو اُس بہری، اندھی، گونگی اور مفلوج زندگی کو کوئی کیڑا مکوڑا تو شاید جی سکتا ہے لیکن وہ شخص جو ان تمام ذائقوں سے آشنارہ چکا ہو وہ بھلا خود کو کیوں کر اُن کے حصول کی شدید خواہش سے باز رکھ سکتا ہے۔ اِن کے بغیر زندگی میں باقی رہ ہی کیا جاتا ہے!

شدہ شدہ اُسے اپنا وجود ایک آفت زدہ علاقہ دکھائی دینے لگا، جس کے چپہ چپہ پر تباہی وبربادی کی کہانی نوشتہ ٔ تقدیر کے مانند ثبت ہو چکی تھی۔ بلکہ اس کو لوگ، چیزیں، ماحول غرضیکہ سب کچھ ایک ہی رنگ میں رنگا معلوم ہوتا تھا۔ یہی نہیں اگر کوئی منہ کھول کر ہنس یا رو رہا ہوتا تو اُس کو بالکل اندازہ ہوتا کہ وہ رو رہا ہے یا ہنس رہا ہے ہر چند کہ اُس کی بیوی اور ڈاکٹر دوست کے علاوہ کسی دوسرے کو اُس کی اصلی حالت کا ابھی علم نہیں ہو سکا تھا پھر بھی اُس کو ہمہ وقت دھڑکا لگا رہتا کہ دنیا والوں کو اُس کی حقیقت کا اندازہ ہو گیا تو نجانے کیسی کیسی افوائیں اور کہانیاں گردش میں آجائیں گی اور وہ لوگوں کی نظروں میں تمسخر کا نشانہ بن کر رہ جائے گا۔ فی الحال اُس کی بیوی سارے معاملات کو سنبھالے ہوئے تھی اور آہستہ آہستہ کاروباری اور انتظامی امور بھی اُسی کے ہاتھوں میں چلے گئے تھے۔ ضرورت کے مطابق وہ کاروبار کر سلسلے میں خاص خاص باتیں اور اہم نکات اُس کو بتا دیتا تھا اور وہ اُس پر عمل کرتی تھی۔ لیکن یہ ڈر گوند کی طرح اُس کے دل و دماغ سے چپک گیا تھا کہ اگر وہ لکھے ہوئے لفظ کی پہچان بھی گم کر بیٹھا تو کیا ہو گا! پھر تو شاید کچھ بھی باقی نہ رہے۔

ٹک ٹک مرتے لمحوں کے لاشے اُس کو قسطوں میں ختم کر رہے تھے اور ایک دوبار تو اُس کے اندر اس سارے جھنجھٹ کو ختم کرنے کی شدید خواہش دودھ کا اُبال بن کر باہر آگئی تھی اور اُس کا ہاتھ غیر ارادی طور پر سائیڈ ٹیبل کی دراز میں رکھے اپنے ریوالور تک جا پہنچا تھا۔ مگر دوسرے ہی پل یوں خود بخود پیچھے ہٹ گیا تھا جیسے کسی بھِڑ نے اُس کی

ہتھیلی پر ڈنک مار دیا ہو۔ کئی مرتبہ وہ خود کو کسی اور طریقے سے ختم کرنے کے بارے میں سوچنے لگتا۔ البتہ اُسے اتنا اندازہ ضرور تھا کہ اگر وہ مر گیا تو معززین اور عمائدین شہر کی بھاری تعداد اُس کے جنازے میں شریک ہوگی۔ لوگوں اور کیمروں کی چمکتی، پھیلتی، سکڑتی سوالیہ آنکھوں کا سیلاب اُس کو اپنے ہالے میں لے لے گا اور روزناموں کے صفحات پر جلی حروف میں اُس کی اچانک موت کی خبر شائع ہوگی جس میں سنسنی آمیز استعجاب نمایاں ہوگا۔ دراصل اُسے ڈر اس بات کا تھا کہ کہیں مرنے سے اُس کا بھرم کو بہر طور قائم رکھنا چاہتا تھا۔ دوسری جانب تقریباً تمام حسیات سے محرومی کی بنا پر زندگی کا ہر لمحہ اُس کے لئے کوہِ گراں بن گیا تھا اور اِس سے بچ نکلنے کی کوئی دوسری راہ اُسے سوجھ نہیں رہی تھی۔ سچ پوچھیں تو اُس کی حالت اُس شخص ایسی تھی جو دنیا کی ہر نعمت اور آسائش کو ہر قیمت پر حاصل کرنے کی استعداد رکھتا ہو لیکن اس کے باوجود کچھ حاصل نہ کر سکتا ہو۔ سب کچھ ہوتے ہوئے بھی کچھ نہ ہونا اِس محرومی کو صرف وہی جان سکتا ہے جو اِس آگ کی بھٹی میں جل بھن رہا ہو۔ زندگی ڈریکولا کا چولا بدل کر ایسے شخص کا خون اپنی رگوں میں اتارنے لگتی ہے اور دیکھتے ہی دیکھتے وہ چلتی پھر زندہ لاش بن جاتا ہے۔

تاحال اُس کے گھر کے کسی ملازم کو اُس کی اِس عجیب و غریب حالت کے بارے میں پتہ نہیں چلا تھا۔ یہاں تک کہ اُس کے بیٹے اور بیٹی کو بھی صحیح حالات سے آگاہی حاصل نہیں ہو سکی تھی۔ ملنے جلنے والوں کو بھی بس اس قدر بتایا گیا تھا کہ صاحب کو کوئی اعصابی مرض لاحق ہے اور ڈاکٹروں نے انہیں میل ملاقات سے منع کر رکھا ہے۔ لہٰذا ملاقاتی آتے اور نیچے ڈرائنگ روم میں تھوڑی دیر بیٹھ، کر بیگم صاحبہ سے رسمی پرسش احوال کرنے کے بعد چلے جاتے۔

پہلے وہ سمجھتا تھا کہ زندگی کی دوڑ میں صرف پانچ چیزوں کو بنیادی حیثیت حاصل ہے

یعنی دولت، شہرت، طاقت، صحت اور آسائش اور اب اپنی پانچوں حسیات کو گنوا کر اُسے بخوبی اندازہ ہو گیا کہ اِن پانچوں حسیات کی موجودگی میں زندگی کی قیمت دو کوڑی کے برابر بھی نہیں رہتی۔ البتہ اپنے بستر پر لیٹے لیٹے اُسے کبھی کبھی کچھ یوں جان پڑتا جیسے حالات کسی کوزہ گر کے مانند اُس کی زندگی کو چکنی مٹی کی صورت اپنے بے رحم ہاتھوں سے ایک ایسی عجیب و غریب شکل میں ڈھالنے میں جٹ گئے ہیں کہ جس کے باعث وہ نہ صرف بے شباہت ہو رہا ہے بلکہ بے منزل ایک ہی دائرہ میں گھومتا چلا جا رہا ہے۔ حالاں کہ منزل تو کسی کی کوئی نہیں ہے سوائے موت کی منزل کے۔ تاہم جینے کے لئے چھوٹی چھوٹی منزلیں تو بنانا ہی پڑتی ہیں و گرنہ انسان مرنے سے پہلے بار بار مرتا رہے۔ لیکن خود کو لمحہ بہ لمحہ تمام وسیلوں، رابطوں اور تاگوں سے کٹتا ہوا دیکھنا کم اذیت ناک تو نہیں ہوتا۔ بہر حال وہ عذاب کے چر کے سہنے پر مجبور تھا۔ المیہ یہ تھا کہ زندگی نے اُسے ایک مقام پر لا کر ڈبل کراس کیا تھا کہ نہ اُس کا حال رہا تھا اور نہ مستقبل لے دے کر فقط ماضی بچ پایا تھا جسے وہ نام نہاد حال میں رہتے ہوئے بھید وبارہ زندہ کرنے سے قاصر تھا۔

رہ رہ کر اُسے وہ دن بری طرح یاد آتے جب وہ محفلوں کی جان سمجھا جاتا تھا۔ وہ نہ صرف گفتار کا غازی تھا بلکہ مد مقابل کو چند ہی منٹوں میں لاجواب کر کے اپنا ہم نوا بنا لینے میں بھی اُس کو کمال حاصل تھا۔ دوسروں کو موم کر کے اپنی مرضی کے مطابق ڈھالنے کے فن میں تاک ہونے کی وجہ سے وہ ترقی کے زینے تیزی سے عبور کرتا جا رہا تھا۔ فنونِ لطیفہ سے بھی اس کو لگاؤ تھا۔ اُس کے پاس سیکڑوں گویوں اور گلوکاروں کے کیسٹ موجود تھے۔ رنگوں کی دلفریب دنیا کا بھی وہ شناور تھا۔ شہر میں منعقد ہونے والی تصویری نمائشوں میں اُس کو اکثر بطور مہمان خصوصی مدعو کیا جاتا۔ ملکی سطح کے ٹریچر سے بھی اُس کو لگاؤ تھا۔ کتابوں کی ایک قد آدم بک شلف اُس کے کمرے میں موجود تھی جس میں

کتابوں کا ایک اعلیٰ انتخاب موجود تھا۔ پھولوں کا بھی وہ بڑا رسیا تھا۔ اُس نے اپنی طویل و عریض کوٹھی کے احاطے میں لاتعداد قسموں کے پھول اُگا رکھتے تھے اور وقت ملنے پر وہ اُن کے بیچوں بیچ تعمیر کردہ روشوں پر چہل قدمی کرتے ہوئے اُن کی دلکشی اور خوشبو سے محفوظ ہوتا تھا۔ اعلیٰ اور معیاری خوشبوؤں کا اُسے اِس قدر ذوق و شوق تھا کہ اُس نے اِس سلسلے میں ملکی سطح پر ایک تجربہ گاہ قائم کرنے کا تہیہ بھی کر لیا تھا تاکہ مشرق و مغرب کی خوشبوؤں کے امتزاج سے نت نئے عطریات کو متعارف کرا سکے مگر اب۔۔۔۔۔۔۔!

کبھی کبھی شام ڈھلے وہ اپنی بیوی کے ہمراہ کار میں بیٹھ کر شہر کے پوش علاقے میں موجود کسی سپر مارکیٹ تک چلا جاتا اور جب اُس کی بیوی پرس تھامے مارکیٹ کے اندر چلی جاتی تو وہ کار میں بیٹھا دوڑتی بھاگتی زندگی کو سیاہ و سفید رنگ میں تکتا رہتا۔ ایسی ہی ایک شام کو جب وہ کار میں تنہا بیٹھا ہوا تھا تو یکایک میلے کچیلے کئی چہرے کار کی ونڈ سکرین پر اُگ آئے۔ اُن میں سے ایک چیچک زدہ چہرہ کسی اندھی جوان عورت کا تھا جو کار کو ٹٹولتے ہوئے اُس کی سمت بڑھ رہی تھی۔ دوسرا چہرہ بیساکھی کی ٹیک لگائے ہاتھ پھیلائے اُس کے سامنے بت بنا کھڑا تھا۔ تیسرا چہرہ ایک گونگے لڑکے کا تھا جو منہ سے غول غال کرتا اپنی بے زبانی کا اظہار کر رہا تھا اور چوتھا چہرہ ایک بوڑھے شخص کا تھا جو اپنے لنڈ منڈ بازو سے کار کے شیشے کو کھٹکھٹا کر اُسے اپنی جانب متوجہ کر رہا تھا۔ اچانک اُن میں گھر جانے سے وہ بوکھلا گیا اور پلک جھپکنے میں اس نے اپنا ہاتھ کوٹ کی جیب میں ڈالا اور جتنے بھی تڑے مڑے نوٹ اُس کی مٹھی میں آئے اُس نے کار کی کھڑکی میں سے باہر پھینک دیئے اور شیشہ تیزی سے اُوپر چڑھا لیا اور سر نشست پر ٹیک دیا۔ اُس کا دل کنپٹیوں میں دھڑکنے لگا تھا۔

رات تادیر اُس کو نیند نہ آسکی کیوں کہ وقفوں وقفوں سے شام کا واقعہ اُس کی آنکھوں کے سامنے گھوم جاتا اور ایک انجانے خوف سے اُسے جھرجھری سی آجاتی۔ اُس

نے نیند کی گولیوں کی دگنی مقدار تھوڑے سے پانی کے ساتھ نگل لی تاکہ اس تکلیف دہ منظر سے اُس کو چھٹکارامل جائے۔ نتیجتاً تھوڑی دیر کے بعد ہی اُس کی آنکھوں کے پپوٹے بھاری ہونے لگے اور وہ نیند کی دھند میں ملفوف، گلیوں، بازاروں میں یوبد حواس ساہو کر چکر کاٹنے لگا جیسا اپنا راستہ گم کر بیٹھا ہو۔ ایسے میں اُس نے دیکھا کہ ایک تنگ و تاریک گلی میں سے اندھی عورتوں کی ایک طویل قطار دیواروں کو ٹٹولتی اُس کی جانب بڑھتی چلی آرہی ہے۔ ذرا آگے جاکر اُس کا سامنا بریدہ بازوؤں والے بوڑھوں کے ایک جتھے سے ہوا۔ انہیں روبرو پاکر وہ دوڑ کر بغلی گلی میں گھس گیا۔ اس گلی کے بیچوں بیچ چھوٹی بڑی عمر کے لڑکوں کا ایک ٹولہ بیٹھا نبٹوں سے کھیل رہا تھا۔ اُس کو گلی میں داخل ہوتا دیکھ کر وہ سب کٹی زبانیں پھڑکاتے منہ سے غوں غاں جیسی خوفناک آوازیں نکالتے اُس کے پیچھے لگ گئے۔ اُن سے خوف زدہ ہو کر وہ ایک دوسری گلی میں سرپٹ بھاگنے لگا، سانس ڈھونکنی کی طرح چلنے لگا۔ اُسے فرار کی کوئی راہ سوجھ نہیں رہی تھی۔ جب کہ چاروں طرف انتڑیوں کی صورت پھیلی گلیوں میں گنگوں، اپاہجوں اور اندھوں کا شوریدہ سر ہجوم اُس کی جانب اُمنڈتا چلا آرہا تھا۔ وہ چوراہے میں پہنچا تو ہجوم پھنکارتا ہوا اُس کے گرد کنڈلی مار کر کھڑا ہو گیا، دہشت کے مارے وہ تھر تھر کانپنے لگا اور پھر انتہائی سراسیمگی کے عالم میں اُس نے دونوں آنکھوں پر ہاتھ رکھ لئے اور انتظار کرنے لگا، لیکن کچھ نہ ہوا اور جب ڈرتے ڈرتے اُس نے اپنی آنکھوں پر سے ہاتھ پرے ہٹائے تو وہ ہکا بکا رہ گیا۔ اُس نے دیکھا کہ سیکڑوں میلے کچیلے ہاتھ کشکول تھامے، جھولیاں پھیلائے مظلومی کی تصویر بنے اُس کے گرداگرد صم، بکم کھڑے تھے، ان کی یہ حالت زار دیکھ کر یک بیک اُس پر سے خوف کے بادل چھٹ گئے اُلٹا اُن سب کے لئے اُس کے دل میں ترحم اور انس ویگانگت کا ایک بیکراں سمندر موجزن ہو گیا اور تب اُسے شدت سے محسوس ہوا کہ وہ سب غیر نہیں بلکہ

اُس کے ہم زاد ہیں۔ وہ خود اُن ہی میں سے ایک ہے۔ عین اُس وقت اُس کے کانوں میں دستکوں کی آوازیں گونجنے لگیں، جیسے کوئی بند کواڑ کو بری طرح کھٹکھٹا رہا ہو۔ یکلخت وہ اُٹھ کر بیٹھ گیا۔ اُس کو اپنی سماعت پر یقین نہ آیا۔ پل بھر کے لئے اُس نے یہی سمجھا کہ شاید دستکیں اُس کے اندر کے بند دروازے پر دی جارہی ہیں۔ لیکن یہ اُس کا وہم نکلا۔ واقعی اُس کے کمرے کے بند دروازے کو کوئی دھڑا دھڑ پیٹ رہا تھا۔ وہ بستر سے اُچھل کر کھڑا ہو گیا اور لپک کر دروازے کی جانب بڑھا اور جھپٹ کر دروازے کو کھول دیا۔ باہر کھڑی اُس کی بیوی کے چہرے پر ہوائیاں اُڑ رہی تھیں۔ اُس کو سامنے پا کر اُس نے اطمینان بھرا گہرا سانس لیا اور بولی: "شکر ہے آپ جاگ گئے میں تو ڈر گئی تھی۔" خلافِ توقع اُس نے آگے سے بھاری آواز میں جواب دیا: "ہاں بس ابھی جاگا ہوں۔"

***